Editora Charme

Uma Duquesa Audaciosa

Silvia Spa

Copyright© 2020 Silvia Spadoni
Copyright© 2021 Editora Charme

Todos os direitos reservados. Nenhuma parte deste livro pode ser utilizada ou reproduzida sob qualquer meio existente sem autorização por escrito dos editores.

Esta é uma obra de ficção. Nomes, personagens, lugares e acontecimentos descritos são produtos de imaginação do autor. Qualquer semelhança com nomes, datas e acontecimentos reais é mera coincidência.

1ª Impressão 2022

Produção Editorial: Editora Charme
Capa e Produção Gráfica: Verônica Góes
Preparação de texto: Wélida Muniz
Revisão: Equipe Editora Charme
Fotos: Shutterstock, AdobeStock

FICHA CATALOGRÁFICA ELABORADA POR
Bibliotecária: Priscila Gomes Cruz CRB-8/8207

S732u   Spadoni, Silvia

Uma Duquesa Audaciosa / Silvia Spadoni;
Capa e produção gráfica: Verônica Góes;
Preparação de texto: Wélida Muniz. –
Campinas, SP: Editora Charme, 2022.
256 p. il.

ISBN: 978-65-5933-054-6

1. Romance Brasileiro | 2. Ficção Brasileira.
I. Spadoni, Silvia. II. Góes, Veronica. III. Muniz, Wélida. IV.Título.

CDD B869.35

---

www.editoracharme.com.br

Queridos leitores,

Estou feliz em trazer para vocês meu novo romance, Uma duquesa audaciosa.

Essa história retrata dois esportes praticados especialmente pela aristocracia inglesa durante o século XIX: o turfe e a caça à raposa. Foi um assunto que exigiu muita pesquisa para que eu tivesse segurança de estar trazendo informações genuínas. Mas, justamente por buscar descrevê-los da forma mais verdadeira possível, eu enfrentei uma dificuldade. Alguns dos termos indispensáveis à descrição dos eventos não têm correspondência em português. É o caso da palavra covert, que especifica o local onde as raposas costumam reunir-se em determinada hora do dia para tomar sol. Esse é o local procurado pelos caçadores, e não há nada em português que o descreva com exatidão. Da mesma forma, a expressão whippers-in não tem tradução. Assim são chamados os membros honorários responsáveis pelo controle dos cães em uma caçada, uma função de suma importância nesse universo. Ingleses eram — acho que ainda são — loucos por caçadas e tinham um vocabulário especial para descrever esses eventos. Eu confesso que, embora o assunto seja pertinente, assim como Lady Georgina, eu abomino tal prática, mas mencioná-la foi importante para a história. Outra questão diz respeito aos thoroughbred, o termo usado para descrever animais especiais, aqueles potros que têm desde o nascimento as características indispensáveis a um campeão. Não são apenas cavalos puro-sangue inglês, eles têm "algo a mais". E esse "algo a mais" é um detalhe muito significativo.

Dito isso, desejo que vocês se encantem com a história e os segredos dessa duquesa audaciosa e de um certo visconde mal afamado.

Que esse livro possa ser o início de uma parceria gostosa entre nós: leitoras, Editora Charme e mim.

Um grande beijo cor-de-rosa e ótima leitura.

Sílvia Spadoni

Prólogo

A cor do dia estava apropriada. O cinza outonal havia dominado a paisagem numa névoa úmida e gelada, como se a natureza também lamentasse. O cortejo fúnebre seguia pela Parliament Square em direção à Abadia de Westminster, o coche sendo puxado por magníficos animais negros com as elegantes cabeças adornadas por plumas da mesma cor. Antes que chegassem ao templo, a chuva recomeçou, insistente e fria, fazendo as patas dos cavalos chafurdarem na lama.

Sua Graça, Lady Georgina Walker, Duquesa de Kent, ajustou a peliça em um reflexo espontâneo, em busca de proteção. O corpo esguio parecia ainda mais frágil envolto em crepe negro, a palidez mais acentuada. Por trás do véu que a resguardava da curiosidade alheia, mantinha a expressão impenetrável.

— Você está bem?

Georgina não respondeu, temia que a voz a traísse. Com um leve sinal de cabeça, assentiu. Lady Rowena Darley lhe segurou, por um segundo, os dedos entorpecidos num gesto de carinho.

— Em breve, estará tudo encerrado, suporte mais um pouco, Georgina — exortou-a Lorde Darley, que, ao lado da esposa, oferecia o conforto da amizade.

Ela aceitou a manifestação, mas sabia que não encerraria em breve, pois ainda haveria a longa cerimônia, as homenagens, os pêsames... Se pelo menos Maria Fitzherbert comparecesse, todas as atenções se dirigiriam a ela. Infelizmente, a duquesa sabia que a amante do Rei Jorge IV jamais o acompanharia na cerimônia fúnebre. Ao ver a multidão de curiosos que se espremia diante da Abadia, não conseguiu repelir um estremecimento; ainda assim, ergueu a cabeça com altivez, aceitou a ajuda dos amigos e preparou-se para caminhar pela nave central até o transepto norte, onde Charles repousaria eternamente ao lado de seus idolatrados ancestrais.

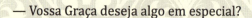

— Vossa Graça deseja algo em especial?

— Não, John, nada em especial. Apenas não quero ser incomodada. Caso eu precise de Pimble mais tarde, chamarei. Mande levarem um chá a meus aposentos em quinze minutos, não antes. E não receberei ninguém, nem mesmo visitas de pêsames, durante toda a semana.

O mordomo assentiu, circunspecto — havia sido uma provação terrível. A viuvez nunca fora um fardo fácil, principalmente para alguém ainda tão jovem quanto a duquesa. E a cerimônia final havia sido longa e exaustiva. Sua necessidade de reclusão era compreensível e seria respeitada.

Rapidamente, Georgina subiu a imponente escadaria de mármore cor-de-rosa em direção a seus aposentos. O espesso tapete dos corredores abafava seus passos ansiosos, a emoção aflorando em um compasso rápido. *Só mais um instante, aguente firme mais um instante*, repetia mentalmente.

Quando a porta do quarto se fechou atrás dela, Georgina atirou longe o véu, a expressão de alívio tomou-lhe o rosto e o grito represado, a duras penas, na garganta escapuliu enquanto ela rodopiava, agitando os braços:

— Livre! Enfim, livre! Oh, Charles, Deus sabe que jamais desejei a sua morte, porém não posso evitar ficar radiante com a liberdade que Ele, por fim, decidiu me conceder.

1

Londres, primavera de 1821

— Sim, minha amiga, o convite chegou esta manhã. Eu gostaria muito de aceitar, mas não será possível. Faz apenas seis meses, eu não poderia... eles não entenderiam, as pessoas me julgariam muito mal. Eu acabaria em todas as colunas de fofocas da Fleet Street.

Georgina olhou para Lady Rowena, por sobre a borda da xícara, com certa expectativa. Ouvir música, dançar e manter uma conversa agradável sobre literatura e poesia coincidiam com sua índole alegre. O casamento não fora capaz de destruir sua natureza, apenas a ocultara sob uma capa de indiferença. Infelizmente, a vida ao lado do marido criara ao seu redor uma aura de mistério que lhe angariara uma antipatia injustificada. Poucos eram os que sabiam que sua reserva, muitas vezes confundida com arrogância, era a maneira que encontrara para preservar uma certa paz doméstica. Vê-la reclusa e com poucos amigos mantinha Charles apaziguado e, além disso, a fachada arrogante lhe permitia evitar a convivência com pessoas com as quais não guardava qualquer interesse em comum. Fora mais fácil refrear seus desejos e sua espontaneidade, e assim o fizera por todo o casamento.

— Minha querida, você tem permanecido aqui, afastada de tudo há meses. Já guardou luto por tempo suficiente — protestou Lady Rowena, servindo-se de um minúsculo sanduíche de pepino. — Eu concordo que seria um choque se não pranteasse seu ilustre marido por um longo período, mas seis meses é tempo mais do que suficiente. É verdade que Charles era um homem imponente, um herói. Socialmente, você não poderia ter feito um casamento melhor. Ainda assim, ele está morto, e você... bem viva! Por que desejar a vida pode ser errado ou detestável? Eu não me conformo em vê-la enclausurada nesse mausoléu. Acho que a prefiro numa coluna do Gazette.

— Rowena, esse não é um mausoléu, é uma bela casa — contestou a duquesa, rindo com a comparação. — Fico feliz por Charles tê-la comprado para mim quando tivemos certeza de que não haveria um herdeiro. Não me sinto enclausurada, posso lhe garantir que estou bem, muito melhor do que estaria se me visse ridicularizada em uma coluna de fofocas. Tenho me exercitado bastante ao piano, a biblioteca é um território atraente que ainda não desvendei por completo e agora posso cavalgar livremente todas as manhãs. Afrodite é uma ótima companhia — gracejou. — E, além disso, tenho você, minha amiga. Suas visitas são por demais agradáveis.

— Não acredito que isso seja suficiente.

— Saiba que não pretendo manter-me reclusa para sempre, tampouco nego que gostaria de voltar a divertir-me, porém, ambas sabemos que guardar luto por um período menor do que um ano é inaceitável. Por mais tentadora que me pareça a possibilidade de reviver as alegrias de uma temporada, eu não gostaria de ser alvo de críticas veladas por um retorno considerado prematuro. Ou, pior do que isso, transformar-me no centro das atenções e ser obrigada a passar horas em reminiscências sobre o duque.

A reprimenda de Lady Georgina foi branda; ainda assim, a condessa revirou os olhos antes de bebericar o chá.

— Que desperdício! Inaceitável é desperdiçar a juventude dessa forma. Você é jovem, bonita, ainda pode se casar novamente. Está na hora de voltar a frequentar a sociedade, tenho certeza de que não lhe faltarão pretendentes. Não pode passar o resto de seus dias apenas na companhia de cavalos. Se pelo menos você tivesse tido filhos, eu entenderia essa reclusão. Oh, perdão, minha querida, não foi gentil de minha parte mencionar isso.

O comentário provocou um estremecimento em Georgina; o assunto ainda era doloroso. A amiga tinha razão, tudo teria sido suportável se ela tivesse tido um bebê. Uma raiva surda a invadiu. Por que tudo o que sempre desejara lhe fora negado? Por que sempre tivera que seguir as ordens ou a vontade de outros? Primeiro as do pai, depois as do marido. Sua natureza inquieta segredava que agora estava livre, mas livre para o quê?

— Voltar a frequentar a sociedade... a possibilidade é interessante — respondeu, evitando mencionar o assunto filhos. — Eu apenas ainda não estou pronta para enfrentar a curiosidade e aturar comentários sobre minha, supostamente, triste viuvez. As pessoas ainda se recordam dos feitos heroicos de Charles e se comprazem falando a respeito deles. A simples possibilidade de suportar horas de tediosa conversa sobre batalhas é, por si só, insuportável. Quanto a casamento... por favor! Não há nada que eu deseje menos.

O protesto ecoou em seus lábios com mais veemência do que pretendia. Uma viúva sempre atrai um certo tipo de cavalheiro que imagina poder compensar sua solidão de forma bem específica. Jovem e rica como ela, então! Seria um alvo para caça-dotes, nobres falidos, libertinos, a espécie de homem que detestaria ter à sua volta. Além disso, nunca mais se colocaria sob o controle de alguém.

— Não desista da vida, Georgina. — A interrupção de Lady Rowena foi contundente.

O que ela queria dizer com "desistir da vida", pensou Georgina, visto que isso já não havia acontecido? Não fora exatamente isso o que fizera quando aceitara aquele casamento imposto?

As jovens eram amigas há tempo suficiente para que houvesse liberdade para tais comentários. Haviam sido apresentadas à sociedade no mesmo ano e se casado com diferença de poucos meses. No entanto, enquanto Rowena havia feito um casamento em que sentimentos haviam sido priorizados sobre interesses, Georgina havia desposado o marido determinado por seu pai.

Charles Walker, Duque de Kent, fora um herói da guerra contra Napoleão, era próximo ao rei e querido pelas massas. Alegava que sua dedicação à Coroa não lhe deixara tempo para o casamento, porém a exigência de um herdeiro o fizera, enfim, decidir-se. Dono de uma imensa fortuna e de um título muito cobiçado, era considerado, apesar da idade, um excelente partido. A beleza estonteante de Georgina o impressionou assim que a viu, em seu primeiro baile. Além disso, ela tinha um nome ilustre e parecia saudável. Cortejou-a por apenas duas semanas antes de pedi-la em casamento, sem esconder que seu interesse maior era conseguir um herdeiro. Ela teve ímpetos de recusar, mas não oportunidade. Seu pai e o duque ajustaram as condições das núpcias, quando ela tinha apenas 18 anos e ele já completara 52! As lembranças ainda lhe davam náuseas.

— Georgina... querida?!

— Desculpe-me, o que disse? Lamento, não tenho conseguido dormir muito bem.

— Eu lhe disse que não deve desistir da vida. Você é muito jovem. Diga-me, por que resiste tanto? Pretende permanecer reclusa por quanto tempo? O sarau na casa de Lady Margareth reunirá poucas pessoas, além disso, Lorde Clifford também foi convidado e...

— Não! Definitivamente, não! Nada mais de encontros, noivados ou casamentos arranjados! Agora sou uma viúva, posso simplesmente escolher manter-me assim. Por favor, Rowena, se é minha amiga, prive-se de tentar organizar minha vida social ou arranjar-me um marido! Eu jamais voltarei a me casar! Sou uma mulher independente, pelo menos isso meu pai soube acertar no contrato de casamento. Mesmo que as propriedades e o título em si tenham sido transferidos a um parente pela falta de herdeiros, continuarei a ser chamada de duquesa e dona de uma significativa fortuna. Posso me dar ao luxo de ser apenas uma duquesa viúva. Um marido é um peso que não terei que carregar jamais.

— Está bem, prometo não tentar lhe encontrar um marido, muito embora acredite que, passado o que você chama de período de luto, não lhe faltarão bons pretendentes. Ao contrário de algumas debutantes, terá dificuldades de livrar-se das propostas. Uma duquesa linda, jovem e muito rica. Convenhamos, essa é uma combinação irresistível. Minha amiga, eu sei que seu casamento não foi exatamente um sonho. Embora você seja um exemplo de discrição, eu a conheço o bastante para saber que não era o casamento ideal. O duque... bem, alguns homens podem ser heróis em um campo de batalha, mas isso não os torna exatamente hábeis no trato com as mulheres. Não... não fique constrangida — comentou Rowena, ao notar que a pele de Georgina adquirira um suave tom rosado —, não há motivo para isso. O que quero dizer é que nem todos os casamentos são difíceis, alguns são até bastante felizes. Apenas dê uma chance a si mesma. A solidão pode ser desejável, mas eu lhe garanto que uma boa companhia também o é. E não precisa ser um marido, um bom amante pode ser até melhor.

A expressão séria de Rowena ao proferir tamanho disparate era tão cômica que Georgina não conteve um acesso de riso. Ao mesmo tempo, havia tanta amabilidade em sua voz que a duquesa sentiu uma onda de afeto invadi-la. Talvez a amiga estivesse certa, não quanto a casamentos ou amantes, mas em relação a encerrar seu período de reclusão. Talvez fosse mesmo o momento de enfrentar os olhares invejosos e voltar à vida. Se ao menos tivesse anteparo para os inevitáveis inconvenientes...

— Eu tive uma ideia, uma ótima ideia — insistiu a condessa, batendo palmas. — Em duas semanas, acontecerá, na casa da Baronesa de Windsor, o Baile Anual em prol da Sociedade de Amparo às Viúvas de Guerra. Será a ocasião perfeita. Você, como viúva de um herói, comparecerá e fará uma doação substancial, e ninguém ousará criticá-la por encerrar o período de luto em nome de uma causa tão justa. Decerto o duque ficaria orgulhoso.

Por um segundo, a duquesa considerou a possibilidade em silêncio, um leve sorriso se insinuando nos lábios.

— O motivo me parece bastante justo...

— É perfeito, minha amiga.

— ... eu nem mesmo precisaria tirar o luto... isso evitaria...

— O que você está resmungando, Georgina?

— Nada, Rowena querida, foi apenas uma ideia... não é só você que tem soluções mágicas para situações difíceis... Mas você está certa, ninguém ousará criticar-me por colaborar com uma causa tão nobre. E não posso negar que um pouco de música e alegria me farão bem. Concordo, vou aceitar sua sugestão! Desde que prometa não tentar me arranjar maridos ou amantes — pilheriou Lady Georgina. — Se essa se tornar uma hipótese viável, eu mesma me encarregarei de encontrar o homem certo. Está bem, pode me enviar o convite para o baile, farei a doação e comparecerei.

— Que maravilha! E, por favor, quando for encomendar o traje para o baile, aproveite e refaça seu guarda-roupa. Essas roupas negras... são assustadoras!

— Hoje mesmo escreverei para Madame Henriquette e encomendarei um vestido novo, mas lamento informá-la de que manterei a cor.

— O que quer dizer com isso? — A expressão horrorizada de Rowena deixava claro que ela imaginava o que a amiga pretendia. — Não! Você não ousaria... ousaria?

— Será a solução ideal. Eu demonstraria estar abdicando da reclusão em prol de uma boa causa sem exatamente renunciar ao luto. Poderia me divertir e estaria protegida, afinal quem teria coragem de abordar com galanteios a duquesa viúva de Kent enquanto ela ainda usa negro pela morte do marido? Não vou mais me privar de uma vida social, mas não desistirei do negro. Ele será minha armadura contra a maledicência e os homens em geral.

2

A fumaça dos charutos e um leve cheiro de conhaque tomavam o ambiente. A tensão era perceptível. Alguns cavalheiros assistiam à partida, e um deles havia desistido de continuar jogando há alguns momentos diante do que chamou de uma inexorável maré de azar. Sobre a mesa redonda estava depositada uma pilha de notas — as apostas foram altas. Dois cavalheiros absolutamente imóveis aguardavam, em expectativa, que um terceiro mostrasse as cartas e revelasse o vencedor da aposta.

— Maldição!

O impropério rompeu o silêncio quando Lorde Thomaz Hughes, o Visconde de Durnhill, mostrou o que tinha em mãos, vencendo por pouco os adversários. Com resmungos, aqueles que assistiam à partida se afastaram. Chegava a ser monótona a sorte do visconde com as cartas. Hoje, em especial, ele conseguira vencer todas as apostas.

— Hughes, é impossível! Você não pode estar com tanta sorte assim. O cavalo em que apostou, um azarão, venceu o páreo ontem em Ascot e, hoje, você simplesmente nos depenou no carteado. Para mim chega, se continuar jogando, acumularei dívidas que nem sei se conseguirei honrar — protestou Lorde Willian de Montefort, um rapaz alto, de cabelos claros e dono de um sorriso simpático.

— Eu ainda acho que você está usando de subterfúgios, Hughes, não acredito em tanta sorte assim — quem reclamava era o mesmo cavalheiro que lançara a imprecação, Hubbold Tristan, Conde de Kensey, um grandalhão desajeitado que parecia estar sempre mal-humorado, o que não correspondia exatamente à verdade. — Para mim também chega, o jogo deve servir como diversão, não como um meio de nos levar à bancarrota!

— Não reclamem, senhores. Todos sabemos que, entre nós, vocês são aqueles que podem perder algumas dezenas de libras sem que isso faça a menor diferença em suas polpudas rendas. Quanto a mim, é de conhecimento geral que não disponho da mesma facilidade, por isso devo me empenhar em vencer. Não se trata de sorte, mas de dedicação e atenção. E já concluímos, por diversas vezes, que não há nada mais excitante do que uma boa disputa para afastar o tédio.

— Não fale por mim, tampouco me compare a Tristan. Posso ter uma condição financeira confortável, mas ainda sou um segundo filho, sem direito a título ou a grandes heranças. Para mim, basta. Estamos aqui por tempo demais! Vou para casa. Um bom livro vai me acalmar e me ajudar a dormir — anunciou Willian.

— Um bom livro? — A gargalhada de Thomaz foi irônica. — Vocês não gostariam de estender a noite, talvez com uma visita à casa de Madame Lilly?

— Não! Eu também vou para casa — anunciou Lorde Tristan. — Hoje você não conseguirá me convencer a acompanhá-lo, Hughes. Não que eu ache a ideia de boa diversão desagradável, muito pelo contrário. Mas, com a sua sorte, todas as mulheres ficariam à sua volta, preferindo sua companhia à nossa, o que me deixaria ainda mais irritado. Sinceramente, não gosto tanto de me sentir em desvantagem.

— Vocês só fazem reclamar! Como eu disse, trata-se de um pouco de sorte e de muita dedicação. As mulheres gostam de atenção, de romance, sem exceção. Claro que um bracelete de diamantes faz milagres, mas para quem, como eu, não pode despender o valor para adquirir um, usar da emoção e da delicadeza é a melhor alternativa. Qualquer mulher merece ser tratada como se fosse a única no mundo, isso explica meu sucesso entre as beldades.

— Não seja cínico, todos nós sabemos que o que lhe falta em fundos sobra em aparência. Isso explica seu sucesso. Toda mulher acaba por ceder ao seu charme — resmungou Willian. — E confesso que sua aparência também me aborrece um pouco, considero uma concorrência desleal.

— Não é bem assim — aparteou Lorde Tristan. — Tenho certeza de que, entre as jovens bem-nascidas, Hughes não teria tanto êxito, todas estão bem cientes de sua fama de *bon vivant*, libertino e sem posses. Entre elas, você não teria qualquer receptividade, mesmo usando esses métodos de sedução. Nenhuma arriscaria a reputação por causa de seus belos olhos.

— Isso é um desafio? — Os olhos do Visconde de Durnhill brilhavam com a possibilidade de uma nova aposta. — Se for, vamos fazê-lo valer a pena.

— O que propõe? — indagou Willian, interessado, e esquecendo-se de sua intenção de ir para casa e terminar a noite dedicando-se à leitura.

— Ora, estamos em plena temporada. Eu aposto que consigo conquistar a jovem que vocês escolherem. Não, não me olhem assim, não chegaremos ao ponto de macular a reputação da moça, mesmo porque eu não tenho a menor intenção de ser desafiado em duelo ou obrigado a me casar por um pai zeloso. Talvez um beijo ou dois, nada que a comprometa.

— Hum... continue — incentivou Tristan.

— Digamos que eu teria que conseguir beijá-la e manter seu interesse apenas em mim durante toda a temporada, sem jamais lhe propor casamento. Ela não poderá aceitar a atenção de outro cavalheiro. Se o fizer, perderei. O que acham? É dificuldade suficiente?

— E nós poderemos escolher a jovem que quisermos? Qual seria o valor da aposta?

— Sim, podem escolher a jovem que desejarem, inclusive a mais disputada debutante, e eu terei que conquistá-la. E como será um grande desafio, o prêmio deverá estar à altura. Tristan, se eu vencer, fico com seu novo potro, o alazão. Ele me parece bastante promissor. Naturalmente, Will pagará a você a metade do valor dele para que a aposta seja justa.

— O quê? Aquele cavalo é especial! É da linhagem de Eclipse, um alazão com a mancha escura na pelagem da anca. Um sério candidato ao Royal Ascot. E o que você teria de tão valioso para nos ofertar quando perder? — questionou Tristan.

—Mulheres! — respondeu com um sorriso divertido Thomaz. — Mulheres! Vocês não dizem que não têm chance com suas escolhidas quando estou por perto? Pois bem, eu me comprometo a, durante um ano inteiro, não tentar seduzir nenhuma, vejam bem, nenhuma mulher, antes de verificar se algum de vocês tem um mínimo interesse por ela. Vou manter-me em segundo, terceiro... em último plano, como quiserem — gracejou. — Ou seja, a alegada desvantagem não existirá. E por um ano inteiro. Então, vocês não acham que vale a pena arriscar? Afinal, Tristan está absolutamente seguro de que eu não tenho qualquer chance junto a jovens debutantes.

— E por que você faria isso? Um ano inteiro... sem... sem não... bem, não exatamente sem, mas tendo que ficar em segundo plano... por um cavalo? — indagou Willian, de forma canhestra, para quem parecia impossível que o amigo conquistador se mantivesse discretamente distante das mulheres por tanto tempo.

— Como disse Tristan, aquele não é um potro qualquer. Mas a verdade é que não resisto a um desafio, principalmente quando ele envolve cavalos e mulheres. Então, aposta fechada?

— Desafio aceito, aposta fechada. Mas não lamente quando perder, tampouco se ganhar! Aquele cavalo parece o diabo encarnado, não aceita ninguém em seu lombo.

— Quanto a isso, deixe que eu me preocupe. Cavalos endiabrados são mais um dos desafios que me interessam — respondeu Thomaz. — Vamos passar ao nome da jovem a quem deverei me dedicar nessa temporada?

— Isso exigirá um pouco mais de cuidado — disse Tristan, mantendo o olhar sério. — Se você contava que eu fosse escolher sem pesquisar, está enganado. Não duvido que uma tola debutante acredite em suas baboseiras, mesmo tendo sido alertada das suas indiscrições. Mas você falou qualquer mulher, portanto... aguarde. Vou encontrar alguém à altura do desafio.

— Ah, meu amigo, preciso sempre recordar que o que lhe falta em charme, sobra em inteligência. É verdade, eu me referi a qualquer mulher, muito embora tenha imaginado uma debutante tola mesmo. Mas trato é trato. Posso ser um libertino, mas sou um libertino com honra. Escolha quem quiser, apenas me avise quando fizer isso. E, agora, vamos ao salão de Madame Lilly?

Thomaz caminhava a passos largos, aspirando profundamente o ar frio da noite. Sua casa ficava a uma distância que lhe permitia ir andando. Além disso, a caminhada seria útil para desanuviar a mente e lhe fazer economizar o custo do coche de aluguel. A recusa dos amigos em continuar a noitada no estabelecimento de Madame Lilly, longe de aborrecê-lo, fora bem-vinda. Sentia-se cansado, e uma noite de sono tranquilo lhe parecia mais interessante.

Satisfeito, lembrou-se da aposta inusitada. Seria a oportunidade perfeita para conseguir o alazão. O potro vinha de uma ótima linhagem e o ajudaria a iniciar um plantel em Red Oak Cottage. A propriedade, embora pequena, em sua época áurea, produzira excelentes animais para sela ou para disputar as provas em Ascot. O avô materno a dera à sua mãe, como presente de casamento, e Thomaz passara muitos verões naquele chalé. Infelizmente, o pai a exaurira de forma irresponsável e a deixara em completo abandono durante os anos da guerra.

Senhor meu pai, ainda que você a tenha sangrado, eu a farei reviver. Em breve, começaremos a ter os primeiros frutos. Red Oak Cottage voltará ao esplendor. Ao contrário de você, investirei nela cada penny que eu conseguir auferir.

O término da guerra havia trazido mudanças à sua vida, seus serviços especiais haviam deixado de ser requisitados com frequência pela Coroa, e ele não só passara a ter tempo como necessidade de dedicar-se a alguma atividade rentável. Revitalizar Oak Red lhe parecia a escolha perfeita.

O "em breve", porém, resultava de muito otimismo. Ele vinha buscando reerguer a propriedade, mas os rendimentos dela eram tão ínfimos que mal lhe permitiam pagar os empregados e manter os poucos animais em condições adequadas. Infelizmente, o senhor visconde, seu pai, havia perdido toda a fortuna. Theodore Hughes fora um homem bonito, charmoso e totalmente amoral. Thomaz havia herdado, além do título e das dívidas, sua aparência física e talento para as apostas. Felizmente, não o caráter. Pai e filho tinham propensão para o jogo e usavam o charme e a beleza para conquistar as mulheres; a diferença entre eles é que Thomaz tinha um propósito, já o pai...

Como mágica, a porta se abriu assim que ele inseriu a chave na fechadura. Minton, o velho e encarquilhado mordomo, aguardava-o, com a postura rígida e formal de sempre.

— O que faz acordado a essa hora? Já lhe disse que não deve me esperar. Minhas mãos não cairão se eu usar a chave em vez de bater a aldrava na porta, Minton.

— Milorde, essa é minha função há quarenta anos, antes mesmo de seu nascimento. Não pretendo negligenciá-la.

Thomaz apenas balançou a cabeça; o serviçal orgulhava-se do trabalho. Não seria ele que o afastaria, muito embora se preocupasse com o fato de o homem já estar idoso e apresentando sinais de reumatismo. Um mordomo aprendiz seria uma alternativa interessante. Infelizmente, não tinha fundos para tal despesa.

— Minha mãe já se recolheu?

— Sim, há algum tempo, mas há pouco milady pediu chá, então creio que ainda está acordada. Milorde deseja que eu mande verificar?

— Eu mesmo faço isso — disse, entregando a capa, a cartola e as luvas, e subindo de dois em dois os degraus de acesso ao segundo andar. Estava por demais ansioso com a possibilidade que surgira naquela noite. Se Lady Clara estivesse acordada, ele lhe contaria a novidade. A criada que abriu a porta não pôde evitar um olhar de censura ao vê-lo ali àquela hora.

— Milorde, a senhora sua mãe está deitada e, como bem sabe, ela deve descansar — censurou-o, com a autoridade de criada pessoal de Lady Clara desde antes o nascimento do agora visconde. Aquela não era a primeira vez que ela o repreendia por perturbar a mãe. Foram dezenas de outras repreensões durante a infância e a adolescência, mas atualmente o fazia mais pela força do hábito do que por qualquer coisa, já que a velha senhora adorava as visitas do único filho.

— Trudy, ela está acordada? Prometo que não vou cansá-la, quero apenas lhe desejar boa-noite.

— Sendo assim, milorde... — A criada se afastou, dando passagem a Thomaz.

Lady Clara estava recostada no leito. Com um xale de lã nos ombros, tomava uma última xícara de chá, lendo poemas de John Keats. Com delicadeza, pousou o livro sobre a mesa de cabeceira e dirigiu ao filho um olhar afetuoso.

— Thomaz, que bom que veio desejar-me boa-noite.

— Olá, mamãe, como está? Trudy me disse que já estava deitada e prometi que não a cansaria. Gostaria apenas de conversar um pouco.

Como ele se parece com o pai... os mesmos maravilhosos olhos da cor do mar, a mesma energia contagiante... o mesmo carisma...

Um rápido lampejo de dor refulgiu nos doces olhos de Lady Clara. Em sua juventude, os olhos risonhos eram seu atributo mais bonito, pelo menos isso foi o que lhe disse Theodore ao cortejá-la. Ela ficara extasiada por ter sido o centro de suas atenções. O pai a advertira de que o visconde pouco tinha além do título e da bela aparência. Ainda assim, eles se casaram sob juras de amor e promessas de fidelidade. Theodore realmente as cumpriu até o nascimento de Thomaz, porém, assim que se sentiu tranquilo por ter assegurado um herdeiro, o casamento começou a parecer-lhe por demais enfadonho. Os olhos da esposa deixaram de ser um atrativo suficiente e foram logo substituídos pelos estímulos proporcionados pelo dinheiro do dote.

— Senhora? Mãe!

— Meu querido, desculpe-me, perdi-me em reminiscências. O que você dizia?

— Eu lhe explicava que talvez consigamos ter um belo espécime, um potro que pertence ao plantel de Lorde Tristan, o Conde de Kensey, lembra-se dele? Eu lhe fiz uma oferta um pouco invulgar, mas ele a aceitou e...

Com calma, e sem mencionar a aposta, comentou dos planos de adquirir um bom animal e retomar as atividades de Oak Red. A sombra de um sorriso surgiu no rosto emaciado de Lady Clara. A mãe era uma pessoa gentil e delicada, qualidades que não haviam sido suficientemente valorizadas pelo marido. Ela, ao contrário, amara-o a ponto de perdoar todos os deslizes, ou melhor, quase todos. A derrocada de Red Oak Cottage fora um golpe duro demais e quanto a isso realmente havia se insurgido. Thomaz sabia que ver a propriedade retomar seu esplendor a deixaria feliz.

— A hipótese de revitalizar Oak Red parece maravilhosa — murmurou a viscondessa —, porém, como vai conseguir fundos para comprar um animal desse valor? Se o cavalo é tão especial, certamente custará muito, e sei que nossas finanças... Por favor, prometa-me que não vai tentar conseguir dinheiro com homens sem escrúpulos, agiotas, tampouco nas mesas de jogo. Isso envolve riscos, lembre-se de seu pai, e eu receio por você. Talvez seja melhor...

— Fique tranquila, não perderei a cabeça — respondeu Thomaz, sorrindo por vê-la enxergar perigo em algo tão trivial quanto um jogo de cartas. Ela sequer imaginava em quais atividades ele já estivera envolvido. — Conseguir o potro será o primeiro passo, há muito trabalho a ser feito para que tudo volte a ser como era. Infelizmente, nossas finanças estão mesmo deterioradas, não há como esconder isso. Esse é um fator preocupante. Muito embora sempre exista a possibilidade de um casamento acompanhado de um dote substancial — completou em tom jocoso.

— Não esqueça sua promessa, filho — interveio rapidamente Lady Clara. — Por maior que seja meu desejo de ver Red Oak Cottage restaurada, não quero que se case apenas por interesse financeiro nem para ter um herdeiro. Procure por uma esposa com quem tenha algo em comum. Não repita o que seu pai fez.

— Senhora minha mãe, eu já lhe prometi. Se eu me casar, será com alguém que tenha interesses afins, seja divertida e me faça sorrir sem razão. Se houver um bom dote, melhor! Isso é suficiente para a senhora, milady? E, agora, vou deixá-la descansar. Caso contrário, temo que Trudy decida servir os meus rins como recheio da torta amanhã.

Dando um beijo suave na testa da mãe, saiu dos aposentos. Thomaz amava a gentil senhora com fervor. Sabia que ela gostaria de vê-lo acomodado, com família, filhos... Nesse aspecto, ele a decepcionaria. Casamento era algo que definitivamente não estava em seus planos. Não havia muito a oferecer a uma boa jovem: o título não era significativo, a fortuna já se esvaíra e sua reputação sempre funcionava como um bom repelente. Tudo o que desejava era recuperar a propriedade e dedicar-se a uma vida tranquila no campo. Qual mulher gostaria de ter uma vida tão restrita? Além disso, como prometera à mãe, jamais faria do casamento uma obrigação ou um meio de conseguir fortuna. Não submeteria outra jovem aos mesmos tomentos que ela suportara.

Não, mamãe, nada de casamento à vista. Mesmo que eu tivesse tal intenção, duvido existir alguém por quem eu possa me interessar de verdade. E, ainda que houvesse, o que eu teria a oferecer? Não. Um casamento certamente traria em pouco tempo infelicidade e frustação. Sou muito melhor com jogos e apostas. Prefiro usar esse talento para conseguir os fundos necessários para recuperar nossa propriedade; e vou conseguir. Aquele potro será um bom início.

3

Georgina saltou a sebe com elegância. A égua sentia a pressão de seus joelhos e atendia a seus comandos como se ambas fossem um só elemento. A sensação de liberdade era esfuziante; não se lembrava de sentir-se assim há muitos anos. Uma leve bruma ainda se erguia do solo e gotas de orvalho refletiam a luz como se fossem diamantes, reluzindo sobre o gramado.

A duquesa, em um gesto ousado, montava como um homem, atravessada na sela e contrariando todas as regras da decência. Sua rebeldia, contudo, não chegava ao ponto de ser um afronte ostensivo à sociedade; o preço a pagar seria muito alto, e ela não se sentia disposta a tanto. Assim, cavalgava ao nascer do sol. Além da maravilha de ter o parque só para si, o horário a resguardava de encontros inconvenientes. A chegada de outros cavaleiros e amazonas interromperia seu passeio, mas, por ora, eram apenas ela, Afrodite e a sensação gloriosa de ser a única a decidir o seu destino.

Respirando fundo, enveredou por um caminho mais difícil, ao mesmo tempo em que incitava a égua a vencer obstáculos cada vez mais altos. O animal estivera confinado por muito tempo, limitado aos exercícios monótonos e repetitivos do cavalariço e a umas poucas cavalgadas, cerceado que fora pelas limitações impostas à dona durante anos. A égua também sentia os efeitos da recém-adquirida liberdade, e não se negava a obedecer a sua amazona; ao contrário, disparava livre em direção aos desafios.

Ambas, mulher e animal, testavam os próprios limites. Pela primeira vez, Georgina tinha nas mãos o comando da própria vida. Firmando os calcanhares, ergueu o corpo quando Afrodite lançou-se ao alto para ultrapassar uma barreira. As fitas que prendiam o chapéu soltaram-se e os cachos cor de mel escaparam dos grampos, caindo em uma cascata desordenada pelas costas, como um véu a flutuar. O decoro lhe ordenava que refreasse o animal e se recompusesse, mas o coração a mandava seguir... A liberdade era por demais sedutora.

— Milorde, desculpe-me, não o havia visto. O senhor combinou um encontro aqui com Lorde Tristan? Ele não costuma vir ao estábulo a essa hora.

O sol mal despontara no horizonte e, embora já fosse início da primavera, a manhã estava fria. O jovem cavalariço se assustou ao encontrar Lorde Hughes em frente à baia de Eros, o belo potro alazão sob seus cuidados.

— Não se preocupe, menino, eu não havia combinado nada com Tristan, sei muito bem que a essa hora ele não estaria aqui. Vim apenas para admirar essa beleza — explicou Thomaz, acariciando o focinho do animal. O potro parecia entender que ele não representava perigo. Embora resfolegasse com insistência, não havia se afastado do toque de sua mão.

— Ele parece gostar do senhor. Normalmente, tenta morder quem se aproxima assim — comentou, sorrindo, o jovem cavalariço.

— Acho que estamos nos tornando amigos — disse Thomaz, oferecendo uma cenoura, que foi logo abocanhada. — Diga-me uma coisa, você cuida dele desde que nasceu, não é mesmo? É você que o exercita?

— Sim, milorde, ele é minha responsabilidade — respondeu o rapaz, passando a escovar o pelo avermelhado e lustroso, o que fez com que Lorde Hughes se afastasse. — Quanto a exercícios, sou eu mesmo que o levo, ele não aceita qualquer treinador. Dois outros já tentaram, mas ele os derrubou. Esse potro tem personalidade, ele escolhe quem vai levar no lombo.

— Ele é um campeão — elogiou Thomaz, observando a curva elegante do pescoço, as longas pernas e os músculos do animal. — E como campeão, deve ter direitos. Nós nos veremos em breve, rapaz. Pretendo vir visitar essa beleza mais algumas vezes. Cuide muito bem dele; é um animal magnífico.

Como se entendesse o elogio, Eros abanou a cabeça com firmeza e soltou um breve relincho, arrancando uma risada de Thomaz e um olhar surpreendido do cavalariço.

A passos largos, o visconde deixou as cocheiras. As ruas começavam a despertar para o que prometia ser um belo dia. A névoa úmida se dissipava, permitindo ao sol formar poças de luz pelo chão. Uma manhã perfeita para uma cavalgada no parque; infelizmente, ele teria que se contentar com um passeio a pé. Há muito já não tinha condições de manter um cavalo decente em Londres; limitava-se apenas à parelha para a carruagem. Teria uma chance de mudar isso se conseguisse vencer a aposta.

Decidido, seguiu rumo ao Hyde Park, algumas centenas de metros a leste. A essa hora, o local estaria vazio, o que o agradava. Havia um certo conforto em atravessar os caminhos e alamedas acompanhado apenas por pensamentos e um esquilo ou outro. Infelizmente, não conseguia vir com a frequência que gostaria; noitadas não combinavam com passeios ao ar livre pela manhã. Mas, por mais que preferisse a segunda atividade, era a primeira, e sua astúcia nas mesas de jogo, que lhe garantia uma renda extra e nada desprezível. Ainda assim, sempre que possível, vinha se abastecer de paz e desanuviar a mente.

Um movimento à esquerda chamou sua atenção. A amazona cavalgava só e montava como se fosse homem, numa ousadia incomum. Apesar disso, havia tal leveza em seus movimentos que ela parecia flutuar, a égua como extensão de seu próprio corpo. A forma como conduzia o animal era libertária. Ela o incitava a saltar sebes e a seguir em um galope harmônico e desafiador. Thomaz ficou encantado! De onde estava, só percebia o porte elegante e os cachos que teimavam em escapar por sob o chapeuzinho, os traços faciais indistintos pela distância e pelo movimento. Em dado momento, ela saltou um obstáculo alto demais. Foi quando o chapéu se desprendeu e os cachos se soltaram e, tal qual um véu, flutuaram ao sabor do vento.

Uma mulher que entende o animal e o conduz com mão leve, sem temor e sem pudores. Ávida pela liberdade de seguir em frente. Admirável!

Ele manteve os olhos nela até que as árvores a esconderam. Foram apenas alguns segundos, ainda assim tempo suficiente para aguçar sua curiosidade. Com uma certa esperança, retirou o relógio da algibeira e conferiu o mostrador, faltavam três-quartos de hora. Sentiu-se tentado a abordá-la; no entanto, ainda restava uma boa caminhada até o endereço fornecido, e ele não deveria se atrasar. O compromisso agendado era importante. Descobriria quem era a bela dama, prometeu a si mesmo, mas não poderia fazê-lo agora.

O prédio era discreto, nem mesmo uma placa de bronze indicava que ali ficava o escritório de Lorde Cavendish. O nobre ocupara durante a guerra uma posição de destaque no Ministério das Relações Exteriores como responsável pelo Gabinete de Informações, nome que era apenas um eufemismo para o setor de espionagem. O Congresso de Viena e a derrota final de Napoleão haviam, enfim, trazido relativa paz à Europa. Com isso, as atribuições do Gabinete haviam diminuído, e Thomaz, que ficara a seu serviço por tempo suficiente, se desligara. Mas, como diziam naquele meio, uma vez agente da Coroa... Mesmo assim, a convocação o intrigara.

Faltavam ainda alguns minutos para o horário marcado, e o visconde deixou que a carta entregue por Alfred na véspera voltasse a ocupar seus pensamentos. A missiva não trazia nenhuma explicação, apenas lhe pedia que comparecesse àquele escritório na hora marcada, o estilo habitual de Cavendish. No entanto, ele não conseguia imaginar o motivo para ter sido convocado. O que o cavalheiro poderia querer com ele? Bem, descobriria em instantes. Sem pressa, subiu os dois lances de escada.

O jovem que o recebeu o escrutinou com os olhos semicerrados antes de encaminhá-lo à sala adjacente, um gabinete mobiliado de forma espartana. Lorde Cavendish o aguardava na companhia de outro homem, muito mais jovem e igualmente distinto. Thomaz recordava-se dele, pertenciam ao mesmo clube, embora não mantivessem laços de amizade.

— Hughes, como está?

— Lorde Cavendish.

A pergunta era claramente retórica, e ele limitou-se a estender a mão e a enunciar o nome daquele que o convidara para a reunião.

— Acredito que conheça Lorde Darley — continuou Cavendish, indicando o outro cavalheiro na sala.

— Lorde Darley — cumprimentou Thomaz, com um aceno —, creio que pertencemos ao mesmo clube.

— É verdade, milorde, inclusive participamos de uma partida de carteado há alguns dias. Confesso que desisti antes do término, sua sorte e habilidade com as cartas são imbatíveis. Temi comprometer minha renda se insistisse por mais tempo — respondeu Darley, com um tom simpático e brincalhão.

— Sabe o que dizem... sorte no jogo e azar no amor — respondeu Thomaz no mesmo tom.

— Senhores, temos um assunto importante a discutir — interrompeu Lorde Cavendish, antes que Darley contradissesse a última afirmação com veemência. Afinal, a fama de sedutor do visconde era largamente conhecida. — Agradeço por ter vindo Hughes e, como sempre, devo avisá-lo de que nossa conversa será confidencial.

— Pode contar com minha discrição, como sempre pôde.

— Realmente, sua discrição e dedicação são notórias nesse Gabinete. E, mais uma vez, sua aura de libertino e sua inclinação para o jogo poderá ser útil a Coroa. Eu soube que você anda muito interessados em cavalos, em específico em um certo potro bastante promissor. Fez até uma *aposta*?

Nenhuma emoção transpareceu no rosto de Thomaz, nem mesmo surpresa. Ele sabia que Cavendish era um homem com olhos por todos os cantos e que nada lhe escapava. Na noite da jogatina com Tristan e Willian, Lorde Darley estivera por perto, e possivelmente escutara a conversa deles. Sua presença na reunião indicava que ele fazia parte do restrito círculo de nobres que atuavam com o Gabinete. A alusão direta à sua fama de libertino e jogador tampouco o ofendeu. A imagem era intencional, sempre fora o disfarce perfeito para que exercesse suas atividades pouco ortodoxas em prol do reino. Acomodando-se melhor na poltrona que lhe fora indicada, manteve-se impassível e atento ao que lhe seria proposto.

— Meu caro, caso não saiba, Lorde Darley é um grande criador de cavalos, e alguns de seus potros já venceram provas importantes em Ascot Ratecourse. Além disso, salvo engano, vocês dois possuem propriedades quase vizinhas em New Forest, o que pode ser útil nesse caso e... Talvez seja melhor ele mesmo relatar o que chegou ao seu conhecimento, algo que precisa ser investigado e que, se verdadeiro, comprometerá a Coroa. — E, com um gesto de mão, passou a palavra para Lorde Darley.

— Hughes — começou o conde, assumindo o controle da narrativa —, ter animais participando das provas em Ascot é uma tradição em minha família desde que a rainha Annie fundou o hipódromo, em 1711. Já tivemos alguns vencedores em provas diversas, inclusive conseguimos a Ascot Gold Cup em duas ocasiões. E não se limita a isso, eu mesmo sou um aficionado por corridas e cavalos, costumo frequentar o hipódromo e jamais perco o Royal... — Relatou a situação com objetividade, colocando Thomaz a par de fatos e suspeitas.

O visconde manteve-se atento às palavras de Lorde Darley. Royal Ascot era o evento mais importante do turfe na Inglaterra, quase uma instituição. Sempre no início de junho, tinha duração de uma semana e diversas provas, culminando com a Ascot Gold Cup. Sua Majestade e outros membros da família real costumavam não só assistir como participar ativamente da competição com animais de seus estábulos particulares. Também era fato de conhecimento geral que as apostas movimentavam grandes quantias e que, por vezes, fortunas eram ganhas ou perdidas nas patas dos cavalos. O grande diferencial do evento é que a lisura das apostas e a honestidade das provas eram sempre tidas como certas. O que Lorde Darley relatava era realmente preocupante.

— Enfim, Hughes — concluiu o nobre, depois de alguns minutos —, há sérios indícios de que os resultados das provas vêm sendo manipulados. E temo que um golpe ainda maior esteja sendo preparado exatamente para a Royal Ascot.

— E por que o Gabinete não toma providências?

— Veja — interveio Cavendish —, as informações chegaram até nós de forma fragmentada e através de fontes não muito confiáveis. Não sabemos há quanto tempo isso vem ocorrendo, qual a dimensão da fraude e tampouco quem está por trás de tudo. Essas informações não serão obtidas junto a jóqueis ou cavalariços, precisamos de alguém que consiga se infiltrar, alguém que possa ter interesse em participar do golpe e auferir vantagens. Só assim conseguiremos acesso ao mentor do plano. E é aí que você entra.

— Entendi. Mais uma vez, terei que ser um vilão.

— Mas, como sempre, por uma boa causa.

— Que assim seja, tudo pelo bem da Coroa. — E, com um dar de ombros resignado, Thomaz se pôs a esboçar um plano.

4

Apenas um segundo, tempo suficiente para encher os pulmões, soltar o ar lentamente e aquietar a mente e o coração. Levantando a cabeça, Georgina aprumou os ombros e subiu as escadarias, mantendo a expressão de fria dignidade, a melhor armadura que conhecia. Se se jogaria aos lobos, deveria fazê-lo com sua melhor postura.

O brilho das centenas de velas acesas nos lustres e candelabros de cristal a ofuscaram por alguns segundos. O ambiente era uma efervescência de luxo e cor, e noites dedicadas à benemerência se tornavam cada vez mais uma vitrine para que cada uma daquelas mulheres expusesse o que tinha de mais valioso, enquanto seus maridos buscavam destacar-se com donativos polpudos. Quando Sua Graça, a Duquesa de Kent, teve seu nome anunciado, várias cabeças se voltaram, muitas com surpresa. Georgina Walker se mantivera praticamente reclusa durante quase todo o casamento; suas aparições em sociedade eram raras.

— Oh! — um murmúrio suave, quase inaudível, se elevou no instante em que ela adentrou o salão de baile. As mulheres comentavam a ousadia de seu traje e os homens, sua beleza.

Contrariando o costume da época, Lady Georgina usava um vestido negro, suficientemente decotado para deixar os braços e parte do colo descobertos, permitindo uma sutil visão da curva dos seios. O contraste da pele alva e cremosa com o brilho da seda rebordada em cristais criava um efeito intrigante, e deixava em absoluta evidência seus olhos, de um tom igual ao das centáureas azuis.

Era, sem dúvida alguma, impossível a qualquer das outras mulheres competir com ela. Sua beleza, como diziam línguas invejosas, só era comparada à sua arrogância. Ainda assim, qualquer uma daquelas damas adoraria participar de seu restrito círculo de amizades. Com um sorriso polido e uma falsa expressão de indiferença, Georgina esperou a anfitriã, que vinha em sua direção.

— Sua Graça — cumprimentou a baronesa, ao fazer uma reverência —, é uma honra recebê-la. Fico contente que tenha decidido aceitar o convite e retornar ao nosso convívio.

— Eu não poderia deixar de fazê-lo, milady. A causa é mais do que justa. As viúvas de nossos soldados, alguns dos quais tombaram sob as ordens de meu marido, merecem todo o apoio. Seria um desrespeito à memória do duque se, como sua viúva, deixasse de comparecer e contribuir. Meus advogados lhe enviarão meu donativo.

— Georgina, quanta generosidade — respondeu a baronesa. — E vejo que ainda mantém... o luto?

— Ainda não faz um ano, não me sinto pronta para abandoná-lo por completo, mas, como mencionei, a causa justifica minha presença esta noite. Tenho certeza de que Charles ficaria honrado em saber que deixei a reclusão em prol das viúvas de seus soldados.

Encantada, a anfitriã sorriu agradecida. Além do donativo, a presença da duquesa faria de seu baile um dos eventos mais comentados da temporada. E mais, sua postura era mais que aceitável; na verdade, era um exemplo a ser seguido.

Apanhando uma taça de champagne, Georgina olhou pelo salão à procura da amiga. *Rowena, não ouse me deixar sozinha, à mercê dessa turba maledicente!* Foi então que o viu, olhando fixamente para ela. A boca sensual com a curva de um sorriso atrevido. Não se lembrava de terem sido apresentados, ainda assim, ele a examinava com uma intimidade invasiva, como se a despisse com os olhos. Arrogante, ele ergueu a própria taça em um brinde silencioso. Em resposta, ela levantou o queixo, subiu o arco perfeito da sobrancelha esquerda e lhe deu as costas.

Tristan e Willian estavam há algum tempo observando com certo desânimo o salão lotado. A expectativa de encontrar, em um baile de caridade, uma jovem que se mostrasse imune ao charme de Thomaz não estava se convertendo em realidade. Infelizmente, não haviam, ainda, visto uma única sequer que não batesse os cílios ou abanasse freneticamente o leque ao pousar os olhos nele.

E não era difícil notá-lo. O visconde tinha mais de um metro e oitenta centímetros, ombros largos, maxilar quadrado e firme, os cabelos escuros sempre revoltos e olhos da cor do mar, num tom entre o azul e o verde, encimados por grossas sobrancelhas. Nem mesmo o nariz um tanto torto, resultado de uma contenda anos antes, comprometia sua aparência. Ao contrário, acrescentava-lhe uma pitada de charme a mais.

Os dois já estavam se acostumando com a ideia de que provavelmente perderiam a aposta quando um frisson percorreu o salão. A mulher mais linda que já haviam visto acabara de entrar. Como uma deusa aguardando para ser reverenciada, esperava que a anfitriã chegasse até ela.

— Se ela é quem estou pensando... — Lorde Tristan virou-se para confirmar junto aos amigos a identidade da bela dama e notou que, como muitos outros, o Visconde de Durnhill tinha os olhos fixos em... seria ela mesma? Lady Georgina, a inatingível Duquesa de Kent? Uma ideia maquiavélica começou a despontar em sua cabeça, e ele não pôde controlar o sorriso um tanto cínico que lhe distendeu os lábios. — Ela é belíssima, não é?

—Sim — respondeu Willian. — Já era quando o Duque de Kent a pediu em casamento, logo em sua primeira temporada. Com o tempo, ficou ainda mais. Mas há quem diga que não é muito agradável, soberba demais.

— Pois eu a acho perfeita — afirmou Tristan, com um ar enigmático e os olhos fixos em Thomaz.

— Ela é uma bela mulher, sem dúvidas, mas perfeita... depende de qual é sua definição de perfeição — interveio Thomaz, com certo descaso. — A mim parece uma mulher bastante arrogante, que se comporta como se o mundo girasse ao seu redor. Somente alguém assim teria a audácia de desafiar a todos e vir a uma festa de... luto?

— Diz isso porque milady não se rendeu de imediato ao seu charme e virou as costas ao seu cumprimento — apontou Tristan, a quem o gesto de Thomaz de elevar a taça, assim como a reação de Lady Georgina, não passara desapercebida.

— Não, digo isso porque conheço as mulheres. Ela me parece fria. Bela, porém, distante. Não me agrada.

— Hum... senhores, vamos procurar um lugar mais discreto. Há um assunto de nosso interesse que desejo abordar, e será mais conveniente fazê-lo em um ambiente mais reservado. Precisamos conversar longe de ouvidos indiscretos e sem sermos interrompidos.

— Posso saber por que tanto mistério? — indagou Thomaz, curioso.

— Saberá em minutos. Vamos? Não conheço bem a casa, será melhor perguntar a um criado, certamente deve haver uma sala que possamos usar — insistiu Tristan.

— Então, minha amiga, está se divertindo? — Lady Rowena serviu-se de mais uma taça de champagne.

— Não tanto quanto gostaria — respondeu Georgina, abanando o leque em busca de refrigério; o salão estava quente e abafado. — Sinto-me como um objeto raro sob observação. As mulheres me analisam de alto a baixo e os homens... bem, eles também me analisam e, sinceramente, não gosto do brilho lascivo que vejo em seus olhos.

— Nós já conversamos sobre isso — respondeu Lady Rowena, sem conseguir evitar um risinho divertido. — As mulheres vão mesmo examiná-la da cabeça aos pés. Lembre-se de que o duque era um dos partidos mais disputados do reino, e algumas delas ainda tentam descobrir o que você tinha e que elas, ou suas filhas, não. Como se isso não fosse perceptível a qualquer distância. Ter ficado reclusa nos últimos anos só serviu para estimular a curiosidade a seu respeito. Já os homens...

— Já os homens, como eu temia, parecem acreditar que toda viúva relativamente jovem está, deveras, desesperada para colocar alguém em sua cama, casando-se ou não. Você sabe quem é o cavalheiro encostado à coluna à esquerda, aquele bem alto de cabelos escuros? Não o encare, por favor...

— Hum... aquele bem alto? Lorde Hughes, o Visconde de Durnhill? — A resposta de Rowena tinha um tom surpreso e interrogativo. — Por que pergunta?

— Ele me olhou com insolência, e eu lhe dei as costas. Agora me pergunto se existe a possibilidade de já termos sido apresentados e eu ter sido descortês com um possível amigo de Charles.

— Oh, não! Ele certamente não era amigo de Charles — ironizou Rowena. — Lorde Hughes não só é insolente, como tem um péssimo comportamento social. Bebe muito, joga muito, aposta em cavalos e é um libertino incorrigível. Dizem que, a cada temporada, ele quebra o coração de uma ou duas debutantes. As mães e acompanhantes afastam suas protegidas como se ele fosse o próprio Belzebu. Também pudera, com tal aparência...

— Um *Don Juan* incorrigível, Belzebu em pessoa. Certamente, ele e Charles não seriam amigos.

— Talvez seja melhor escolher logo um acompanhante. Isso afastará o assédio inconveniente de sujeitos como ele. Surgirão comentários se você tiver um par, mas, pelo menos, poderá aproveitar a temporada sem se sentir como um doce confeitado pronto para ser devorado. O segredo será escolher com cuidado. Posso ajudá-la sugerindo alguns nomes. Lorde Bartled...

— Oh, não!

— O que foi?

— Eu já não me lembro bem das regras a respeito de leques e olhares e tudo o mais. Na verdade, tive poucas oportunidades de usá-las quando era debutante. Diga-me, abanar o leque quando um homem me olha...

— Significa que você está mandando sinais de interesse, muito interesse!

— Que absurdo, estou morrendo de calor e nem mesmo posso me abanar sem que pensem...

— Sem que pensem...

— Que estou interessada em dançar ou coisas piores. Oh, não! Não me diga que o barão... — gaguejou ao notar o lorde obeso que, sorridente e cambaleante, vinha em sua direção, ao que parece estimulado pelo frenético agitar de seu leque.

— Aonde você vai? — perguntou Lady Rowena, ao vê-la virar-se rapidamente.

— Sair daqui. Eu não suportaria ouvir mais uma longa dissertação sobre os feitos heroicos de meu marido, principalmente se vier acompanhada de um beijo molhado em minha mão ou uma sucessão de pisões no pé durante a valsa. Por favor, não o deixe me seguir. Diga... diga... diga qualquer coisa...

Antes que a condessa pudesse protestar, Georgina tratou de escapulir. O terraço parecia ser uma boa opção; infelizmente, outros convidados tiveram a mesma ideia. Ser abordada por mais um admirador do duque não era a ideia que ela tinha de entretenimento. Por um segundo, avaliou a possibilidade de se retirar da festa, mas para isso teria que cruzar com o barão a caminho da porta. A situação ficaria ainda pior. Se ele a interpelasse, não poderia deixá-lo falando sozinho, tampouco recusar uma dança.

Decidida, retornou e encaminhou-se à direção oposta — certamente haveria um local onde poderia descansar em paz por alguns momentos. Uma porta larga chamou sua atenção. Segundos depois, entrou em uma bela sala, respirando aliviada ao constatar que estava sozinha. Uma biblioteca! Ali, decerto, não seria encontrada. Quem deixaria o baile para vir se refugiar entre livros? O local era bonito, grandes mapas emoldurados decoravam as paredes, estantes de madeira guardavam volumes encadernados em couro; era um ambiente bem masculino. Curiosa e mais relaxada, Georgina passou a inspecionar títulos e autores. Leitora compulsiva, não resistia a um ambiente em que os livros eram a principal atração. Estava entretida tentando ler o nome de uma obra belamente encadernada em marroquim vermelho quando ouviu vozes masculinas.

Oh! Que tola, esqueci-me de fechar a porta. Não é possível... Será que o barão me seguiu? E com quem ele estará? Eles não podem estar vindo para cá. Ou podem?

Tudo o que ela não queria era ser descoberta ali. Mesmo que não fosse o inconveniente barão, quem chegasse poderia imaginar que ela havia marcado um encontro com algum cavalheiro. Estar sozinha na biblioteca certamente daria margem a muito falatório. Se houvesse um lugar onde se esconder... Desesperada, olhou ao redor, enquanto as vozes se aproximavam... *A cortina!* Com um salto, ocultou-se no vão da janela, atrás da pesada cortina de veludo vermelho. Com um pouco de sorte, os cavalheiros não notariam sua silhueta, tampouco a ponta de seus sapatos de cetim negro. Respirando com o máximo cuidado, colou o corpo à parede. *Só espero que eles não fiquem por muito tempo.* Desanimada, percebeu que os cavalheiros fecharam a porta ao entrar, e estavam envolvidos em uma discussão.

— Ela é a nossa escolhida, você terá que aceitar.

— O que você quer dizer, Tristan? Não sei o que pretende com isso.

Os cavalheiros pareciam estar debatendo, muito embora não parecessem zangados. O que devia se chamar Tristan parecia estar se divertindo, na verdade. Havia um quê de riso em sua fala, ainda que sua voz fosse firme e incisiva. Curiosa, Georgina prendeu sua atenção à conversa.

— Não se faça de desentendido — retrucou um terceiro.

— Nossa aposta, lembra-se? — insistiu o primeiro. — Lady Georgina Walker, duquesa de Kent, é nossa escolhida! Não foi você quem nos disse que poderíamos escolher qualquer jovem?

Eles estão falando de mim? Uma aposta... como se atrevem? E quem são eles?

— O quê? Como assim... Ela não é uma jovem... É uma viúva! E está de luto!

Não sou jovem? Ora!

Teve ímpetos de deixar seu esconderijo e confrontar os abusados, mas o bom senso recomendou que ouvisse mais. Se descobrisse do que se tratava aquela conversa, poderia revidar a afronta. Com a respiração em suspenso, aguçou os ouvidos.

— Uma viúva jovem, meu amigo. Alguns anos mais nova que você. E não está de luto; se estivesse, não viria à festa, apenas... usa um vestido negro. Nunca dissemos que teria que ser uma moça solteira, pelo contrário. Você mesmo concordou que poderíamos escolher qualquer jovem. Lady Georgina atende a essa condição, ela é jovem. Mais do que você.

— Ela ainda é jovem, não posso negar, mas é viúva! Eu pensei que teria que conquistar uma jovem debutante... solteira... ansiosa por um marido! Não uma viúva arrogante...

Conquistar? Viúva arrogante? Esse cavalheiro sequer me conhece.

— Você deveria ficar grato. Com uma viúva, você poderá levar sua conquista a cabo, sem o risco de um escândalo ou de ser obrigado a um casamento indesejado. Se conseguir convencê-la, poderá até usufruir de algumas benesses. Você não pode negar que ela é linda.

— Vamos, decida-se! Ou prefere reconhecer que perdeu a aposta e desistir? — impôs o cavalheiro, que haviam chamado de Tristan.

— Pois bem, se é ela a escolhida, que seja. Dizem que quanto maior o desafio, maior o prazer da conquista. Além disso, Eros vale qualquer sacrifício. Aquele potro é especial, e não vou abrir mão de consegui-lo apenas porque vocês foram maldosos e escolheram uma viúva amarga. Ela vai se interessar por mim e mais ninguém durante toda a temporada.

Potro? Estou valendo um cavalo? E conquistar-me será um sacrifício? Viúva amarga?

Georgina sentia-se cada vez mais indignada.

— Sim, e terá que beijá-lo e não poderá aceitar outro acompanhante durante toda a temporada — afirmou um dos cavalheiros. — E talvez...

— Reconhecer interesse por mim e não ter outro acompanhante, apenas isso. Foi o combinado, não exijam demais. Outra coisa, não pretendo ficar desfilando como um casal apaixonado. Ainda que Eros seja um belo animal, seria um sacrifício excessivo. Essa duquesa me parece ser a personificação de tudo o que considero desprezível.

— Está bem, mas se ela se interessar publicamente por outro cavalheiro, se estiver com outro acompanhante em algum evento, a aposta estará perdida. Por isso, sugiro que se coloque em ação. Ou você acha que vou entregar Eros assim, por nada? Você tem razão, ele é um belo potro, terá que merecê-lo.

— Vou lhe confessar algo — disse o outro cavalheiro. — Você vai perder. E nós teremos um ano inteiro para conquistar quem quisermos sem sermos atropelados pelo seu charme inconsequente. A duquesa não o beijará, muito menos confessará interesse em você.

— Estou me sentindo muito bem — comentou o tal Lorde Tristan, antevendo com satisfação a chance de vitória. — E, como a decisão está tomada, podemos voltar ao baile. Eu o aconselho a começar "o trabalho" hoje mesmo, Hughes. Que eu saiba, a duquesa tem uma vida social bastante restrita; e você não terá muitas oportunidades. E uma temporada... bem, não é eterna. Se não tiver êxito antes de seu final, adeus, Eros! E adeus, mulheres! Terá um ano de reclusão.

Risadas acompanharam essas últimas palavras. Em seguida, passos e o barulho da porta se fechando disseram a Georgina que os grosseirões haviam deixado a sala. Bufando de indignação, saiu de detrás da cortina. Daria uma lição naqueles lordes abusados, especialmente naquele tal de Hughes, que a havia menosprezado. E...

O susto foi recíproco. Nenhum deles esperava ver-se frente a frente com o outro, ainda mais depois do que havia sido discutido há minutos. *Maldição, por que ele não saiu com os outros?* Georgina reagiu primeiro. Ser mordaz e irônica por vezes era a melhor forma de lidar com o ultraje e esconder a dor. O casamento a tornara uma expert em disfarçar seus verdadeiros sentimentos.

— Cavalheiro, então eu valho o mesmo que um potro? Pelo menos espero que seja um *thoroughbred*, um belo espécime de puro-sangue inglês — disse ela, com a voz gelada e despida de qualquer emoção. Ainda que um resquício de indignação brilhasse nos olhos imensamente azuis.

— Sua Graça — cumprimentou-a Thomaz, curvando-se sem perder a fleuma —, não poderia ser diferente. Milady e Eros... os melhores de cada espécie, nada menos do que isso! Peço desculpas pelo que possa ter sido uma indelicadeza, mas prefiro que entenda como um elogio.

— Não pode acreditar que considerarei essa comparação um elogio. Eu esperava mais classe de um cavalheiro inglês, mas certamente, no seu caso, não estamos tratando com o... melhor da espécie — respondeu a duquesa, com sarcasmo, e, sem dignar-se nem mesmo a olhar em sua direção, saiu com a cabeça erguida, deixando-o só.

— Maldição! O que essa mulher fazia atrás da cortina? Maldição mil vezes! — praguejou Thomaz, em voz alta. Nada poderia ter dado mais errado. Ela jamais poderia ter escutado a conversa. E, para completar, seu comportamento fora mesmo desprezível. Georgina Walker havia mantido a compostura, contrapondo-se à sua grosseria com inteligência. Como pudera comparar a duquesa a um potro?

Sua sagacidade em decifrar as pessoas, em conseguir identificar sentimentos reais sob a capa de civilidade ou indiferença, fora desenvolvida ao longo de sua trajetória como agente. Muitas vezes, essa qualidade o salvara em situações de risco ou descontrole. E foi isso que fez Thomaz perceber a pontada de dor por baixo de tanta frieza. A jovem duquesa era muito mais sensível do que sua aparência imperturbável sugeria.

Sacudindo a cabeça, e descontente consigo mesmo, decidiu ir para casa. A noite fora um desastre, precisava se recompor antes de voltar a encontrá-la. Uma ruga de preocupação se formou em sua testa; não podia se dar ao luxo de perder a aposta. Poucos sabiam que o que começara como uma brincadeira entre amigos assumira proporções muito maiores. Ele precisava vencer e conseguir Eros. O cavalo seria seu passaporte para cumprir a missão de que fora incumbido por Cavendish. Agora, havia muito mais em jogo do que simplesmente reerguer Red Oak Cottage.

Maldita duquesa! Por que teve que abandonar sua reclusão justamente agora? Seria tão mais fácil conquistar uma debutante impressionável.

5

— Sujeito atrevido... arrogante... — Georgina resmungava em voz alta enquanto Pimble se esforçava para retirar todos os grampos de seu cabelo sem machucá-la. Pelo humor da duquesa, seu retorno à vida social não havia sido muito agradável. A dama havia chegado furiosa da festa.

— Se Vossa Graça não parar quieta por alguns minutos, não conseguirei escovar seu cabelo, e amanhã ele estará todo embaraçado — pediu a criada, com delicadeza, enquanto os cachos escorriam pelas costas de Georgina como uma cortina de seda brilhante que chegava à cintura.

— Ah, Pimble, pode um cavalo valer mais que... Ora, que tolice, claro que pode. Eu mesma prefiro a companhia de Afrodite à de muitas pessoas. Ainda assim... Eles apostaram! Como se eu fosse uma tola qualquer... desesperada para ser seduzida pelo primeiro que me aparecesse à frente... Viúva amarga... pois, sim! Eu apenas...

— Se milady me contar o que aconteceu, poderei entender melhor o que a está deixando tão irritada.

— Eu ouvi uma discussão enquanto estava escondida atrás da cortina!

— Atrás da cortina? Vossa Graça, o que fazia atrás de uma cortina?

— Eu havia fugido do barão que interpretou errado o tremular de meu leque.

— Milady agitou o leque para o barão? Que barão?

— O anfitrião! Mas eu não agitei para ele, que, além de velho e barrigudo, é casado. Eu estava apenas me abanando por causa do calor.

— Oh, meu Deus, milady! Casado?

— Você quer ou não saber o que aconteceu? Se quer, deixe-me falar! Se for ficar chocada a cada frase que eu pronunciar, jamais chegaremos ao final. Terá tempo para todas as recriminações quando eu terminar.

— Desculpe, Vossa Graça, mas é que me parece confusão demais para uma noite só. Talvez a senhora tenha tomado muito champagne? — perguntou Pimble, horrorizada com a hipótese. Ela conhecia muito bem a queda de sua senhora pelo vinho borbulhante, assim como o resultado nas poucas vezes em que ela ousara tomar mais de uma taça.

— Não, Pimble, eu havia tomado apenas uma taça, mesmo a noite estando quente. Por isso me abanava tanto com o leque, estava muito calor, e não ousei beber mais. Na verdade, o que aconteceu foi o seguinte...

Sem mais interrupções, Georgina contou a razão de ter ido parar atrás da cortina e reproduziu a conversa que inadvertidamente escutara, em detalhes. Pimble era sua criada desde solteira e acabara sendo sua confidente durante os anos difíceis do casamento. Extremamente reservada, a duquesa nunca conseguira confessar suas dificuldades com Charles nem mesmo para Lady Rowena. A própria mãe, na única ocasião em que tentara desabafar, a induzira a ser paciente com o marido, alegando que, como esposa de um duque, aquele era o único comportamento possível. Pimble a conhecia melhor do que ninguém, e fora ela quem secara suas lágrimas e a acalentara em suas noites vazias e tristes, como uma irmã o faria.

— Então Vossa Graça não era o objeto da aposta. Foi escolhida apenas porque compareceu ao baile — concluiu Pimble, quando a duquesa encerrou a narrativa.

— E em que isso muda a situação? Aquele sujeito desaforado... quais foram mesmo suas palavras? *"Aquele potro* é especial, e não vou abrir mão *de consegui-lo apenas porque vocês foram maldosos e escolheram uma viúva amarga."* Amarga! Ele nem mesmo me conhece.

— Ora, que atrevimento! Eu mesma lhe daria uns bons piparotes se pudesse. Mal sabe ele que Vossa Graça é divertida e gentil. Esses homens se acham deuses. Tenho certeza de que é um lorde velho e gordo. Talvez casado, milady? Esses são os piores. Aposto que engana jovens virgens para seduzi-las.

— Não, Pimble, não é casado, tampouco é velho ou gordo. É até bem-apessoado. Tem um queixo firme com uma pequena covinha. Não me olhe assim — protestou, ao ver a expressão espantada da jovem. — Ter boa aparência não o torna um cavalheiro. E soube que é um sedutor incorrigível e que as mulheres, mesmo conhecendo sua má fama, caem em seus braços de bom grado. Ou seja, é o mais abominável tipo de homem.

— E como milady pode saber?

— Eu perguntei sobre ele para Rowena.

— Milady perguntou? Quando?

— Durante a festa, antes de ir à biblioteca. Ele estava me olhando de um jeito... chegou até a erguer a taça de uma forma muito atrevida. Eu precisava saber quem era o sujeito.

— Hum... — resmungou Pimble, ao ajudar Georgina a se acomodar no leito. — E a aparência desse lorde abominável não é repulsiva, mas o contrário?

— Não... quer dizer, na verdade, ele tem cabelos escuros, ombros largos... mas seus olhos são diabólicos, e a boca... ele sorri com o canto da boca de um jeito... Ora! Vamos parar com isso — disse a duquesa, ao notar o olhar divertido de Pimble. — Não comece a criar fantasias.

— Acho que Vossa Graça deveria se vingar dele!

— O que você quer dizer, Pimble?

— Se me permite o atrevimento, milady...

— Nós duas sabemos que, se eu não permitir o comentário atrevido, você o fará de qualquer jeito! Vamos lá, o que está passando por essa cabeça fantasiosa?

— Ora, conquiste-o, Vossa Graça! Conquiste o abominável ao invés de ser conquistada! Faça-o experimentar do próprio veneno e divirta-se! Tenho certeza de que seria bom para milady sentir-se... sentir-se uma mulher desejada... depois de tudo, isso lhe faria bem.

Georgina não respondeu, ela sabia a que Pimble se referia ao dizer "depois de tudo". A observação, embora feita no intuito de ajudar, trouxe-lhe lembranças desagradáveis. Como um eco, foi capaz de ouvir a voz de Charles a seu redor, baixa e comedida, mesmo assim cruel e ferina:

Você parece uma árvore seca... frígida ... morta por dentro... Se eu soubesse, não teria me casado... impossível sentir desejo... meu sangue gela quando estou ao seu lado... culpa sua... culpa sua... culpa sua...

— Não posso negar que adoraria vingar-me dele. Infelizmente, não saberia como fazê-lo, não sou uma mulher assim — disse Georgina, afastando as memórias. — Eu não saberia conquistar um homem ou me fazer ser desejada. Seria um desastre e me sentiria humilhada por me submeter a isso. O visconde foi claro ao afirmar aos amigos seu desinteresse, a conquista seria apenas uma forma de ele ganhar a aposta. O que lhe interessa é o potro, não a mim.

— Pois eu aposto que milady pode mudar isso. Vossa Graça, não permita que os impropérios do duque a atinjam dessa forma. Ele estava errado e, agora que se foi, milady tem a oportunidade de... descobrir a verdade sobre si mesma — rebateu Pimble, com ousadia, mas também com o conhecimento de quem havia acompanhado de perto a evolução daquele casamento. — Conquiste o conquistador e vingue-se em nome de todas as mulheres que ele já magoou.

— Não, Pimble, essa não é uma boa ideia, muito pelo contrário. É mais uma das suas fantasias malucas. Eu não poderia sequer tentar. Nem mesmo saberia como e, ainda que eu soubesse, por que o faria? Isso vai contra todas as normas de boa conduta. Seria um escândalo! Agora, por favor, apague as velas... estou cansada — respondeu Georgina, refreando a fértil imaginação da criada.

Sim, por que faria isso? Talvez para saber o que é ser uma mulher de verdade, pelo menos uma vez na vida?

— Não acredito que a chuva parou. Eu estava me sentindo mofada como um estofado velho, sem exageros — gracejou Rowena, arrancando um sorriso de Georgina.

— Também não gosto quando isso acontece. É pavoroso passar dias privada do calor do sol e das cavalgadas.

— Seria terrível se fôssemos para o campo com um tempo desses. Roger pretende organizar uma caça à raposa, e qualquer atividade campestre fica terrivelmente prejudicada se o céu decide desabar em um aguaceiro —

justificou a condessa, servindo-se de mais um *scone* coberto de açúcar. — Hum... isso está muito bom!

— A sra. Cleigton tem muito talento para a *pâtisserie*. Se quiser, posso pedir a ela que repasse à sua cozinheira a receita. Notei que você está mais afeita aos doces ultimamente — comentou Georgina.

— É verdade, mas apenas porque os doces preparados por ela são mesmo deliciosos — disse Rowena, com um certo tom de culpa na voz.

— Vocês estão indo ao campo... sentirei sua falta — comentou a duquesa, retomando o assunto anterior. Na verdade, visava abster-se de comentar sobre a repentina fixação de Rowena por doces. Talvez houvesse uma razão muito simples, e maravilhosa, para explicar o súbito aumento do apetite da amiga, mas não seria ela quem levantaria a hipótese.

— Na verdade, essa é a razão para eu ter vindo visitá-la hoje. Iremos para Green House ao final dessa semana. Será apenas por poucos dias, visto que estamos em meio à temporada. Roger insiste, diz que, em meio a tantos saraus, bailes e concertos, uma caça à raposa será perfeita para relaxar. Na verdade, acho que ele já está cansado de tantas noitadas e sente falta de seus cavalos. E eu vim convidá-la para se juntar a nós.

— Quanta gentileza, mas não sei se...

— Não! Não aceitarei desculpas, você terá que me fazer companhia. Seremos poucas pessoas e, ao contrário dos convidados, eu não sou tão aficionada por caçadas e cavalgadas. Você será a única com quem terei liberdade para reclamar ao fim do dia! — A expressão de Lady Rowena demonstrava um falso pesar tão caricato, que Georgina não pode deixar de rir.

— Está bem, irei com vocês. E embora vá ouvir com paciência todas as suas reclamações, aproveitarei bastante o final de semana. Nem tanto pela caçada, perseguir e matar um animalzinho indefeso não é exatamente o que chamo de diversão — disse Georgina, com um estremecimento —, mas adoro o campo e sei muito bem que Lorde Darley cria cavalos maravilhosos. Você terá que tolerar minhas cavalgadas e visitas às cocheiras pela manhã, combinado?

— Desde que me faça companhia depois, combinado!

— E, serão muitos convidados? — perguntou Georgina, com uma pontinha de apreensão.

— Um grupo interessante, não muito grande. A maioria dos amigos de Roger tem propriedade na região, e serão poucos os que ficarão hospedados em Green House. Lady Carlyle e sua filha Belinda, Lady Lisbeth, Lorde Dylan, talvez. E você! Naturalmente, eu não disse a ninguém que a Duquesa de Kent estará presente. Se fizesse isso, tenho certeza de que meu marido seria assediado por vários interessados em participar da caçada. Infelizmente, suspeito que, nesse caso, a raposa não seria o alvo.

— Rowena!

— Ora, minha amiga, sei que soa indelicado, mas é verdade. Depois que você compareceu ao baile de caridade, houve um frenesi entre a sociedade. Dizem que existem até apostas a respeito de quem a conquistará, muito embora eu não possa acreditar que um cavalheiro respeitável se permitisse tamanho disparate.

Georgina sentiu as faces esquentarem. Então aquele presunçoso estava divulgando, talvez se vangloriando da aposta. Pois ele estava muito enganado se imaginava que venceria, ela não cairia a seus pés como uma garota tola. Jamais!

— Querida, está se sentindo bem? Você não está ouvindo uma palavra do que estou dizendo.

— Oh, desculpe-me, por um instante, divaguei. Lembrei-me de quando era solteira, das caçadas que meu pai organizava e da ansiedade de minha mãe para que tudo saísse perfeito — disse a duquesa, encabulada, sem poder confessar o real motivo de sua distração.

— Era exatamente isso o que eu lhe dizia. Esses eventos organizados por Roger sempre me causam uma dor de cabeça, talvez pela ansiedade para que tudo fique perfeito.

Rowena começou uma longa dissertação sobre as dificuldades de escolher cardápios que agradassem a todos, porém, ainda que se esforçasse, Georgina não conseguia se concentrar nas palavras da amiga. Um certo par de olhos da cor de mar invadia seus pensamentos, zombando de sua irritação.

— Ainda acho que milady deveria usar outras cores, o negro é muito soturno. Como pretende seduzir um cavalheiro usando luto por outro? E talvez pensar em penteados mais elaborados, seus cabelos são lindos e...

— Pimble, eu nunca disse que pretendo seduzir alguém. Estou quase arrependida de ter confiado meus pensamentos a você, que, como sempre, entendeu tudo errado. Eu odiei ser objeto de uma aposta e lhe disse que adoraria me vingar desse tal visconde, fazer o feitiço virar contra o feiticeiro. Nunca mencionei que pretendia seduzi-lo.

— Mas, pense comigo, milady, seria a vingança perfeita. O abominável visconde destruído pelo mal do amor.

— Pimble! — Georgina a interrompeu com firmeza. Se risse das ideias mirabolantes, a garota levaria a imaginação a patamares impensáveis. — Você está fantasiando de novo. Pensar em seduzir um sedutor! Isso não tem sentido, eu apenas me exporia ao ridículo.

— Ah! Seria uma pena desperdiçar uma ideia tão divertida. E milady não disse que ele é um homem bem-apessoado?

— Eu não disse que ele era bem-apessoado. Ele é... é... não é repulsivo, mas... Basta! Vou encerrar esse assunto. Não há dúvida de que tentar seduzi-lo para me vingar é uma péssima ideia. Daqui para frente, vou evitar encontrá-lo, só frequentarei lugares onde tenho certeza de que esse sujeito não estará. Green House certamente será um deles, por isso aceitei o convite. O assunto em breve estará esquecido, essa aposta ridícula não dará em nada. Basta que ele não tenha a oportunidade de me abordar.

— Ainda acho que milady deveria dar uma lição no visconde abusado. Isso sem contar que lhe faria muito bem ter um belo homem apaixonado e jogado aos seus pés.

— Pimble! — Dessa vez, Georgina praticamente gritou. — Acho que quem está sendo abusada nesse momento é você! E de onde surgiu a ideia de que um notório *Don Juan* se converteria num homem apaixonado e jogado aos meus pés? Se eu acreditasse em suas afirmações, decerto acabaria fazendo papel de tola. Esqueça esse assunto e arrume minhas malas com as roupas de meio luto, nada de cores vibrantes, no máximo meu vestido de noite em percal azul-escuro. E não se atreva a me contrariar — protestou, controlando o riso ao ver o brilho astuto nos olhos da garota.

— Vossa Graça, quem sou eu para contrariá-la? Só quero vê-la feliz, e a ideia de seduzir o lorde mal-intencionado é simplesmente... maravilhosa! Apenas pense a respeito enquanto estiver no campo. Eu poderia ajudá-la e... — A garota se interrompeu e uma expressão de desânimo tomou-lhe o rosto.

— O que foi agora, Pimble? — perguntou a duquesa, notando a mudança.

— O problema é que também não sei muito sobre como... seduzir. Já vi éguas e garanhões, mas não sei se, nesse caso, o que eles fazem é seduzir...

Georgina, dessa vez, foi incapaz de sufocar uma gargalhada. A expressão trágica da garota era cômica, na verdade. Pimble tinha uma mente fértil e criativa, mas era de uma ingenuidade encantadora.

— Não se preocupe, eu não precisarei de ajuda, porque não vou me aventurar nesse assunto. Por mais tentadora que seja a ideia de dar uma lição nesse libertino inconsequente, ficarei mais segura se esquecer do assunto. Vou esquecer o visconde abominável e apenas aproveitar o final de semana em casa de Rowena. Tenho certeza de que os convidados da condessa serão pessoas agradáveis e, se não forem, sempre restarão os cavalos para me distrair.

6

O verde das pastagens se estendia por entre a floresta, entrecortado pelas águas transparentes de riachos e pontuado pelo colorido das clemátis, dos delfinos, das margaridas e das campânulas. Por vezes, um grupo de pôneis selvagens surgia na paisagem, quebrando a quietude e trazendo um novo espetáculo aos seus olhos maravilhados. Empolgada, a duquesa fantasiava...

O sudoeste de Hampshire é uma das regiões mais lindas da Inglaterra, eu seria feliz vivendo aqui. Um cottage *simpático, belas pastagens, alguns cavalos... Eu poderia me deixar ficar em New Forest, jamais voltar a Londres... Nada mais de conversas tediosas sobre a guerra, de nobres maçantes e ladies invejosas...*

A carruagem seguia célere, o bom tempo colaborando para a tranquilidade da viagem. Deixaram Londres à primeira hora, logo ao raiar do dia, quando a temperatura era mais amena. Em breve, estaria em Green House, com tempo suficiente para vestir-se para o jantar. À exceção de Lady Lisbeth, Georgina não conhecia os convidados, e isso era um pouco preocupante. Talvez já houvesse sido apresentada a um ou outro, mas de forma passageira. Esperava encontrar assunto para manter um mínimo de conversa civilizada. Por mais que a possibilidade lhe exigisse esforço, as cocheiras e os afamados cavalos de Lorde Darley haviam sido suficientemente atraentes para convencê-la a ir.

Pensou em comentar sobre a beleza da paisagem, porém Pimble sucumbira ao sono. Georgina, ao contrário, não se sentia cansada, tampouco tinha pressa. A viagem a deixara relaxada e ela estava usufruindo da beleza que se descortinava diante de seus olhos. Inebriada, colocou o rosto para fora e deixou que o sol brincasse em sua pele alva. Tinha nas mãos as rédeas de seu futuro e poderia conduzi-lo da mesma forma como conduzia Afrodite, escolhendo o caminho a seguir e saltando os obstáculos com liberdade. A vida poderia se tornar doce, as escolhas eram suas.

— Minha querida, a viagem foi agradável? — perguntou a condessa, à guisa de cumprimento, recebendo-a logo à entrada da mansão.

— Foi muito agradável, sim. Estou encantada com essa região e muito feliz por ter aceitado seu convite, Rowena. Essa casa também é maravilhosa — elogiou Georgina, admirando o amplo vestíbulo.

— Sim, é um belo solar. A propriedade está na família de Roger desde a época de Carlos I, e foi construída por um ancestral quando o condado foi instituído. Eu confesso que às vezes a acho um pouco sombria, mas a região é tão bonita que me agrada vir para cá. Assim que você se acomodar e descansar, vou lhe mostrar o jardim e a biblioteca. Há uma galeria muito interessante, decorada com arte chinesa.

— Será ótimo, mas temos tempo para isso. Sei que você tem outros hóspedes a receber. Ficarei bem, não se preocupe. Vou tirar essas roupas empoeiradas e me refrescar um pouco. Nós nos encontraremos no jantar e, quando você quiser, serei *toda ouvidos* para suas reclamações — brincou Georgina, rindo quando Rowena revirou os olhos numa atitude infantil.

O quarto que lhe reservaram era muito agradável. A janela abria-se para um belo jardim, e a vista seria espetacular se não fosse parcialmente obstruída pelos galhos de um enorme carvalho. Diligente, Pimble já estava arrumando suas roupas. Uma criada da casa havia providenciado água fresca e deixado uma bandeja com frutas, queijo, biscoitos e um bule de chá envolto em um abafador para permanecer aquecido.

— Vou fechar as cortinas, assim Vossa Graça poderá descansar um pouco — sugeriu, ao ajudar Georgina a trocar o empoeirado traje de viagem por um robe de chambre.

— Não sei se conseguirei dormir, estou inquieta e agitada. Acho que prefiro ir até as cocheiras, creio que Lorde Darley não se importará se eu pedir a um cavalariço para encilhar algum animal tranquilo. Ainda teremos sol por algum tempo. Uma boa cavalgada é uma opção melhor. Você trouxe um traje de montaria, não?

— Naturalmente, milady, pelo que me toma? — respondeu a garota, com um arzinho falsamente ofendido enquanto retirava um traje de veludo azul do armário no qual havia acabado de guardá-lo.

— Azul? Onde está minha roupa de montaria de luto? Pimble, esqueceu-se completamente do *não se atreva a me contrariar*?

— Jamais, milady, eu a obedeci piamente. Lembra-se de que mencionou meio luto? Azul se insere nessa categoria — respondeu, com ar de triunfo. — Além disso — continuou, com tal petulância que, por outra dama, ela seria severamente repreendida —, Vossa Graça fica linda com essa cor. E nunca se sabe se um cavaleiro galante surgirá em seu caminho.

— Menina, eu não sei o que faço com você. Esse tom de azul nunca foi meio luto! Quanto a um cavaleiro galante, de onde tirou tal ideia? Cavaleiros galantes não surgem para viúvas idosas, esse é um sonho para garotas assim como você.

Georgina não conseguiu deter o riso. As ideias de Pimble eram absurdamente fora de propósito, porém o comentário seguinte não foi o que esperava. A seriedade com que a garota falou contradizia sua leveza habitual.

— Imagine, milady, eu sou apenas uma criada, e criadas não sonham, apenas vivem o dia a dia da forma que podem.

— Não fale assim e não se menospreze, você é uma jovem com direito a sonhos como qualquer outra. Por que não poderia sonhar com o amor? Ser uma criada não a torna diferente de outras mulheres no que diz respeito a seu caráter e valores, tampouco a sua beleza e bondade. Um título não torna uma mulher virtuosa, não se engane.

— Sei disso, milady. Infelizmente também sei que não tenho o direito de desejar alguém como eu gostaria. O que pode uma simples criada almejar? Eu não me contentaria com um homem que me visse apenas como alguém para limpar sua casa, cozinhar sua comida e parir seus filhos. Eu sonho com mais do que isso. Vossa Graça teve a bondade de me ensinar muito. Mais do que coser e engomar, aprendi a enxergar beleza em coisas que sequer sabia que existiam. Eu sou uma criada, mas meus sonhos são de uma lady, e isso não me parece uma coisa muito prática.

— Você é uma moça com um grande coração e um espírito alegre. Encontre um homem que enxergue suas qualidades reais e nunca, jamais, aceite menos do que merece, mesmo que lhe digam que é isso o que deve fazer. Pobreza e simplicidade não são um demérito e, creia-me, ter um dote, beleza e um nome nobre não asseguram felicidade a ninguém. Veja o que aconteceu comigo. Houve dias em que eu maldisse essas minhas "qualidades". Seguramente elas não me trouxeram o que eu buscava, muito pelo contrário, levaram-me a uma vida vazia e amarga.

— Vossa Graça ainda encontrará seu cavaleiro galante. Se há alguém que merece essa dádiva, é milady!

— Arre... já estou muito velha para isso, acho que suas chances são melhores — brincou Georgina. — Você é jovem, linda e terá um bom dote, sim! Será meu presente, quando encontrar seu cavaleiro. E, agora, ajude-me a vestir essa roupa, caso contrário, vou acabar chorando como você, e ambas ficaremos com os olhos inchados e o nariz vermelho. Nenhum cavaleiro galante se aproximará de nós assim — gracejou Georgina, para afastar um pouco a emoção do momento.

Duquesa e criada, o abismo social que as afastava jamais seria capaz de anular a amizade que as unia.

— Um belo animal!

— Vossa Graça tem certeza? Esse cavalo é um pouco nervoso, talvez uma égua mais dócil seja mais apropriada. — O cavalariço hesitava em lhe entregar as rédeas.

— Não se preocupe, estou acostumada. Gostei dele e, se nos dermos bem, talvez ele me faça companhia durante a caçada — disse ela, dando uma maçã ao garanhão para garantir sua simpatia. — Qual é o nome dele?

— Thunder — respondeu o cavalariço. — Se Vossa Graça tem certeza, em um instante, eu troco a sela.

— Não é necessário, apenas me ajude a montar. Vamos dar um passeio, Thunder — falou baixinho, alisando o focinho macio.

Sem opção, o rapaz ajudou-a, surpreendendo-se quando Georgina montou atravessada na sela, como um homem. O cavalo agitou-se um pouco ao perceber o peso no lombo, mas, em segundos, aceitou seu comando.

— Vossa Graça não deve se afastar demais. A noite costuma cair com rapidez.

— Serei cuidadosa, não vou sair pelos campos a galope, manterei alguma referência. Esse caminho que margeia o regato é seguro?

— Sim, ele segue por dentro da floresta até uma propriedade vizinha. Mas talvez seja melhor milady seguir a estrada que vai até a vila, essa trilha é bastante deserta.

—Não se preocupe, não pretendo ir muito longe. Vou seguir a trilha por uma ou duas milhas apenas.

E, com essas palavras, Georgina cutucou os flancos do animal com o calcanhar, saindo num trote suave. Ainda contava com luz por pelo menos mais duas horas, seguiria o regato por algum tempo e retornaria. O fato de ser um caminho pouco usado era uma benção, não correria o risco de cruzar com outros convidados a caminho do solar. O que menos desejava era tornar-se o centro das atenções por ser vista montando como um homem.

Em poucos minutos, sorria satisfeita com a decisão; o passeio estava sendo muito agradável. Talvez a fantasia de abandonar Londres para viver no campo pudesse se tornar em parte realidade. Precisava lembrar-se de perguntar se Lorde Darley tinha conhecimento de alguma propriedade à venda na região.

Distraída, não percebeu que a primeira meia hora se prolongou por mais um quarto, e mais outro, até que a luminosidade começou a diminuir. Interrompendo a marcha, Georgina redirecionou o cavalo ao ponto de partida.

— Thunder, está na hora de retornar, senão vamos acabar nos atrasando para o jantar — gracejou, como se o animal pudesse entendê-la. Mas a despreocupação logo deu lugar a uma certa apreensão. A escuridão descia com mais rapidez do que imaginara, as enormes árvores bloqueando o brilho do poente.

Autorrecriminando-se pela falta de cuidado, Georgina forçou o cavalo a avançar num galope mais rápido. Não estava assustada, bastava voltar pela mesma trilha e em breve chegaria às cocheiras de Green House. O que temia era que Pimble, preocupada com seu atraso, colocasse todos em polvorosa à sua procura, o que seria por demais constrangedor.

Só notou o enorme carvalho quando era tarde demais para desviar, e um de seus galhos cruzava a trilha baixo o suficiente para atingi-la. Vergou-se ao tocá-la e não a derrubou, mas, ao instintivamente proteger o rosto do impacto, Georgina deixou que as rédeas lhe escapassem das mãos, o espartilho apertado tolhendo seus movimentos e impedindo-a de tentar retomá-las. O episódio foi suficiente para fazer Thunder se assustar e aumentar o ritmo, e ela agora não conseguia refreá-lo. Apertando os joelhos, agarrou-se com ambas as mãos à sela para manter-se equilibrada. O coração estava acelerado enquanto o garanhão continuava num galope cada vez mais alucinado em direção ao... nada! Georgina dividia-se entre tentar se segurar e aparar com os braços os golpes dos galhos que a atropelavam na desabalada corrida.

Que tola fui, vou cair e acabarei quebrando o pescoço. Que triste enfrentar a morte justamente quando estou pronta para descobrir a vida.

Inesperadamente, outro animal emparelhou com o seu e tudo pareceu acontecer lentamente, como um sonho. Cabeça a cabeça, lado a lado, os cavalos seguiam num galope frenético quando o outro cavaleiro, dobrando o corpo quase até o chão numa manobra arriscada, conseguiu agarrar as rédeas e segurou-as com força, refreando Thunder e o próprio animal. De forma gradativa, diminuíram o ritmo até que o hábil cavaleiro conseguiu fazê-los parar.

Controlando a respiração ofegante, Georgina estendeu a mão para retomar as rédeas, ergueu os olhos disposta a agradecer e viu-se encarando... um mar em fúria!

— Muito obriga... O senhor? O que faz aqui?

— O que faço? Que tal impeço uma dama irresponsável de quebrar o pescoço? E o que a senhora pensa estar fazendo, cavalgando sozinha por um terreno acidentado quase ao cair da noite? O que aconteceu para sua montaria disparar dessa forma?

Com o cenho cerrado e a expressão igualmente surpresa, Thomaz a fitava sem soltar as rédeas de Thunder, a dura repreensão demonstrando mais preocupação do que reprimenda.

— Perdoe-me — disse ele, em seguida —, estou sendo grosseiro. Quando percebi o cavalo em disparada, achei que não seria capaz de alcançá-lo e evitar...

— Foi um incidente inesperado, não sou irresponsável — respondeu Georgina, com um fio de voz. — Estou habituada a montar, mas um galho nos pegou de surpresa, Thunder se assustou e eu derrubei as rédeas... Já está tudo bem, sou capaz de seguir sozinha agora.

— Está muito distante de Londres, milady! O que faz aqui? O que pretende cavalgando sozinha a essa hora? — insistiu Thomaz, num tom de voz ansioso. — Se eu não estivesse por perto...

— Agradeço sua ajuda, milorde — interrompeu Georgina, com frieza. — Foi gentil arriscando-se para me auxiliar, mas isso não lhe dá o direito de pedir explicações. O que faço ou deixo de fazer não é da sua conta. Aliás, o que o senhor faz aqui? Também está bem distante de Londres. Por acaso está me seguindo? — perguntou, horrorizada.

— Definitivamente, milady não me tem em bom conceito. Todavia, fique tranquila, eu não a estou seguindo de forma sorrateira. Esse é um comportamento vil e, ainda que eu não goze de boa fama, vilania não é um dos pecados que me são atribuídos. Nosso encontro foi apenas uma coincidência. Milady monta atravessada na sela como um homem. Quando vi o cavalo disparado, confesso que sequer notei que o cavaleiro em perigo era uma dama, apenas pensei em impedir o animal de derrubar quem o montava. Fiquei surpreso ao descobrir que era a senhora.

— Há algo errado em eu montar dessa forma? Por que eu não deveria? Por acaso homens e mulheres não têm pernas iguais?

Um sorriso zombeteiro elevou o canto da boca de Thomaz quando ele, maliciosamente, deixou que os olhos percorressem as pernas de Georgina. Embora o traje fosse recatado, era impossível não notar que elas se posicionavam uma em cada lado da sela, e que os tornozelos surgiam por sob a barra da saia, mal encobertos pelas botinas de pelica.

— Temos pernas, milady, mas eu não diria que são iguais.

Georgina sentiu um rubor quente tomar-lhe as faces. O sujeito era atrevido e descarado. Ainda assim, procurou manter a compostura, afinal ele acabara de salvar sua vida.

— Os cavalos não veem diferença, milorde.

— Talvez apenas a sintam?

Ela deveria ter se afastado, ultrajada, mas a indignação que havia reprimido desde que inadvertidamente ouvira a conversa dele com amigos na biblioteca veio à tona com toda força. Não conseguiu refrear as palavras.

— O senhor é deveras profano! Um escroque... infame...

— E Vossa Graça, além de montar como um homem, também pragueja como um — disse Thomaz, com a sobrancelha arqueada, refletindo surpresa pelo comportamento inesperado.

— Vou alertar Lorde Darley de que sua propriedade está sendo invadida, e ele certamente mandará expulsá-lo a pontapés — retrucou Georgina, furiosa, tentando arrancar as rédeas das mãos de Thomaz num movimento impulsivo e mal programado. Em reação, o animal ergueu a cabeça, sacudindo a longa crina, e girou sobre si mesmo, desequilibrando-a.

Georgina sentiu o corpo solto no ar, mas a sensação de queda iminente não durou nem mesmo um segundo. Um par de braços fortes veio ao seu encontro, e ela se viu envolvida e segura. A mente a mandou recuar, mas as mãos se agarraram a Thomaz, abraçando a estabilidade que ele representava.

— Calma, duquesa, eu a segurei. O cavalo está assustado, mas não vou deixá-la cair, confie em mim.

Confie em mim. Como poderia? Georgina jamais ouvira tamanho absurdo. Não havia ainda processado o sentido daquelas palavras quando se viu erguida da sela e transportada para o cavalo montado por Thomaz.

— Como se atreve?

— Relaxe, Georgina — disse ele, com uma inusitada e perturbadora intimidade, a voz profunda e calma calando seus sentidos atordoados. — Seu animal está nervoso, indócil. Por melhor amazona que seja, não conseguirá controlá-lo nessas condições.

— Eu consigo, tenho certeza.

— É arriscado. Eu conheço cavalos, o seu está bastante agitado. A noite está caindo. Se ele se assustar novamente, vai derrubá-la. E você não conhece essa trilha. No escuro, tudo fica mais perigoso — continuou, no mesmo tom, mantendo-a em seus braços.

— Como sabe que não conheço a trilha? — Era possível perceber a desconfiança que surgiu na voz de Georgina.

— Se conhecesse, teria se desviado do carvalho — respondeu Thomaz, taxativo — Vou acompanhá-la, duquesa, mesmo sob protestos. Pode não acreditar, mas eu jamais deixaria uma mulher numa situação difícil.

— Já lhe disse, milorde, que sou perfeitamente capaz de controlar Thunder. Agradeço a ajuda, mas seguirei sozinha. Chegar com você ao solar, ao cair da noite... isso sim acabaria com minha reputação e me deixaria numa situação difícil. O senhor não vai ganhar essa aposta com tanta facilidade, visconde. Se realmente é um cavalheiro, ajude-me a montar no cavalo.

Ela estava tão perto que foi impossível a Thomaz deixar de notar a sutil mudança: o medo rapidamente fora coberto por uma capa de orgulho, tornando gelados os olhos que, por segundos, haviam refletido o fogo que devia queimar em seu interior. Ela retesou os músculos e afastou-se dele.

— Se é o seu desejo, duquesa — consentiu Thomaz, apeando e auxiliando-a a retomar à própria montaria. — Mas eu a acompanharei a seu destino, mesmo que à distância. E não se preocupe, me retirarei antes que Lorde Darley sinta-se obrigado a me expulsar a pontapés.

Georgina sentiu o golpe. O comentário, feito no calor da discussão, fora extremamente rude, tinha que reconhecer. Não havia nada de repreensível na conduta do visconde, pelo contrário. Ainda assim, ela não lhe daria espaço para se aproximar sob nenhum pretexto. O que sentira quando ele a segurara nos braços foi algo indefinível e, por isso mesmo, assustador. A possibilidade de não estar no absoluto comando de suas sensações a fazia sentir-se vulnerável. Não correria nenhum risco. Vir a se tornar mais um nome na lista de apostas vencidas pelo abominável não poderia sequer ser considerada uma hipótese. Manter distância de seu charme manipulador era o mais aconselhável a fazer.

— Salvou-me de um acidente desagradável, fico muito grata, porém, repito, sou perfeitamente capaz de retornar em segurança. Adeus, visconde, não pretendo lhe dar mais trabalho, de qualquer tipo.

— Eu não diria que me dará trabalho, Vossa Graça, mas confesso que, a partir de agora, vou me esforçar para que nossos encontros ocorram de uma forma mais agradável. Sem sobressaltos! Então não lhe direi adeus, apenas até breve.

— O senhor não conhece limites mesmo, não alimente esperanças infundadas. Não haverá um novo encontro. Conforme-se. O senhor já perdeu sua aposta. — E, com essas palavras, Georgina incitou Thunder a um trote controlado e se afastou em direção a Green House.

Ora, ora... Georgina Walker, você é uma verdadeira caixinha de surpresas. Quem poderia supor que a altiva duquesa cavalga sozinha, monta como um homem e, pior, blasfema como um carvoeiro? Não é que sob a aparência frívola e orgulhosa se esconde uma mulher de sangue quente. Sou capaz de apostar que a dama que me fascinou no parque há alguns dias é você, Georgina Walker. Não imagino outra capaz de me causar o mesmo efeito.

Sorrindo, Thomaz retomou seu caminho.

7

— Oh, aí está você, minha querida, soube que teve um imprevisto — disse Lady Rowena, recebendo-a com as mãos estendidas e um sorriso que deixava transparecer sua preocupação carinhosa.

Havia várias pessoas na sala. Por conta do malfadado passeio, Georgina se atrasara para o jantar. Agora os convidados a aguardavam tomando vinho do Porto. Ela ficara tentada a dar uma desculpa e se recolher ao quarto, mas estava certa de que esse comportamento só fomentaria mexericos a respeito de sua arrogância. Melhor seria enfrentar todos de uma vez. Assim, afivelou um sorriso frio ao rosto, empinou o queixo e preparou-se para confrontar os olhares curiosos.

— Nada importante — respondeu, aceitando o cálice de xerez que o mordomo lhe ofereceu. — Fui suficientemente tola para achar que poderia cavalgar por uma trilha desconhecida ao cair da tarde, e calculei mal o tempo. Peço desculpas pelo atraso, foi indelicado de minha parte.

— Não tem por que desculpar-se, o importante é que está bem. Alguns convidados para a caçada chegaram, outros virão amanhã. Talvez você não conheça todos. Deixe-me apresentar-lhe a Lady Carlyle e sua filha Belinda...

— Vossa Graça, é uma honra conhecê-la — saudou com voz de falsete uma senhora de colo farto que se apressou a levantar e fazer uma reverência exagerada, enquanto a jovem ao seu lado enrubescia envergonhada pelo comportamento da mãe.

— ... e Lorde Dylan — continuou Rowena, dessa vez indicando um homem de cabelos escuros e olhos profundos que aceitou a mão que ela lhe estendeu, simulando o beija-mão numa atitude elegante. — Creio que já conhece Lady Lisbeth.

— Sim, já fomos apresentadas — respondeu Georgina, estampando seu sorriso formal.

— Que agradável surpresa encontrá-la — comentou Lady Lisbeth, com gentileza. — Nunca imaginei que se interessasse por caçadas ou cavalos.

— Oh, confesso que caçadas não me interessam. Quanto aos cavalos, não posso dizer o mesmo. Além disso, Rowena tem sido tão gentil em me fazer companhia nesses últimos meses solitários que não pude recusar o convite.

— Georgina ama cavalos, e eu aproveitei seu interesse para convencê-la a juntar-se a nós.

— Mas Vossa Graça participará da caça à raposa daqui a alguns dias?

— Sim, muito embora eu sempre me solidarize mais com o animalzinho do que com os caçadores. Sempre torço para que ela escape e jamais, jamais a persigo realmente.

— Mas a graça do esporte está em caçá-la! Como conseguir o prêmio se fizer diferente? — indagou Lady Lisbeth, com surpresa.

— Para mim, o prêmio está em vê-la escapar das armadilhas. Como eu disse, torço pela raposa, não pelos cães.

— Interessante... Alguém que se solidariza com a caça e não com os caçadores. Então a emoção da caçada não lhe desperta nenhum interesse, Vossa Graça?

Georgina sentiu um frio percorrer sua espinha ao ouvir o comentário. A voz às suas costas era perfeitamente reconhecível.

— Creio que não foi apresentada a Lorde Hughes, Visconde de Durnhill — anunciou Rowena, revelando no olhar um sutil constrangimento. Georgina talvez ficasse aborrecida pela presença do notório libertino, mas ela própria não sabia que ele faria parte dos convidados. Fora Roger que o convidara e, quando questionado a respeito, dissera que eram vizinhos e com interesses comuns. Ela não tivera como se opor à presença do cavalheiro.

— Vossa Graça, é um prazer conhecê-la formalmente — cumprimentou Thomaz, aproximando-se com um sorriso e depositando um leve beijo na mão que lhe fora estendida.

— Milorde, devo dizer que sua fama o precede — devolveu Georgina, sentindo as faces enrubescerem tanto pela insinuação velada de que já se conheciam de modo informal quanto pelo toque quente e atrevido dos lábios em sua mão. — E a resposta à sua pergunta é não, não sinto emoção em caçar — continuou. — A ideia de ver uma criatura ser acuada por outras mais fortes e em maior número não me causa nenhum prazer. Ao contrário, considero toda a situação um ato de extrema covardia.

— Visto por esse ângulo, é impossível não concordar com Vossa Graça, porém a postura da raposa também deve ser considerada. Trata-se de um animal extremamente esperto e daninho que age na calada da noite, invadindo galinheiros, matando aves e devorando ovos. Tem uma bela pelagem, mas sua beleza esconde uma índole nociva.

— Você tem razão, meu amigo, o dano que as raposas causam é a origem do que hoje consideramos um esporte — interveio Lorde Darley —, por isso não me sinto nem um pouco tolhido em organizar as caçadas.

— Não sabia que fazia parte do círculo de amigos de Lorde e Lady Darley — disse a duquesa, mudando o assunto e controlando a vontade de revidar o comentário dúbio sobre beleza e índoles nocivas. A última coisa que lhe interessava naquele momento era demonstrar animosidade em relação ao visconde, e com isso despertar a curiosidade dos outros convidados.

— Minha querida amiga, Lorde Hughes tem uma propriedade da região e, assim como nós, é apaixonado por cavalos. Esse interesse nos aproximou recentemente — elucidou Lorde Darley.

— Então milorde não é um invasor, mas um vizinho — reconheceu Georgina, em voz baixa.

— Sim, Darley e eu somos vizinhos — respondeu Thomaz, diretamente a ela. — Red Oak Cottage, minha casa, fica a poucas milhas. Infelizmente, não tenho vindo para o campo com a frequência que deveria e a propriedade está um pouco abandonada, mas pretendo mudar isso. Decidi revitalizá-la e voltar a criar cavalos.

— Milorde, folgo em saber. Será ótimo termos mais um criador. Nossa região é realmente adequada, as pastagens são perfeitas. Não é à toa que temos a maior manada de pôneis selvagens da Inglaterra — interveio Lorde Dylan.

— Se tem interesse em criar cavalos, devo supor que se interessa pelos páreos em Ascot? Talvez também seja um aficionado por apostas. — Os olhos de Lady Carlyle brilhavam curiosos. — Eu adoro apostar!

— Mamãe! — protestou Belinda, escandalizada.

— Confesso que sou um apostador inveterado — murmurou Thomaz, com a mão sobre o coração e o sorriso devastador nos lábios —, mas estou decidido a levar a criação de cavalos a sério. Sei de boa fonte que essa é uma atividade bastante promissora para quem quer revitalizar as finanças — prosseguiu, em voz baixa, olhando diretamente para Lady Carlyle, como se lhe confidenciasse um grande segredo.

— O que Lorde Hughes não está nos contando — disse Lorde Darley, notando os olhinhos ávidos da velha dama fixos em Thomaz — é que recentemente descobriu um campeão. Um *thoroughbred* da linhagem de Eclipse, alazão com a mancha escura na pelagem da anca. Um sério candidato ao Royal Ascot. No clube não se falava em outra coisa, e o assunto me interessou. Confesso que tive segundas intenções ao convidá-lo, Hughes. Gostaria muito de observar esse animal e por isso quero deixar Green House à sua disposição se quiser treiná-lo aqui. Algo me diz que valerá a pena apostar nesse cavalo. Quem o fizer certamente sentirá o prazer da vitória com frequência e ainda ganhará muito dinheiro.

— Um possível campeão... interessante — comentou Georgina, com voz de poucos amigos. — E esse animal tão promissor lhe pertence, milorde? Já é seu ou apenas o descobriu?

— Ainda não, milady, ainda não é meu, porém em breve o será — respondeu Thomaz, usando seu sorriso mais sedutor e, olhando em seus olhos, completou: — Estou trabalhando para isso com afinco.

O sangue da duquesa ferveu, borbulhou e extravasou pelo chão. Maldito arrogante! Ele dava como certo vencer a aposta. A vontade que sentiu de esbofeteá-lo para retirar o sorriso presunçoso de seus lábios foi quase maior que o receio do que tal atitude impulsiva causaria. Anos de treinamento a fizeram manter-se impassível.

— Eu o congratulo, milorde. E se realmente vier a conseguir esse potro, estimo que ele seja um vencedor. Muitas vezes subestimamos a realidade, damos algo como certo e o futuro nos mostra que as expectativas nem sempre se confirmam — afirmou a duquesa.

— Eu nunca subestimo nada, milady, tampouco crio expectativas ao acaso. Quando desejo alguma coisa, luto por ela. O potro está sendo negociado. Em breve, começarei a treiná-lo. Talvez em Londres ou, quem sabe, em Green House, como sugeriu Darley. A propósito — disse Thomaz, mudando o assunto e o tom de voz —, se realmente se interessa por cavalos, terei muito prazer em levá-la a uma visita às cocheiras. Darley tem belíssimos animais e eu, assim como a senhora, prefiro as cavalgadas às caçadas. Também não me agrada ver um animal indefeso ser estraçalhado apenas para que alguém sinta o prazer de vencer. Claro que o convite se manterá se Lorde Darley não me expulsar a pontapés de Green House pela ousadia de fazê-lo — gracejou, em referência ao comentário dela naquela tarde.

— Ora, e por que eu cometeria um desatino desses com um amigo? Expulsá-lo? Não! Cabe a Georgina aceitar ou recusar seu convite — respondeu Roger, justamente quando o mordomo anunciou que o jantar estava sendo servido na sala anexa. o que levou todos a se dirigirem para lá e poupou a duquesa de dar uma resposta.

Para sua sorte, Georgina foi colocada no lugar de honra à mesa, bem distante de Thomaz e ao lado de Lorde Dylan, que, embora interessante e atraente, não logrou êxito em captar sua total atenção. A cada vez que Thomaz lhe dirigia um olhar, ela imaginava com que facilidade um garfo poderia se tornar uma arma mortal.

— Você acha que vai funcionar? — perguntou Lorde Darley, um tanto inquieto.

— Lançamos a isca, agora teremos que aguardar. A história do potro campeão já havia sido divulgada e, até o final dessa semana, todos os que vierem para a caçada saberão que pretendo revitalizar as finanças através de apostas em cavalos. Lady Carlyle vai se encarregar de espalhar a notícia e certamente acrescentar alguns detalhes por conta própria. Não vai ser difícil acreditarem que estou disposto a passar por cima de algumas regras para conseguir meu objetivo. E, com tudo isso, minha fama de libertino e irresponsável cresce cada vez mais. Enfim, que seja pelo bem da Coroa.

— Sem dúvida, sua fama crescerá e, lamento, não de uma forma positiva — concordou Lorde Darley. — Esse é o preço que se paga por se dedicar a esse trabalho. Se preferisse levar a vida como um lorde acomodado como tantos outros, certamente não teria adquirido essa fama nefasta.

— Por outro lado, passaria pela vida sem qualquer emoção. Não, prefiro a má fama e o risco à inércia de viver sem realmente *viver*! É preciso arriscar, afinal a vida não pode se resumir a uma sucessão de dias, todos absolutamente iguais, ainda que o prazer seja a nota predominante em todos eles. Há que se descobrir novas emoções, caso contrário, a monotonia acabará com a alegria e passaremos apenas a respirar.

— Ouso dizer que, se seu objetivo era viver com emoção, acredito que o vem alcançando. Quanto a Lady Carlyle, você está certo. Ela cochichará aos quatro ventos as novidades, aliás, foi incluída no convite exatamente por essa razão.

Os dois homens conversavam na biblioteca com discrição. Se alguém se aproximasse, o assunto seria imediatamente alterado e eles pareceriam apenas dois amigos saboreando um conhaque e o último charuto antes de se recolherem.

— Há alguma chance de o nosso homem vir a procurá-lo com uma proposta?

— A notícia de um potro campeão foi o chamariz perfeito, principalmente quando associada ao fato de ele, supostamente, pertencer a mim: um libertino disposto a tudo por dinheiro. Mas não acredito que o mentor dessa tramoia venha me procurar diretamente, não por enquanto. A encenação vai me permitir fazer perguntas e investigar sem despertar suspeitas, e abrir caminho para que eu chegue até o responsável. Claro que há a possibilidade, mas seria um tremendo lance de sorte se o salafrário me propusesse um golpe de imediato. O grande problema é Eros, tenho que inscrevê-lo em Ascot para que o plano funcione, mas não posso fazer isso porque ele não me pertence. Tristan recusou-se a vendê-lo, exige que a aposta seja mantida e, por razões que você bem sabe, eu não posso revelar a verdade a ele. Isso poderia comprometer a operação.

— Ora, então trate de vencer a tal aposta. Naquela noite no clube, eu não consegui entender muito bem o que apostavam, mas, ao que parece, Lorde Tristan duvidou de sua capacidade de despertar o interesse de uma jovem aristocrata sem comprometer-se com ela.

— Sim, ele disse que, em meio às jovens bem-nascidas, meus recursos de sedução se provariam inúteis diante de minha fama de libertino sem dinheiro. Eu apostei que conquistaria a mulher que me apontassem, fosse quem fosse. Nunca imaginei, porém, que o assunto fosse tomar proporção que tomou, extrapolando o limite de uma brincadeira.

— Agora não há nada que possa fazer a não ser vencer essa aposta e com rapidez. Naturalmente, deve fazê-lo de forma a não destruir a reputação da moça, nem mesmo por uma boa causa devemos macular a honra de nossas ladies. Assim que retornarmos a Londres, coloque-se em ação — disse Roger, erguendo o copo de conhaque como se fizesse um brinde.

— Não é tão simples assim. Na verdade, Darley , eu não precisaria ir a Londres para iniciar o jogo de sedução. A escolhida por Tristan e Willian está aqui, em Green House.

— Aqui? Não me diga que se trata da srta. Belinda? Pobrezinha, será um choque para ela ser cortejada e...

— Não, não é ela. Antes fosse!

— Chega de mistério, Hughes, afinal quem é a jovem que você deve conquistar para vencer a aposta e ficar com o potro?

— Georgina Walker, a Duquesa de Kent.

Lorde Roger Darley deixou o charuto cair da boca.

8

— O que você está dizendo? Aposta? — A pergunta de Rowena saiu num tom mais alto do que aquele que habitualmente usava.

— Não fale alto, por favor — pediu Georgina. — A última coisa que desejo é que essa história se espalhe. Tremo só em pensar no que Lady Carlyle faria se descobrisse algo a respeito.

— Desculpe-me, foi o choque de sua revelação. Isso é... é... um absurdo! Certamente Roger desconhece o assunto, caso contrário, não teria admitido a presença desse sujeito aqui. Eu tampouco teria permitido que ele fosse convidado. Então essa história do potro que ele descobriu, o campeão... ele só será dono se você... Que abusado!

O final de tarde estava agradável e as amigas, enfim, haviam conseguido um momento tranquilo para tomar chá e trocar confidências. O movimento incessante no solar nos últimos dois dias praticamente as impedira de ter uma conversa privada. Lady Rowena nem mesmo conseguira desfiar para a amiga suas tão proclamadas "reclamações". A escolha de cardápios, de louças e os preparativos para a caçada e para o baile que encerraria o evento, isso sem falar nos próprios hóspedes, estavam exigindo sua atenção e ela se vira mais ocupada do que habitualmente ficava, até agora.

— Minha querida, eu a convidei para que pudesse distrair-se um pouco. Jamais imaginei que algo tão desagradável pudesse ocorrer. Estou consternada — desculpou-se a anfitriã.

— Não se aflija, Rowena. Embora seja muito aborrecido encontrar o visconde aqui, você não tem culpa de nada. Nem mesmo pretendia contar-lhe sobre a tal aposta, o fiz porque... porque... nem sei bem a razão. Talvez para justificar algum comportamento futuro. Decerto terei que que me esquivar de qualquer investida desse cavalheiro e temo tornar-me uma hóspede inconveniente ao fazê-lo. No entanto, sou obrigada a reconhecer que Lorde Hughes não tem sido impertinente. Na verdade, até me salvou de um desastre no dia em que cheguei. Se não fosse por ele, eu provavelmente teria caído e me machucado. E ontem...

— O que aconteceu ontem? — apressou-se a perguntar Rowena, intrigada com o brilho fugidio que notou nos olhos da duquesa.

— Algo inesperado. No final da tarde, estávamos todos no salão, as mulheres disputando uma partida de *piquet* e os homens envolvidos num jogo de sinuca. Você sabe que eu não tenho paciência para jogos de cartas e não me atreveria a jogar sinuca com os cavalheiros, ainda que acredite que seria muito divertido. Fiquei tentada. Porém, Lady Carlyle estava lá e me arrepiei só de imaginá-la descrevendo a cena nos salões londrinos, com todos os adjetivos que costuma acrescentar. Imagino que minha reputação não sairia intacta após o relato.

Rowena não pôde conter um risinho divertido, mas manteve-se quieta para não desviar o assunto. Estava por demais curiosa para saber o que envolvera o mal afamado visconde e impressionara a amiga na tarde anterior.

— O fato é que eu decidi escapar. Pensei em dar uma volta no jardim, talvez ir até as cocheiras. Oh, não me olhe com esse ar de reprovação, não é segredo que considero a companhia dos cavalos mais interessante que a de alguns humanos — disse, quase que em tom de justificativa. — Pois bem, eu estava com um vestido bastante leve e pedi a Pimble que fosse buscar um xale e me encontrasse no jardim.

— O vento estava forte ontem ao final da tarde — disse Lady Rowena.

— Como sempre, ela se apressou a me atender e, ao voltar, não sei se torceu o pé ou tropeçou... o fato é que, ao descer os degraus de pedra, veio ao chão, e seu grito... Pobrezinha, ficou evidente que havia se machucado. Eu corri para ajudá-la, mas, para minha surpresa, Lorde Hughes chegou até ela antes de mim. Não sei se ele me observava ou me seguia, talvez estivesse pensando em me abordar, mas não importa. O fato relevante é que ele imediatamente a ajudou a se levantar e a carregou até um banco. Em seguida, pediu licença, verificou seu tornozelo e se propôs a chamar o médico, o que se revelou desnecessário.

— Um comportamento extremamente gentil e inesperado de um lorde para com uma criada — admirou-se Rowena.

— Exatamente! A atitude dele foi louvável, porém surpreendente. Geralmente, nobres nem mesmo se atentam para a existência das criadas, a não ser para fins espúrios, infelizmente. Mas ele a tratou com gentileza, foi delicado e era possível ver que sua preocupação era genuína. Ele lhe dispensou o mesmo tratamento que dispensaria a mim.

— Hum... isso difere de tudo o que já ouvi a respeito desse senhor. Jamais imaginaria que alguém a quem é sempre atribuído um comportamento leviano, e até cruel, seria atencioso com uma criada.

— A atitude de Lorde Hughes me deixou intrigada, confesso. Mesmo que ele não gozasse de uma fama tão ruim, ainda assim seu comportamento seria inusitado em um lorde. Rowena, quais são exatamente os escândalos em que ele se viu envolvido? A quem ele efetivamente arruinou? Não me lembro de nada específico, mas talvez isso seja devido à minha quase reclusão nos últimos anos.

A curiosidade de Georgina era evidente, mas a resposta não foi dada de imediato. Por um segundo, as amigas se entreolharam até que Lady Rowena pôs fim ao silêncio:

— Que estranho, embora sempre tenha havido muitos comentários, nem um nome específico me vem à mente. Fala-se demais que ele é um sedutor, um libertino sem escrúpulos, que conquista as mulheres e as abandona; porém, não conheço ninguém que tenha sido publicamente abandonada. Pensando bem — continuou Lady Rowena —, muitas jovens se encantam e tentam conseguir sua atenção, mulheres casadas, mal-casadas eu diria, também. Sempre houve muita fumaça a respeito desse assunto, mas onde está o fogo?

— Ele é um homem atraente — justificou Georgina. — Não é difícil que as mulheres fiquem vulneráveis aos seus encantos.

— Sim, mas isso não faz dele um mau caráter — concluiu Rowena, surpresa pela postura inesperada de Georgina. *Preciso descobrir mais a respeito desse visconde. Roger vai ter que me explicar direitinho quem ele é. Pela primeira vez desde que nos conhecemos, percebo uma pontada de interesse em minha amiga, mas devo saber mais sobre ele antes de continuar essa conversa, seria irresponsável de minha parte se agisse de forma diferente.* — Hum — resmungou, mudando radicalmente o assunto —, acho que vou me servir de mais um pedaço de bolo. Tenho sentido tanta fome ultimamente, acredito que seja o ar do campo.

Georgina sorriu, voltando a atenção para a amiga. Quando Rowena ia dar-se conta do que provavelmente estava acontecendo? Ou será que ela, por ter desejado tanto um filho, via sinais de uma gravidez em qualquer sintoma diferente? Descobririam em breve.

— Está bem, Pimble, pare de me olhar assim e diga logo em que está pensando. Não aguento nem mais um minuto essa expressão em seu rosto, como se fosse explodir de aflição. Ou pior, como se estivesse pronta para arrancar todos os fios da minha cabeça com a escova.

— Ele é diferente do que imaginei, milady — explicou a menina, suspendendo a escovação —, e não parece de forma alguma mal-intencionado. A senhora tem que dar uma chance a ele, esqueça a aposta. Ele é um cavaleiro galante, até a salvou quando Thunder disparou. E ele a olha de uma forma... seus olhos parecem dançar ao vê-la!

— Ora, que bobagem, não sei por que lhe conto o que acontece e, pior, me disponho a ouvi-la. Jamais deveria ter revelado que o abominável visconde, aquele que apostou que me conquistaria em troca de um potro, é o mesmo cavalheiro que a ajudou a se levantar do chão. Mas não devaneie, Pimble. Ainda que lhe tenha estendido a mão e se preocupado com seu bem-estar, Lorde Hughes é um devasso arrogante que leva uma vida desregrada e não tem respeito por nada nem ninguém. Apostou minha honra em troca de um cavalo — enfatizou Lady Georgina, num tom deveras indignado.

— Milady, como pode dizer que ele não respeita ninguém? Veja como me tratou! E, quando a ajudou na trilha, nem imaginava que era a senhora quem estava em risco. E a aposta? Mais me parece uma brincadeira entre amigos. Lembre-se que nem foi ele quem a escolheu como vítima. Na verdade, não acredito que ele seja o único lorde que gostaria de uma aposta dessas, mas talvez seja o único com coragem suficiente para tentar conquistá-la.

— Ora, Pimble!

Georgina protestou, levemente irritada com a insistência; porém, no íntimo, sentia que as palavras faziam certo sentido. Sob a capa de irreverência, Pimble era extremamente sensata e verdadeira. E talvez, apenas talvez, ela tivesse uma certa dose de razão. O fato é que ela própria vinha se sentindo incomodada; alguma coisa não estava certa. Ela simplesmente não conseguia associar a figura de um devasso, libertino e inconsequente com o Lorde Hughes que conhecera em Green House. Quando em meio aos outros, ele aparentava ser um desregrado sem escrúpulos, mas, em situações específicas e isoladas, seu comportamento desmentia essa impressão, e ele agia como um cavalheiro honrado. Essa dualidade a incomodava. Qual seria a verdadeira face do visconde?

— Milady, perdoe-me mais uma vez a ousadia...

Dessa vez, Georgina nem mesmo respondeu, apenas ergueu uma sobrancelha, aguardando a "pérola" que Pimble soltaria a seguir.

— ... mas nem sempre o que falam sobre alguém corresponde ao que esse alguém é de verdade.

— O que exatamente você quer dizer com isso? — perguntou a duquesa, subitamente interessada.

— O duque... era considerado um herói, reverenciado por nobres e plebeus. Foi agraciado com medalhas e títulos, as mães o viam como o marido ideal para as filhas. Seu pai, lembre-se, milady, considerou-se afortunado quando ajustou seu casamento com ele...

— ... e, no entanto, poucos eram os que sabiam como ele era realmente na intimidade. Um verdadeiro tirano — completou Georgina, baixinho.

— Exatamente, milady. Não se deixe levar pelas aparências ou pelos falatórios. Talvez o Visconde de Durnhill seja um devasso ou talvez seja mesmo um cavaleiro galante. Acho que milady deveria dar a si mesma a chance de descobrir.

Georgina não respondeu, não podia negar que o raciocínio era coerente. Por vezes, as aparências realmente podiam enganar. Ela tinha conhecimento disso, vivenciara exatamente tal situação em seu casamento. No entanto, não estava pronta para admitir que o juízo que fizera sobre o visconde pudesse estar equivocado, menos ainda para lhe dar qualquer chance, seja lá o que Pimble estivesse imaginando ao mencionar tal possibilidade. Sacudindo a cabeça, seguiu para leito. O melhor seria esquecer o assunto por enquanto e ir dormir. O dia seguinte seria cansativo, principalmente para ela, que estava disposta a, sem deixar os demais caçadores notarem, auxiliar uma certa raposinha a escapar de seus algozes. Ainda não sabia como faria isso, mas precisava encontrar uma maneira.

9

— Uma bela manhã. Creio que será uma caçada agradável. — A voz de Lorde Dylan se sobrepôs ao alarido de duas dúzias de sabujos, cães de caça treinados para perseguir a presa com base em seu cheiro.

— Sim, o dia está propício para uma cavalgada — respondeu Georgina, sem querer entrar no mérito sobre se a perseguição de uma pequena raposa vermelha por cães excitados poderia ser considerada uma atividade agradável. No entanto, ela não tinha motivos para dar uma resposta abrupta, assim acompanhou o comentário inócuo com um sorriso.

Lorde Dylan era um homem gentil e de uma elegância a toda prova, tanto no vestir como no trato com as pessoas. Estava impecável em um traje tradicional de caça, a casaca vermelha adornada com botões em latão, as botas negras com a parte superior em couro marrom, bem polidas, o cabelo devidamente untado e arrumado no estilo Brutus, tão em voga. Ela não pôde deixar de comparar sua aparência impecável com o charme natural e até um tanto desleixado de Lorde Hughes. Ao perceber, sacudiu a cabeça de leve para afastar os pensamentos inadequados. Maldição, senhor visconde, como ousa invadir meus pensamentos dessa forma? Por quem me toma? Decidida a afastar tal intromissão, voltou a atenção ao entorno e aos preparativos.

Um grupo de cerca de trinta pessoas se reuniu em frente ao solar, algumas já montadas, outras aguardando que os cavalariços lhe trouxessem o cavalo. O mestre de caça e seus auxiliares tentavam controlar os cães, que, agitados, ladravam e corriam de um lado a outro tentando romper as guias de contenção.

— Vossa Graça me permitiria cavalgar ao seu lado? — indagou Lorde Dylan.

Georgina estava pronta para dizer que não era uma boa acompanhante em caçadas, quando notou Thomaz a poucos metros, semicerrando os olhos em sua direção. Com um leve toque de dedos na aba da cartola, ele a cumprimentou, o canto da boca erguido naquele inconfundível sorriso irônico. Espicaçada, virou-se para Lorde Dylan e concordou.

— Com prazer, milorde, embora eu deva adverti-lo de que não costumo participar com muito entusiasmo. Talvez eu não seja a melhor companhia.

— Em qualquer situação, sua companhia será sempre perfeita, preferível à de qualquer outra pessoa, milady — respondeu o nobre, com galanteria, ao curvar-se.

— Vossa Graça, folgo em saber que afinal decidiu nos acompanhar — disse com ar jovial Lady Lisbeth, aproximando-se numa bela égua de pelagem branca. — Ainda não lhe trouxeram a montaria? — indagou, surpresa pela convidada de honra ainda não ter seu animal ali, à disposição.

— O dia está tão agradável que fica difícil resistir a uma cavalgada pelos campos. Além disso, não fará mal que pelo menos um dos cavaleiros torça pela raposa, não é mesmo? — gracejou Georgina. — Ah, essa é minha montaria. — Sorriu, enquanto o cavalariço trazia Thunder pelo cabresto. — Pedi que trocassem a sela, essa foi a causa do atraso.

— Milady monta... como um homem? Interessante — comentou Lady Lisbeth, com os olhos arregalados de espanto.

— Eu prefiro assim — Georgina se limitou a mencionar, aceitando a ajuda do garoto para içar-se até o animal. Com firmeza, tomou as rédeas e preparou-se para colocar o plano em ação. Montar atravessada na sela lhe daria mais segurança, e teria que ser rápida se quisesse estar sempre à frente. Pretendia distrair os cães e, talvez dessa forma, dar uma chance melhor à raposa. A vontade de evitar o massacre foi mais forte que o receio de se submeter à crítica dos presentes. Se conseguisse aumentar as chances do animal, valeria a pena. Ainda que fosse um animal daninho, aquela era uma luta extremamente desigual. Por muito tempo, ela se sentira como a raposa: frágil, acuada, desesperada. Jurara jamais pactuar com algo assim.

O soar das trompas de chifre, no primeiro dos oito toques usualmente utilizados em uma caçada, anunciou o início da atividade. Os sabujos, controlados pelos *whippers-in*, foram levados para serem moldados em um *covert*, a área cheia de arbustos onde se sabia que algumas raposas vinham sendo vistas durante o dia, deitadas ao sol. Precisavam encontrar o cheiro de uma delas, o que nem sempre era fácil, já que havia a possibilidade de o odor ser alterado pela umidade, temperatura e outros fatores. Encontrado o rastro, cães e cavaleiros perseguiriam o animal até alcançá-lo e matá-lo.

Agitada, Georgina acompanhou o grupo, atendendo aos comandos do mestre de caça na expectativa de conseguir, de alguma forma, alterar o desenrolar dos acontecimentos. Depois de algum tempo, a matilha pareceu ter farejado algo e avançou, seguida pelos caçadores, em direção ao campo aberto. No alvoroço, a duquesa se afastou de Lorde Dylan e foi com surpresa que notou Lorde Hughes emparelhando o animal ao seu.

— Venha comigo e não se preocupe; vai conseguir o que quer.

A voz, alguns decibéis acima do usual para ficar acima da algazarra, conseguiu se fazer ouvir. Mas foi a firmeza no olhar do visconde que chamou sua atenção. O que ele pretendera ao dizer "vai conseguir o que quer"? Por segundos, obrigou Thunder a manter o ritmo, mas Lorde Hughes sinalizou insistindo e, curiosa, ela o seguiu. Os sabujos continuavam farejando o solo no encalço da caça — possivelmente a pobre raposa estava entocada em um buraco nas imediações.

O visconde tomou uma trilha transversal. Saltando sebes e troncos, contornou a matilha e seguiu até uma colina, diminuindo o ritmo ao aproximar-se da sombra de um grupo de faias. Sem consultar Georgina, apeou e amarrou as rédeas de sua montaria num galho baixo.

— O que isso significa? — perguntou ela, sem desmontar, os olhos inquietos e desconfiados.

— Significa que você poderá assistir de longe, ainda que com total visão, à vitória de uma certa raposa vermelha sobre a matilha. Hoje é o dia em que a caça vence o caçador. Não é o que desejava? Venha, pode desmontar, daqui teremos uma visão nítida do *grand finale*.

— Como você pode saber disso? — perguntou a duquesa, sem aceitar a mão que ele lhe estendia.

— Desmonte e lhe explicarei como. Ah... não se preocupe. Se meu plano funcionar, todos acabarão aqui. E, em meio a tanto tumulto, ninguém notará que nos afastamos do grupo por alguns minutos ou que chegamos antes deles. Fique tranquila, não usarei isso em meu favor, sua reputação não será afetada.

Georgina estreitou os olhos e perscrutou os dele, tentando enxergar além da íris cor de mar. O visconde tinha o ar satisfeito de quem vencera uma aposta, mas não havia nenhum sinal de malícia ou falsidade em sua expressão. Alguma coisa a impeliu a acreditar, talvez a esperança de que ele, de que alguma forma, houvesse interferido na busca dos sabujos em benefício da raposa. Além disso, ele estava certo quanto a não notarem sua ausência. Os cavaleiros e amazonas muitas vezes se dispersavam e, se lhe perguntassem, sempre poderia dizer que seguira um dos cães por uma trilha equivocada.

A colina tinha um aclive discreto, porém suficiente para dar uma visão clara do campo coberto por uma relva macia e pontilhado de pequenos arbustos e urzes numa geografia agradável. O dia estava quente, e a possibilidade de usufruir da sombra das árvores era por demais tentadora. Decidida, aceitou a mão que ele lhe oferecia e apeou.

— Conseguiu minha atenção, milorde. Agora, poderia me explicar o que isso significa? O que pode ter feito para favorecer a raposa? Não posso imaginar.

— Se Vossa Graça fosse um garoto criado solto nesses campos, compreenderia — interrompeu-a. — Passei muitos verões nessa região. Red Oak Cottage pertence à família de minha mãe há gerações e ela, assim como milady, nunca gostou que maltratassem animais. Meu avô criava cavalos e costumava organizar grandes caçadas. Algumas vezes, interferi, nem sempre com muito êxito, confesso. Não que eu seja contra a caça, apenas sou contra a caça sem propósito. Se um animal estiver atacando as galinhas ou comendo os ovos, sairei em seu encalço sem o menor pudor. Da mesma forma, acho admissível caçar um coelho ou uma perdiz para o jantar. O que não me atrai é a caça por esporte, o matar pelo simples prazer de fazê-lo. Além disso, também acho injusta essa disparidade de forças. As raposas não têm qualquer chance! O que se vê aqui é o uso, pelo mais forte, de um enorme aparato para aniquilação do mais fraco sem outro motivo que não a própria satisfação.

— Milorde soube definir muito bem meus próprios sentimentos — disse Georgina, absolutamente surpresa com tal sensibilidade. — Infelizmente, a premissa de nossa sociedade sempre foi subjugar o mais fraco para satisfação do mais forte.

— Eu me referia a caçadas. Em relação à sociedade, essa me parece uma avaliação bastante dura, não consigo compreender.

— Se fosse mulher, compreenderia — murmurou, repetindo as palavras ditas por ele.

Thomaz observou-a atentamente, o suficiente para perceber a nuvem que toldou seus olhos. Por instantes, ela pareceu se despir da capa de orgulho e deixou aflorar a garota doce e frágil que fora um dia. Incapaz de se conter, ele lhe tocou o queixo com a ponta do indicador, fazendo-a encará-lo. Uma necessidade insana de protegê-la o dominou quando a sentiu tremer, os olhos distantes e nublados de dor e lágrimas, numa recordação a qual ele precisava pôr fim. E ele o fez da única maneira que imaginou possível, seu rosto se inclinou e os lábios tocaram levemente os dela.

Georgina fez um movimento de recuo, rapidamente sustado por um par de braços tão fortes quanto gentis. Havia tanto calor naquele abraço que ela não conseguiu afastar-se, simplesmente se permitiu usufruir da sensação maravilhosa de ser tocada com carinho. Um soluço dolorido escapou de seu peito e atingiu a alma de Thomaz. Puxando-a para si, ele estreitou o abraço, buscando, com o calor de seu beijo, afastar qualquer lembrança que lhe causasse dor. A ponta da língua circundou os lábios teimosamente fechados e os induziu a se abrir, invadindo sua doçura. Com delicadeza, explorou cada recanto de sua boca enquanto a mantinha próxima a si, num casulo de proteção e amor.

O latido dos cães invadiu o momento, alto o bastante para fazer com que a realidade se interpusesse entre eles. Perplexa com o próprio comportamento, Georgina recuou, afastando-o com veemência, o coração descompassado. Thomaz não tentou impedi-la, ao contrário, ele próprio retrocedeu a uma distância respeitosa, impedindo que fossem vistos numa posição tão íntima. Em seguida, sem uma palavra, estendeu-lhe a mão, sinalizando que a ajudaria a montar.

— Venha, vamos nos juntar a eles. Teremos tempo para... Sinceramente, não pretendo comprometê-la. Apenas saiba que voltarei a esse assunto.

— Não há nenhum assunto pendente entre nós, milorde — respondeu a duquesa. Podia sentir o rosto afogueado e as faces quentes. Respirando fundo, buscou recompor-se antes que notassem sua perturbação. Tudo o que não precisava era de comentários maldosos a respeito de sua aparência desalinhada. Aprumando-se na sela, ajustou os pés nos estribos enquanto uma pergunta ressoava insistente em sua mente. *Um beijo... como pude permitir, ou melhor, como pude gostar?*

— Georgina...

A intimidade em sua voz era doce. Ela se sentiu fraquejar, a jovem carente e ansiosa por qualquer migalha de carinho teimava em emergir de seu íntimo. Mas ela estava por demais calejada para permitir tal acesso e, com firmeza, interrompeu-o, colando ao rosto a costumeira máscara de indiferença. A expressão gelada contradizia o furor com que seu coração batia, mas era suficiente para impedir qualquer alusão ao beijo e à sua fraqueza.

— O senhor ainda não me explicou o que fazia quando jovem. — E, diante do olhar atônito dele pela mudança de assunto e expressão, esclareceu: — Para ajudar as raposas.

Georgina, onde você escondeu a jovem suave que há pouco tremeu em meus braços? Sei que ela está aí, em algum lugar dentro de você, e agora que a descobri, juro que vou voltar a encontrá-la. Aposto minha vida nisso.

— É muito fácil — respondeu, por fim, o visconde. — Cães de caça seguem sua presa pelo olfato. Eles identificam o cheiro de um animal, geralmente o do último que esteve no local, e perseguem o rastro até encontrá-lo. Eu simplesmente fazia com que sentissem outro cheiro, que não o de uma raposa, quando fossem levados ao *covert*. Repeti a experiência hoje, com cuidado, para que desse certo. Há dois dias, um dos camponeses pegou na armadilha um coelho que vinha invadindo a horta de Red Oak Cottage, assou-o no jantar e pretendia usar a pele para forrar um borzeguim. Eu a comprei por cinco *pence* e, ontem à noite, esfreguei-a pelo chão e arbustos no *covert*. Depois, amarrei-a a uma corda, arrastei-a pelo campo e, por fim, escondi-a em uma toca abandonada ali — disse, apontando para o alvoroço feito pelos cães numa elevação do terreno.

Era evidente que os sabujos haviam encontrado algo. Os cavaleiros e amazonas se aproximaram ansiosos, todos querendo ser o primeiro a agarrar o animal quando ele fosse desentocado e tentasse fugir. No entanto, para surpresa e decepção dos caçadores, após algumas investidas, o sabujo chefe da matilha trouxe à luz a pele cinzenta de um coelho. Os cães haviam seguido o rastro errado, e a raposa estava salva.

O brilho que iluminou o olhar da duquesa encheu o coração de Thomaz de uma alegria inexplicável. *Ora, sr. visconde, o quanto esse beijo roubado mexeu com você?* Assustado, percebeu que não tinha ideia da resposta para a própria pergunta.

— Divertiu-se, Vossa Graça?

Lorde Dylan surgiu ao lado de Georgina no momento em que ela entregava Thunder ao cavalariço no pátio lotado com os que retornavam da caçada. A duquesa deveria mostrar certo constrangimento por ter se afastado dele durante a perseguição, mas sua alegria com o resultado era tanta que não conseguiria disfarçá-la.

— Mais do que imaginei ser possível, milorde — confessou. — Como afirmei, sempre torço pela raposa; portanto, fui a vencedora.

— Eu gostaria de ter visto sua expressão ao vencer. Infelizmente, acabamos por nos afastar. Quando dei por mim, Vossa Graça não estava ao meu lado.

—Oh! Lamento, milorde. Em meio ao alvoroço, me vi seguindo um dos cães que enveredou por uma trilha diversa, possivelmente por ter perdido o rastro. Demorei um pouco a perceber, mas acabei retornando ao grupo a tempo de presenciar a matilha desentocar a presa. Afinal, o que era aquilo?

— Uma carcaça de coelho. Creio que colocada lá propositalmente, muito embora não consiga entender por que alguém faria isso — disse Lorde Dylan, olhando-a fixamente com um sorriso um tanto zombeteiro.

— Acredita nisso? Eu tampouco posso imaginar quem o faria, mas tal pessoa certamente teria meu respeito — respondeu Georgina, com a expressão mais séria que conseguiu manter no rosto.

— A senhora é realmente encantadora. Desde já gostaria de lhe pedir que me reserve uma dança para o baile logo mais à noite. A diversão não será completa se eu não puder usufruir um pouco de sua companhia.

Lorde Dylan estava flertando com ela?

Surpresa, Georgina percebeu que ali estava sua chance de encerrar de uma vez aquela tolice de aposta. Bastava aparecer em público com o nobre que todas as chances de Thomaz estariam aniquiladas. Afinal, se estava bem lembrada, para que ele vencesse, ela não poderia frequentar eventos acompanhada de outro homem por toda a temporada. A tentação foi grande. Aceitar poderia ser a solução para a inconveniente situação, no entanto, algo indefinível a deteve.

— Lamento não poder aceitar, milorde. Oh, nada contra sua companhia, por favor, não interprete minha recusa de forma errônea — apressou-se a justificar. — Como sabe, ainda estou em período de luto. Vir ao campo e participar da corrida já foi por demais ousado. Comparecerei ao baile em deferência aos meus anfitriões, porém temo que dançar seja um desrespeito à memória de meu marido. Já tive diversão demais por um dia.

— Entendo perfeitamente e louvo com veemência sua conduta. A senhora é realmente uma mulher admirável. Espero que, ao passar seu período de reclusão, dê-me a honra e a alegria de sua companhia em algum momento. Sei que gosta de cavalos, por acaso costuma frequentar Ascot?

— Infelizmente, não, milorde. O duque não era um aficionado por corridas. Não tínhamos o hábito de ir ao hipódromo.

— Ficarei honrado se me permitir apresentá-la ao prazer das corridas. Tenho certeza de que se divertirá. Em um páreo, podemos sentir a emoção da disputa sem que nenhum animal seja sacrificado — explicou, fazendo alusão ao repúdio de Georgina pelas caçadas.

— Agrada-me saber que esse prazer não acarreta sofrimento.

— É um mundo vivo e repleto de comoção. Se Vossa Graça nunca apostou em cavalos, nunca acompanhou seu escolhido sobrepujar os demais e chegar em primeiro lugar à linha de chegada, não conhece o verdadeiro significado da palavra emoção. Os animais disputam o terreno palmo a palmo, a raia se torna o palco de um espetáculo de força e beleza. E quando o seu animal vence, a sensação é indescritível, viciante. Não, creio que ainda não experimentou esse prazer — concluiu, ao perceber o leve franzir de sobrancelhas de Georgina.

— Parece fascinante, milorde!

— Realmente é. Para se chegar a um bom resultado com as apostas é preciso conhecer alguns detalhes, olhar cada animal com olhos de lince. Nem todos os que são belos são igualmente abençoados pela capacidade de ser um campeão. Eu me sentiria honrado em lhe mostrar as particularidades do turfe. Ascot é um mundo muito particular, a senhora precisará de alguém que a acompanhe e oriente.

Lorde Dylan apresentava tudo de uma forma por demais tentadora. A curiosidade a espicaçou, até porque cavalos eram realmente seu maior foco de interesse. Algo, no entanto, a fez retrair-se, algo inexplicável. Embora gentil, sentia um certo cinismo em suas palavras. Seria real ou sua desconfiança natural a estava fazendo enxergar mais do que havia?

— Milorde despertou minha curiosidade, mas, como eu disse, ainda estou em meu período de luto, e terei que declinar de seu convite por ora. Quem sabe no futuro? — disse, de forma vaga. — Agora, se me der licença, preciso refrescar-me, a manhã foi exaustiva.

Com um leve aceno, despediu-se e afastou-se, aliviada. Em hipótese nenhuma desistiria da liberdade recém-adquirida. A explanação de Lorde Dylan fora interessante, era sua intenção frequentar Ascot e outros eventos, mas o faria por conta própria. Como viúva, podia dar-se ao luxo de prescindir de companhia. Satisfeita em saber disso, olhou ao redor à procura de Rowena, porém o que encontrou foi um par de olhos da cor do mar em fúria, fixos em seu rosto. A expressão fechada de Thomaz a fez crer que ele avaliava a possibilidade de perder a aposta diante do interesse inequívoco de Lorde Dylan. O que a agradou, ele merecia uma lição, sem dúvida. No entanto, o acelerar das batidas de seu coração abalou sua convicção.

10

Georgina arrancou o penacho preso pelo grampo de safiras. O vestido de percal azul-escuro, quase negro, havia sido perfeitamente adequado à ocasião, mas o enfeite nos cabelos acabara mostrando-se um exagero. Cedera à insistência de Pimble e se enfeitara mais do que pretendia. Em razão disso, tivera que suportar os olhares indagadores de Lady Carlyle, sem falar nos olhares cobiçosos de Lorde Hughes.

— Atrevido! Passou a noite a me rondar como um sabujo. Se ele pensa que um beijo roubado lhe dará qualquer direito sobre mim, que lhe garantirá vencer a malfadada aposta, está enganado. Não acredito que me deixei levar. Se esse visconde abominável pensa que me conhece, que vou cair em sua conversa... Oras! Como ele consegue enxergar meu interior? E porque eu aceitei aquela terceira taça de champagne?

— Milady, deixe-me ajudá-la. Posso escovar seus cabelos ou prefere que eu lhe traga um chá? A senhora não me parece muito bem, está resmungando e praguejando!

— Não há necessidade, Pimble. Hoje estou sem paciência para essa escovação e agradeço a oferta do chá, mas não quero. E não estou praguejando! Só desejo descansar, vou direto para a cama — disse, enquanto se livrava do vestido.

— Tem certeza, milady?

— Tenho sim, pode se recolher. Boa noite, durma bem.

Georgina tratou de atar os laços da camisola e enfiou-se entre os lençóis. Seria uma benção se o cansaço físico vencesse aquela batalha e obrigasse a mente a se aquietar. Infelizmente, as lembranças teimavam em voltar; ela não conseguia aceitar o alcance da perspicácia daquele homem.

O baile campestre fora agradável. Nada de valsas, apenas quadrilhas bem animadas, um buffet leve, ponche e champagne à vontade. Georgina lembrava-se de que fora rodeada por Lady Lisbeth e pela esposa do pároco, que monopolizara a conversa dissertando sobre a qualidade dos sermões preparados pelo marido. Um pouquinho entediada com o assunto, dedicara sua atenção à música e aos casais que dançavam no centro do salão. Contra sua vontade, os olhos foram atraídos para Lorde Hughes, que bailava com a srta. Belinda. A jovem tinha uma expressão beatífica no rosto; era impossível não notar seus risinhos nervosos quando, ao se aproximar em um volteio, ele lhe dizia alguma coisa em voz baixa.

Sedutor incorrigível. Pobre menina!

O calor e a monotonia da conversa, ou até um leve e inconfessável incômodo pela maneira como Lorde Hughes flertava descaradamente com Belinda, haviam-na feito aceitar uma segunda e depois uma terceira taça de champagne. O líquido dourado e borbulhante era delicioso e a fazia flutuar livre de quaisquer amarras.

Talvez por isso tenha sorrido mais do que seria recomendável para Lorde Dylan. Pensando bem, a ideia de aceitar sua companhia para uma visita a Ascot não lhe parecera mais inconveniente; saberia lidar com o lorde se ele insistisse em um flerte bobo! Já não era mais uma adolescente ingênua e...

— Vossa Graça me concede o prazer dessa dança?

Ora, a voz grave e baixa às suas costas! Ele se aproximara ao fim da música sem que ela notasse. Os pequenos cabelinhos em sua nuca se arrepiaram, e o coração acelerara o próprio compasso. Lorde Hughes parecia um lobo, à espreita, pronto para dar um bote.

— Parece ter se esquecido de que ainda estou de luto, milorde — respondera. — Estar com amigos pode ser admissível, mas dançar seria um acinte à memória do duque. Terei que recusar.

— É compreensível, milady, mas não deixa de ser uma pena, em todos os sentidos.

— O que quer dizer, senhor?

— Algumas normas sociais é que são, a meu ver, um acinte à natureza humana, desnecessárias como manifestação de respeito. Considero lastimável que uma mulher jovem tenha que abdicar da própria vida em nome da viuvez e em consideração a um marido que viveu plenamente a sua. Confesso que Vossa Graça me parece uma mulher por demais inteligente, o suficiente para se colocar acima dessas convenções sociais. Acredite, milady, seria mais divertido aceitar meu convite — insistiu, com um sorriso debochado a lhe erguer o canto da boca.

— Como ousa, senhor? Sua obsessão em vencer uma aposta não conhece limites?

— Minha intenção, longe de afrontá-la, visa seu bem-estar. Talvez não acredite, mas a aposta não tem nenhuma relação com minha observação. Acontece que certos comportamentos sociais me lembram outros, aceitáveis em algumas civilizações e totalmente condenados pela nossa, mas que guardam similaridades. O luto prolongado de uma esposa me recorda um costume do hinduísmo que ainda persiste em algumas regiões da Índia. Uma prática que os britânicos batizaram com o nome de suttee, o ritual em que a viúva se imola, atirando-se no fogo da pira funerária do marido recém-falecido. Considero ambos totalmente inúteis.

— Que horror!

— O luto infindável ou a imolação?

— Não seja cínico, senhor. Não há comparação!

— Ao contrário, ambos os comportamentos são comparáveis. É claro que o luto observado pelas mulheres ocidentais não tem a mesma dimensão do suttee, porém, em muitos casos, ele também representa o desperdício de uma vida. Milady, meu raciocínio é simples. Assim como admito a caça quando o seu objetivo é saciar a fome de alguém, respeito o luto que advém de um sentimento profundo de dor e perda. O que não aceito é a reclusão imposta pela conveniência social.

— Não posso discordar de todo, milorde, mas não entendo a razão de dirigir seus comentários a mim.

— Não entende mesmo, Georgina? O duque, com todo respeito à sua memória, teve sabidamente uma vida longa e ativa. Sua Graça não era conhecido por ser um homem comedido; não consigo imaginá-lo privando-se dos prazeres que o agradavam. Ele viveu intensamente. Se a viuvez fosse inversa, deixaria de fazê-lo? Por outro lado, milady casou-se muito jovem, a enorme diferença de idade era notória, e nada me fará acreditar que seu luto deriva de um imensurável sentimento de perda. Você não o amava, então por que abdicar da vida, Georgina?

— E o que lhe dá tanta certeza disso, milorde?

— Seus olhos! Eles me dizem a verdade.

As palavras ditas em voz baixa a abalaram. A resposta mordaz ficara travada em sua garganta; não conseguira revidar. Sua tão bem cultivada frieza desmoronara diante da percepção aguçada do abominável visconde. Sem conseguir responder-lhe, ela simplesmente lhe virara as costas.

Rowena viera a seu encontro e, constrangida, Georgina notara que o comportamento de ambos havia chamado a atenção dos demais convidados. Isso a deixou ainda mais abalada. Certamente o episódio fora orquestrado por ele, a conversa em voz baixa mais parecia uma discussão entre amantes. Alegando cansaço, retirara-se e agora estava ali, recolhida ao quarto e inconformada pela resposta que não dera.

Quem é você, Thomaz Hughes? O homem abominável que usa de qualquer subterfúgio para vencer uma aposta nefasta ou o cavalheiro gentil que parece enxergar a minha alma?

Sem resposta, aconchegou-se e fechou os olhos, em busca da pausa que algumas horas de sono trariam à mente exausta. O cansaço do longo dia colaborou e, algum tempo depois, Georgina mergulhou numa sonolência inquieta e superficial.

O ruído sutil, ainda assim perceptível, despertou-a por completo. Assustada, sentou-se na cama, tentando se orientar. A escuridão do aposento era quebrada por uma única vela que, acesa no frontão da lareira, trazia uma mínima réstia de luz. O suficiente, porém, para ela perceber que, pela janela aberta, o vento agitava a cortina. Teria vindo daí o ruído que a despertara?

Levantando-se, dispôs-se a fechá-la quando um vulto se deslocou e, pulando o parapeito, colocou-se à sua frente. O terror a dominou a ponto de paralisá-la, mas, antes que conseguisse pedir por socorro, uma voz reconhecível murmurou:

— Não grite, por favor. Perdoe-me, mas eu preciso conversar! Milady retirou-se do baile antes que eu tivesse uma oportunidade. Amanhã voltaremos a Londres e...

— Como chegou até aqui? O que isso significa?

— Georgina, por favor, me escute, apenas me escute. Eu usei o galho do carvalho, não foi difícil, está vendo? Foi assim que cheguei até aqui, subi à árvore e...

— Como um ladrão?

— Não como um ladrão, como alguém que precisa de sua atenção e não encontrou outro meio de atraí-la. Por favor, escute-me! Tomei essa atitude extrema... eu jamais... não sei como explicar a razão de tal sentimento, mas preciso desesperadamente que acredite que, inobstante toda a questão da aposta, não quero magoá-la e farei o possível para que isso não aconteça.

Aquelas palavras tinham um poder hipnótico, não havia outra explicação. A última coisa que sua razão lhe diria seria para acreditar nele. Então por que seu coração estava se acalmando e a vontade de clamar por socorro não se fazia insistente? A serenidade em sua voz a tranquilizou, mas não foi suficiente para convencê-la.

— Você não espera que eu acredite num absurdo desses. Acreditar em você depois de tudo o que ouvi?

— Não vou magoá-la... eu juro. A aposta... eu adoraria esquecê-la! Porém, preciso vencer... há muito mais em jogo do que um potro, Georgina. Isso é que eu vim lhe dizer, eu gostaria de poder explicar... meu comportamento... há uma razão para tudo... — Tolhido pelo juramento de sigilo, Thomaz não conseguia ser coerente.

— E por que não explica, milorde? Por que simplesmente não se acalma e explica?

Passando as mãos pelos cabelos revoltos, Thomaz deu alguns passos. Ele sabia que invadir o aposento fora uma atitude impensada, extremamente arriscada e que, se o surpreendessem, ela jamais o perdoaria por macular sua honra. Além disso, a invasão poderia resultar inútil diante de sua impossibilidade de contar a verdade. Contra toda a lógica, no entanto, a necessidade de conseguir a confiança dela fora impositiva e ele se arriscou. Jamais se importara tanto com a opinião de uma mulher. A necessidade premente de fazê-la compreender que não era o calhorda que todos supunham chegava a doer em seu peito. Mas a verdade não lhe pertencia.

— Um dia, talvez. Hoje eu não posso. Se o fizesse, trairia a confiança de terceiros. Só posso dizer que há razões honradas que justificam meus atos. Os motivos, se não eximem totalmente de culpa meu comportamento infame, pelo menos o atenuam. Por isso, sem poder apresentar qualquer prova de minha honestidade, eu corajosamente lhe peço: Georgina, confie em mim. Eu não vou magoá-la — afirmou ele, aproximando-se.

Palavras carregadas de emoção, mas que sozinhas não significavam muito. Ela já fora ferida demais para se deixar levar por palavras. Era em seus olhos que ela precisava ler a verdade; no fundo daquele mar tempestuoso procuraria o tesouro que almejava encontrar. Devagar, aproximou-se e o encarou.

— Por quê? Por que não me magoaria?

— Porque eu sei que foi ferida por quem deveria protegê-la e amá-la. Eu vi isso acontecer uma vez com alguém tão doce e generosa quanto você, vi a alegria se esvair de seu sorriso e de seu coração. Não pude fazer nada para evitar, mas com você... Não vou magoá-la, não faria isso. Jamais!

— Alguém que você amou?

— Alguém que eu amo.

A confissão a perturbou. Ouvi-lo dizer que amava outra a fez sentir uma aguilhoada no estômago. Confusa, voltou a algo que podia compreender em meio àquele caleidoscópio de emoções.

— Essa aposta, você precisa vencer?

— Sim.

— E não pode revelar a razão?

— Não, não posso. Só posso lhe dizer que vencê-la ajudará a desvendar um crime e a evitar sofrimento e perdas, tanto para homens quanto para animais. E isso é mais do que eu deveria ter falado.

A afirmação era séria o bastante para fazê-la titubear. Evitar sofrimento e perdas! A possibilidade a perturbou.

— Senhor, a razão me diz que devo manter-me alheia a seus problemas, mas... — Não confessaria que sua intuição lhe ordenava o inverso. — Jamais permitiria que meu orgulho fosse a causa de sofrimento para alguém, seja homem ou animal. Pensarei a respeito, não posso e não vou comprometer-me com nada mais do que isso. E espero não me arrepender.

— Não se arrependerá, eu juro.

— E, por favor, não me procure. Eu lhe participarei minha decisão, seja ela qual for.

Thomaz assentiu, mas manteve-se em silêncio. A proximidade era perturbadora, o ar entre eles tornou-se repentinamente denso, a respiração, mais acelerada, e uma emoção palpável os dominou. Incapaz de controlar-se, ele tocou, delicadamente, o rosto à sua frente, sentindo a maciez daquela pele, aspirou seu perfume e deixou que os sentidos se impregnassem dela.

Imóvel, Georgina sentia-se como se estivesse dentro de uma cena no palco da vida, ansiando pelo aguardado desfecho. Os olhos de Thomaz prendiam os seus. Ela queria resistir, mas fugir não era uma possibilidade real.

— Eu adoraria beijá-la, Georgina, não há nada que eu deseje mais do que ficar, tomá-la nos braços, fazê-la sentir... talvez o mesmo sentimento que me invade quando estou ao seu lado. Essa urgência de sentir seu gosto... usufruir de seu calor...

— Lorde Hughes, eu... não posso...

— Não diga nada, não é necessário! Vou deixá-la agora, mesmo sem querer fazê-lo. Um dia, virei a seu encontro, e não será na calada da noite, esgueirando-me como um malfeitor. Voltaremos a esse assunto, quando for também de sua vontade. Partir quando poderia tentar ficar é a única forma que tenho para demonstrar que não quero magoá-la, que vencer a aposta não é uma condição que se completa em si mesma. Você está se tornando importante, de uma forma que eu jamais imaginei possível. Sou eu que lhe peço agora, não me magoe demais.

E, com essas palavras, o visconde devasso e abominável trespassou o peitoril da janela e lançou-se no escuro da noite, desaparecendo e deixando a duquesa fria e orgulhosa com as inexplicáveis sensações antagônicas de perda e plenitude.

11

— Sua capa, milady. Não quer mesmo que eu a acompanhe?

— Não será necessário, Pimble. Aproveite e tire a tarde de folga. Vou apenas tomar chá com Lady Rowena. — E, com um sorriso, aceitou a ajuda para vestir a peça.

— Obrigada, milady, será ótimo ter a tarde de folga. Há tempos estou com vontade de voltar ao Museu Britânico. Como o tempo não está propício para um passeio ao ar livre, vou até lá.

— Que boa ideia! Esse é um passeio que também me agrada, quem sabe na próxima vez não vamos juntas? Há sempre muito a se ver e aprender no museu. Mas, hoje, devo tomar chá com minha amiga. Até mais tarde.

Georgina saiu rapidamente. Estava ansiosa, e Lady Rowena era a única pessoa com quem poderia falar livremente. Mesmo sem ter recebido um convite expresso para o chá, decidira ir procurá-la. A amizade que as ligava a autorizava a tomar essas liberdades.

Enfim a chuva fina que castigara Londres nos últimos dois dias parecia estar cedendo. As ruas estavam completamente enlameadas e o cocheiro, por vezes, era obrigado a ultrapassar grandes poças, espirrando água ao derredor. Mas a mesma chuva que sujava a cidade tornava o verde dos jardins mais vivo e o ar mais fresco. O resultado não era de todo ruim. Fiapos de nuvem, tal qual gaze levemente esgarçada, ainda cobriam a cidade. No entanto, já era possível entrever por entre elas o brilho dourado do sol. O céu era a metáfora perfeita para seus sentimentos! Ela vivera uma tempestade de sensações na última semana. Ainda que lhe restassem pontadas de dúvida, o alívio por finalmente ter tomado uma decisão brilhava em sua alma. Não que ela estivesse disposta a ceder de imediato às atenções de um visconde insolente e mal afamado; sua intenção por ora era apenas lhe conceder o benefício da dúvida.

A duquesa precisava descobrir mais sobre Lorde Hughes, e o misterioso problema que o afligia, antes de concordar em acompanhá-lo naquela temporada. Lorde Darley era a pessoa indicada para esclarecê-la, mas não poderia simplesmente sair fazendo perguntas, nem mesmo para ele. Manifestar interesse pelo visconde, ainda que para um amigo discreto como o marido de Rowena, parecia-lhe um passo difícil. Por outro lado, o tempo não estava a seu favor e, se a afirmação do visconde quanto a evitar sofrimentos a terceiros fosse real, ela não poderia furtar-se a ajudar.

Envolta em pensamentos, só percebeu que haviam chegado quando a carruagem parou e o criado abaixou os degraus para que ela descesse. A porta da mansão foi aberta quase que imediatamente e o mordomo, reconhecendo-a, permitiu sua entrada, encaminhando-a para uma saleta.

— A condessa está recolhida, mas mandarei avisá-la de que Vossa Graça está aqui — disse ele, ciente da amizade pessoal entre elas. — Aceita um chá enquanto aguarda, milady?

— Sim, obrigada — respondeu ela. Agora que decidira vir, estava aflita para abrir-se com a amiga, mas, para sua surpresa, quem veio ao seu encontro depois de alguns minutos foi Lorde Darley. Sua expressão não era muito tranquila.

— Lorde Darley aconteceu algo? — perguntou Georgina, antes mesmo que o amigo abrisse a boca.

— Que bom que chegou, preciso de sua ajuda. Rowena estava bem, mas subitamente ficou muito pálida. Eu notei e me prontifiquei a chamar o médico, porém ela se recusou e disse que precisava apenas descansar. Mas não me sinto tranquilo. Há dias ela vem sentindo esse mal-estar. Por favor, poderia conversar com ela? Não quero forçá-la, mas ela precisa consultar um médico. Estou pensando em mandar buscar o dr. Everett mesmo contra sua vontade. Prefiro vê-la de mau humor e zangada a doente.

— Claro que sim — concordou Georgina, pousando a xícara de chá sobre uma mesa. — Posso ir ao encontro dela?

— Naturalmente. Ela está em seus aposentos, você sabe onde é.

— Oh, querida, o que houve? — perguntou Georgina, assim que entrou nos aposentos da condessa e deparou-se com Rowena muito pálida, recostada em um canapé, com um lenço de cambraia embebido em água de colônia sobre a fronte e outro apertado nos lábios.

— Georgina, que bom que está aqui. Se eu soubesse, teria descido para recebê-la.

— E por que deveria fazê-lo, se está indisposta? Vamos, conte-me o que aconteceu, minha amiga. Aqui estamos até mais confortáveis do que na sala — disse a duquesa, acomodando-se numa poltrona.

— Não me sinto bem, estou tonta e com o estômago embrulhado. Eu estava ótima, tomava chá com Roger e conversávamos. De repente, após comer um sanduíche de pepino, senti náuseas e tudo começou a rodar.

— Você tem sentido esse mal-estar com frequência? — perguntou Georgina, com uma expressão enigmática no rosto.

— Algumas vezes, infelizmente. Não entendo o que vem acontecendo. Já me senti assim antes, mas a indisposição nunca foi tão forte como hoje. Talvez o espartilho apertado tenha contribuído. Roger está preocupado, ele vem insistindo em chamar o médico. Mas você me conhece, eu detesto todas aquelas infusões amargas que os doutores acabam nos receitando.

— Acho melhor dessa vez você concordar. Você não está bem e ele acabará por chamar o dr. Everett de qualquer maneira. Seu marido até comentou que prefere vê-la de mau humor e zangada a doente. E isso significa que a ama muito, porque quem conhece seu mau humor... — Georgina pilheriou, e arrancou uma risada divertida de Rowena.

— O querido Roger deve amar-me muito mesmo! Eu mesma não suporto meu próprio mau humor!

Georgina relaxou aliviada ao perceber que a cor havia voltado ao rosto da amiga, e que ela se sentia bem o suficiente para brincar. Na verdade, o mal-estar ao invés de preocupá-la deixava-a feliz por Rowena. Quando será que a amiga perceberia sua real condição? Não que ela própria fosse uma perita no assunto, mas desejara tanto ter um filho que se interessara em conhecer todos os sintomas de uma possível gravidez. Infelizmente, jamais tivera tal alegria.

— Querida, agora foi você que ficou pálida — murmurou Rowena. —

Está tudo bem? Vamos, conte-me. Tenho certeza de que há algo que a fez vir até aqui hoje. Afinal, eu também a conheço e sei que não tem o hábito de fazer visitas inesperadas. Não que isso faça diferença, ao contrário, sabe que é bem-vinda a qualquer hora.

— Está tudo bem comigo, sim. Mas você tem razão, há algo sobre o que gostaria de conversar. Você me convenceu de que minha reclusão é um desperdício — disse, com um sorriso um pouco forçado, empurrando as lembranças dolorosas para o fundo da mente. — Pois bem, talvez tenha surgido uma possibilidade de eu voltar a frequentar a sociedade e ainda ajudar uma boa causa.

— Que maravilha! Do que se trata? Vai abraçar alguma causa de benemerência?

— Não exatamente. Por favor, não fique chocada — alertou Georgina. — Trata-se de uma situação envolvendo o Visconde de Durnhill.

— Lorde Hughes? Conte-me tudo, não ouse me esconder nada — exigiu a condessa, com um brilho de curiosidade no olhar.

— Bem, você sabe que ele e eu nos conhecemos formalmente em sua casa...

Com calma, Georgina contou o que acontecera durante a caça à raposa e sobre como Lorde Hughes evitara a morte do animalzinho. Falou sobre a conversa que haviam tido durante o baile e como ele abordara sua relação com o duque. Por fim, relatou a invasão de seu quarto na véspera da partida de Green House e as razões que o visconde apresentara para justificar o comportamento, inclusive a respeito da malfadada aposta. A duquesa só poupou um detalhe: não mencionou o beijo que haviam trocado, tampouco os sentimentos que ele havia despertado nela.

Quando terminou, estava afogueada, a voz trêmula de ansiedade, o olhar buscando compreensão. Rowena não a interrompera uma única vez, os olhos um pouco arregalados pela narrativa surpreendente.

— Você supõe... ou está certa de que... acreditar nele será uma insensatez muito grande? — indagou Georgina. — Você acha, não é? Eu também acho, não sei o que me deu ao levar esse absurdo em consideração. No entanto, ele pareceu sincero ao dizer que não queria me magoar. Mas dizer que estou me tornando importante... e em seguida confessar que ama outra? Esse me parece o comportamento de um libertino, definitivamente um libertino.

— Calma, minha amiga! Não coloque palavras em minha boca. Eu confesso que a atitude do visconde é condizente com sua fama de libertino e insensato. Onde já se viu invadir o quarto de uma dama pela janela? Por outro lado, o comportamento dele durante a caça à raposa foi... adorável! E sua análise sobre seu casamento... hum, o que posso dizer? No mínimo, ele é bastante perspicaz. Agora, quanto à justificativa dada para a aposta, não sei se procede. Ele falou em desvendar um crime? Isso me parece um exagero. Eu poderia perguntar a Roger se ouviu algo a respeito, mas será realmente importante?

— O que você quer dizer com isso? — perguntou Georgina, diante da questão inesperada.

— Em muitos anos, essa é a primeira vez que a vejo vibrando com algo. Deixando emoções aflorarem e não apenas aceitando passivamente o destino que lhe foi imposto. Talvez Lorde Hughes seja um canalha, talvez tenha inventado uma história sobre perdas apenas para comovê-la, mas, seja qual for a verdade, o que sinto é que isso conseguiu tirá-la do marasmo no qual sua vida vinha transcorrendo. Há quanto tempo eu não via esse brilho em seus olhos? Você precisa descobrir o sabor da vida, minha amiga. E algo me diz que ele é a pessoa certa para lhe mostrar.

— Você tem certeza?

— Eu tenho certeza de que você merece viver! E não pode negar que a situação a deixou intrigada. Um detalhe também me chamou atenção: se as intenções do visconde fossem apenas seduzi-la, ele não confessaria amar outra pessoa.

— É verdade. Ele não escondeu que sente amor por outra. Aliás, foi em nome desse amor que jurou não me magoar.

— Creio que você tem aí sua resposta. Não há como negar que o Visconde de Durnhill é uma companhia agradável. Com ele a seu lado, você evitará a abordagem de tantos outros indesejáveis. Eu já havia percebido certa tensão entre vocês e...

— Como assim?

— O brilho em seus olhos, eu lhe disse. Há muito não a via tão sorridente. Ficou claro durante o fim de semana da caçada, pelo menos para mim, que algo havia despertado seu interesse. Tomei a liberdade de indagar Roger sobre o comportamento e a moral de Lorde Hughes. Não, não se preocupe — esclareceu a condessa, quando viu a amiga expressar desconforto. — Não mencionei seu nome. Usei o fato de ele ter aparecido em Green House para justificar minha curiosidade. Roger me garantiu que, embora seja um sedutor afamado, o Visconde de Durnhill é honrado. Como foi mesmo a expressão que meu marido usou... *um santo sob o manto de um demônio*. Confesso que ele sorria ao fazer tal afirmação, o que me fez ficar em dúvida sobre a suposta *santidade*, mas conheço meu marido para saber que, se o visconde fosse um canalha, ele teria dito.

— Saber disso me tranquiliza, talvez eu possa mesmo confiar em sua palavra.

— Você pode, minha amiga. Portanto, aceite-o como par constante nessa temporada e divirta-se! Há tanto para você descobrir, tanto que lhe foi negado por um marido... bem, você sabe — disse Rowena, sem mencionar nada específico diante do rubor da duquesa. — Se ao divertir-se estiver ajudando-o a proteger alguém, melhor. Há apenas um detalhe que você não pode esquecer.

— Detalhe? Qual?

— Ele ama outra, portanto, não se apaixone! Considere tudo apenas uma diversão temporária. Algo que, em sua idade e condição, é perfeitamente aceitável. Apenas descubra os prazeres da vida e aproveite.

A condessa estava certa. Seria agradável voltar a participar da temporada com regularidade. Lorde Hughes seria uma boa companhia e ainda serviria como anteparo para todos os lordes indesejáveis que tentariam se aproximar, de olho em sua fortuna. Por si só, essa proteção já era tentadora. Viúva e independente, sabia que um flerte inocente não a comprometeria. Se isso fosse o suficiente para ajudá-lo a conquistar a aposta, ela cooperaria. Mas jamais poderia permitir que a relação deles ultrapassasse esse limite. Por mais que Rowena afirmasse seu direito à descoberta da vida e do prazer, não conseguiria ultrapassar certos limites. Quanto a apaixonar-se, essa era uma hipótese absolutamente inaceitável. Um flerte, apenas isso. Inexplicavelmente, uma pontada de desapontamento a atingiu.

— Você está bem?

A pergunta de Rowena a tirou de seu devaneio.

— Estou ótima, e na verdade sou eu quem deveria estar perguntando isso. Seu mal-estar passou?

— Sim, completamente. Acho que tanta novidade me deixou por demais ansiosa. E com fome também. Vou mandar vir um chá com biscoitos — revelou, puxando o cordão da sineta para chamar a criada. — Você já pensou que temos que marcar uma hora com Madame Henriette? Você vai precisar de um guarda-roupa novo, e eu vou aproveitar e encomendar alguns vestidos também. É curioso, mas, embora eu esteja passando mal, meus vestidos têm ficado apertados.

— Rowena, minha querida — disse Georgina, sem conseguir evitar uma risada diante da ingenuidade da amiga. — Antes de pensar em encomendar roupas novas, fale com o dr. Evereth. Talvez você precise de um guarda-roupa bem diverso do habitual. É provável que seu peso aumente muito nos próximos meses.

— Ora, Georgina, o que você quer dizer... por que meu peso aumentaria se... — Rowena parou, incapaz de continuar. Como um raio, a possibilidade surgiu em sua mente. Com os olhos arregalados, ela encarou a amiga, as palavras travadas na garganta enquanto uma emoção indescritível invadia seu coração.

— Sim, Rowena, tudo leva a crer que sim. — Assentiu Georgina, com um sorriso feliz, tomando as mãos da condessa entre as suas. — O dr. Evereth poderá confirmar. E, já adianto, vou querer ser a madrinha — afirmou a duquesa, entre risadas, enquanto a futura mamãe saía rodopiando pelo quarto numa explosão de alegria.

12

Pimble saltou a pequena poça d'água. A chuva cessara por completo, mas as ruas enlameadas não facilitavam a caminhada. No entanto, nem mesmo a hipótese de ter a barra do vestido encharcada a demoveu da ideia do passeio. A persistência era uma de suas características mais marcantes, e ela estava por demais curiosa.

A jovem tinha fascinação por livros, um gosto que fora despertado por Lady Georgina, ela própria uma leitora voraz. A duquesa a incentivara a ler e costumava emprestar-lhe os romances que a agradavam. Não foram poucas as tardes em que Sua Graça a chamara para conversar sobre algum personagem ou o desfecho de uma história. A solidão de sua patroa era perceptível. O duque, quando vivo, mantinha-se envolvido em atividades notoriamente masculinas e, mesmo quando se encontrava em casa, não lhe dispensava mais do que alguns minutos de atenção. Depois de sua morte, os livros continuaram sendo a companhia ideal para a viúva enlutada.

E ela não havia sido egoísta, ao contrário, descortinara para Pimble esse universo novo e estimulante. Ambas, cada uma à sua maneira, viajavam pelos caminhos abertos naquelas páginas, e a literatura se transformara em um denominador comum. Através dos livros, e com a orientação da duquesa, que vibrava com seu interesse, estava começando a aprender sobre arte, história e música. Se não lhe parecesse uma maldade muito grande, diria que a solidão de Lady Georgina havia sido sua porta de entrada para um mundo de conhecimento. Também por isso, Pimble lhe era grata.

Há pouco tempo, a duquesa havia mencionado a existência de um reino chamado Egito, mais antigo do que a própria Inglaterra, no qual os reis eram chamados de faraós. Fascinada, ela procurara por algum livro que fizesse menção a eles na biblioteca de Sua Graça, sem sucesso. No entanto, Lady Georgina, ao descrevê-los como um povo com costumes completamente diferentes, mencionara que, no Museu Britânico, ela poderia descobrir um pouco mais a respeito do lugar. Naquela tarde, decidira fazer isso e não seria um pouco de lama nas ruas que a impediria de chegar lá.

Caminhando absorta, a jovem não despertava a atenção de quem lhe cruzava a frente. Os cachos castanhos estavam presos com simplicidade e o vestido azul era modesto. O conjunto das bochechas coradas e pontilhadas de sardas, olhos cor de mel e lábios cheios era gracioso, embora não chegasse a ser bonito. O charme de Pimble estava em seu sorriso caloroso, que marcava duas covinhas fundas na face e parecia chegar até os olhos. Se ela sorrisse, talvez tivesse suscitado algum galanteio. No entanto, mergulhada em si mesma, passava uma mensagem de inacessibilidade que afastava os cavalheiros, tanto os bem quanto os mal-intencionados.

A caminhada em passos rápidos e o vento frio trouxeram ainda mais cor à sua face. Com a respiração acelerada, postou-se diante do prédio impressionante. Já estivera ali acompanhando Lady Georgina, mas era a primeira vez que se aventuraria a desbravar aquele magnífico espaço sozinha. Por um segundo, uma pontada de indecisão bloqueou seus passos. Mas a sensação não perdurou — ser mulher e criada não eram impedimentos à sua sede de saber. Talvez sua presença provocasse alguma estranheza, mas tinha tanto direito de estar ali quanto um aristocrata. Decidida, respirou fundo e entrou.

Um objeto, mencionado por várias vezes nos jornais, justificava sua visita. A Pedra de Roseta, como a chamavam, parecia ter inscrições que desvendavam alguns dos segredos sobre o Egito. Foi a procura pela afamada pedra que guiou seus passos. Não demorou muito para ver-se frente a frente com o bloco cinzento, recoberto por sinais.

— Oh! Mas é impossível entender alguma coisa — murmurou, um tanto decepcionada.

— A senhorita acreditou que pudesse entender algo? Que a escrita fosse em nossa língua? — A pergunta em voz alta fez Pimble se virar. Um homem alto, de cabelos claros e com um sorriso largo a observava com surpresa.

— Não... em nossa língua? Certamente, não... mas...

A pergunta a chocou, não conseguia definir a própria expectativa. O cavalheiro continuava a fitá-la com atrevimento, a decepção que estampava na face sendo motivo de diversão. Pimble sentiu a pele esquentar, vergonha e irritação tomando-a na mesma proporção. A resposta saiu em um tom que demonstrava claramente seus sentimentos.

— Ora, na verdade, não sei o que esperava, senhor. Talvez descobrir um pouco mais sobre os egípcios, motivo de minha vinda! Vou procurar informações em outro local — disse, empinando o nariz.

— Perdoe minha indelicadeza, senhorita. — Ele usou um tom mais gentil para desculpar-se. — Não quis ofendê-la, a verdade é que não estou acostumado a ver jovens senhoritas interessadas num tema tão complexo quanto a civilização egípcia.

— E por que não poderíamos estar interessadas, senhor? — protestou ela, fixando os olhos na pedra para evitar encará-lo. — Talvez porque julguem nosso cérebro menor que o dos homens e, portanto, incapaz de pensar e aprender? — A resposta mordaz arrancou uma gargalhada de seu oponente.

— Alguns homens pensam assim, mas não estou entre eles, eu lhe asseguro. Concordo que as mulheres são perfeitamente capazes de pensar e aprender, mas acredito que de uma forma diferente. Sua capacidade de aprendizagem está ligada a temas mais delicados. Ver uma mulher interessar-se por temas masculinos, como a civilização egípcia, é uma surpresa. Agradável, ainda assim inesperado. Assuntos dessa complexidade são mais afeitos à inteligência masculina.

— Eu diria, senhor, que inteligência não é necessariamente uma característica exclusivamente masculina. Facultassem às mulheres o direito de aprender em situação de igualdade com os homens, e muitas se destacariam, mesmo nos chamados *temas masculinos.* Mary Wollstonecraft é a prova disso, não é mesmo? — Deixando a pergunta no ar, Pimble aprumou os ombros e se afastou, claramente irritada. A menção à escritora que admirava, mas que certamente comportara-se de modo não muito convencional durante a vida, mostraria ao cavalheiro que, além de não ser ignorante, acreditava na capacidade intelectual feminina. Para sua surpresa, ele a seguiu, caminhando ao seu lado.

— Senhorita, não fomos devidamente apresentados, mas gostaria de lhe fazer companhia. É agradável encontrar alguém com quem se pode conversar sobre os egípcios ou sobre Mary Wollstonecraft. Muito prazer, sou Willian de Montefort — completou, inclinando a cabeça e omitindo o título propositalmente. As roupas da jovem, o fato de estar sozinha em local público e de ter respondido ao seu comentário denunciavam sua origem plebeia. Todavia, a inteligência que demonstrara o havia estimulado a prolongar a conversa. Poderia ser um interlúdio agradável em uma tarde inequivocamente tediosa.

Pimble não conseguiu resistir e permitiu que seus olhos o examinassem. Estava claro por suas maneiras, por suas roupas e principalmente por seu nome que o estranho era um lorde. Os olhos castanhos a encaravam aguardando uma resposta, e ela se sentiu tentada a aceitar sua companhia, todavia, o bom senso lhe recomendou o contrário. O que um nobre poderia desejar com uma jovem como ela? Era inocente, porém não era tola, certamente o cavalheiro não desejaria nada respeitável.

— Senhor, agradeço. No entanto, prefiro continuar meu passeio em minha própria companhia. Não disponho de muito tempo para saciar minha curiosidade e não pretendo desperdiçá-lo em conversas amenas. — E, com um aceno de cabeça, Pimble lhe deu as costas.

— Pelo menos diga-me seu nome. Por favor! — suplicou o estranho, colocando-se ostensivamente à sua frente, impedindo-a de continuar.

— Pimble, senhor. Meu nome é apenas Pimble — revelou, sem conseguir resistir ao charmoso lorde.

— Srta. *Apenas Pimble*, prometa-me que nos veremos de novo. E que, na próxima vez, conversaremos sobre o Egito e sobre a inteligência feminina, tomando uma xícara de chá. Permita-me convidá-la.

— Senhor...

— Ora, vamos, uma xícara de chá e uma boa conversa. Não há nenhuma malícia em meu pedido, garanto — afirmou, pousando a mão direita sobre o próprio coração.

— Está bem — disse ela, contagiada pelo brilho dos olhos dele —, prometo que, se algum dia nos encontrarmos de novo, tomaremos uma xícara de chá e conversaremos. Vamos deixar que o acaso decida. — E desviou-se dele, seguindo decididamente em frente. Com esforço, controlou a vontade de olhar para trás. Se o fizesse, teria constatado que o olhar dele continuava pousado nela.

Que garota interessante... um desafio divertido! Srta. Pimble, seja você quem for, ficarei feliz em reencontrá-la. Esse arzinho petulante é encantador. Tenho certeza de que sua companhia me proporcionará momentos agradáveis.

E com tais pensamentos, Willian de Montefort deu por encerrada sua visita ao museu.

13

— Tristan, não seja arrogante. Vamos, preciso de mais uma chance, quero recuperar minhas perdas!

— Ora, Hughes , como ousa me chamar de arrogante? Essa é a primeira vez que consigo vencê-lo em semanas! Não, não vou lhe dar outra chance, vou é me vangloriar dessa conquista. É muito divertido ver seu jeito emburrado quando perde.

Com um suspiro, Thomaz soltou as cartas e afastou a cadeira da mesa. Jogar naquela noite não fora uma boa opção, sua mente não estava focada nas cartas. Na verdade, os últimos fatos em Ascot ocupavam seus pensamentos. Um potro jovem e sadio morrera após uma prova, o que não era normal. O tempo corria célere, e ele não conseguira descobrir nada sobre o que estava acontecendo, o que não obscurecia sua certeza de que vinham ocorrendo fraudes. Mais do que nunca, ele sentia que ganhar a aposta feita com os amigos era essencial. Os verdadeiros aficionados pelo turfe, aqueles que possuíam e investiam em animais, formavam um grupo seleto e fechado. Para imiscuir-se, obter informações e desvendar o que vinha maculando a lisura no esporte, ele precisava de um animal competitivo. Precisava do potro de Tristan e, para tê-lo, precisava da ajuda da duquesa. O problema era esse... a duquesa! Normalmente, ele não teria dificuldade nenhuma em usar de seu charme, ainda mais tratando-se de uma viúva. Desde que discreto, e isso ele sempre cuidara para ser, o jogo de sedução e conquista não traria qualquer dano à reputação da envolvida. Mas, no caso de Georgina, alguma coisa em seu sorriso, em seu olhar, dizia-lhe que ela não era como as outras. Embora seu casamento houvesse sido uma clara troca de interesses, ele não conseguia encontrar nela a frieza necessária para isso. Em um impulso, prometera que não a magoaria. Podia ser um crápula, mas não quebrava promessas.

— Maldição! — praguejou, imerso em seus pensamentos, sem notar o olhar curioso dos demais jogadores.

— Ora, meu amigo, não é para tanto — comentou Willian. — Sua perda não foi significativa. Jamais o vi tão aborrecido por tão pouco! Ouso arriscar dizer que seu mau humor não deriva desse jogo. Aliás, estou para perguntar-lhe, há algum tempo, como vai indo o progresso junto à duquesa. Depois de sua volta do campo, não mencionou mais nada. Vai admitir que perdeu e reconhecer que ela é inacessível?

A gargalhada com que Thomaz recebeu o comentário soou alta. Era imprescindível que seu comportamento se mantivesse como sempre fora, o de um cafajeste preocupado apenas em ganhar uma aposta.

— Inacessível? Não, meus amigos, Lady Georgina não é inacessível. É apenas e tão somente uma mulher inteligente e seletiva. Não comentei nada sobre a viagem ao campo porque seria indelicado, mas saiba que tivemos momentos interessantes durante a caça à raposa — disse, piscando o olho de forma sugestiva. — Em breve, vocês terão uma surpresa! Apenas não esperem que eu conte detalhes, isso seria uma grosseria de minha parte. Basta que nos vejam publicamente juntos. Esse é o trato!

— O tempo está passando, meu amigo... está passando — comentou, com ironia, Lorde Tristan. — E minhas dúvidas, aumentando! Algo me diz que manterei o alazão e ainda terei o campo livre junto às beldades da estação e do estabelecimento de Madame Lily. Tais perspectivas me abriram o apetite. O que acham de cearmos aqui no clube?

— Tristan, já passa da meia-noite. Acho que só conseguiremos uma ceia fria, ainda assim vale tentar. Vamos ao salão de refeições? — sugeriu Thomaz, afoito por se livrar das cobranças e comentários irônicos. Sua fisionomia mostrava a habitual segurança, mas em seu íntimo a incerteza revolvia-lhe as entranhas. Se Lady Georgina não tomasse uma decisão rápida em seu favor, teria que pensar em uma nova estratégia. A data da Royal Cup se aproximava, e ele precisava descobrir o que vinha acontecendo em Ascot. Por outro lado, a possibilidade de magoar a jovem com o comportamento irreverente que esperavam dele o incomodava.

— Também estou faminto — interveio Willian, fazendo-o voltar a atenção aos amigos. — Jantei frugalmente hoje, estava sem apetite.

— Ora, ora, caro Willian, jamais o vi perder o apetite. Será que a cozinheira errou a mão e salgou a refeição? — pilheriou Lorde Tristan, que conhecia bem a voracidade do amigo diante de um bom quitute.

— Na verdade, não. Eu apenas conheci uma garota interessante, alguém que gostaria de rever. Tarde demais, percebi que não terei como encontrá-la casualmente, já que certamente não frequentamos o mesmo ambiente. A tolice de não ter insistido em saber seu endereço ou marcar um reencontro me fez perder o apetite. Enfim — declarou, com pesar —, terei de me conformar. Vamos cear?

— Uma garota... e qual foi o atributo que despertou seu interesse a tal ponto? Talvez um par de olhos sedutores ou curvas bem pronunciadas?

— Não, Hughes, nada disso. Foi a inteligência! Hoje fui ao Museu Britânico conhecer a tal Pedra de Roseta, tão falada atualmente. Vocês sabem que eu me interesso por antiquarismo, em especial pela cultura e por artefatos egípcios. Pois foi lá que a encontrei. Acreditem, a garota tem os mesmos interesses. Como se não bastasse, fiz um comentário sobre a inteligência feminina e ela me respondeu citando Mary Wollstonecraft. Se tivesse mencionado Shakespeare ou Byron, não teria me surpreendido tanto.

— Uma jovem lady com interesses inusitados realmente é desafiador. Não consigo imaginar uma aristocrata que possa se interessar pelas ideias desconcertantes dessa mulher — resmungou Tristan, referindo-se à escritora. — Pelo menos a jovem tinha curvas?

— Ela não era uma aristocrata, nem mesmo parecia alguém abastada. Usava roupas simples e tinha maneiras educadas, porém não refinadas. Isso foi o mais surpreendente. E, sim, mesmo que isso não importe, ela tinha curvas e um lindo sorriso.

— Não era uma aristocrata, tampouco parecia abastada? O que uma jovem das classes inferiores estaria fazendo num museu? Qual seria seu interesse ali? — A pergunta era uma mistura de sarcasmo e incredulidade, algo usual nas manifestações de Lorde Tristan.

— A cultura egípcia, já lhe disse, Tristan.

— Não seja esnobe, Tristan, pelo menos não o seja mais do que o usual — criticou Thomaz. — Visitar museus não é prerrogativa da nobreza, a arte deve ser acessível a todos. Aliás, a cultura e a arte são instrumentos poderosos para o crescimento de um povo.

— Isso é um ultraje à diferença de classes. Nosso povo tem cultura suficiente para desempenhar os encargos que lhe competem. Não venha você defender as ideias liberais dos franceses. Veja o que aconteceu com a aristocracia daquele país. E nem por isso o povo francês vive em melhores condições que o inglês — replicou Tristan, com veemência.

— Ela parece ser uma jovem que desfruta dos mesmos interesses que você, Willian — Thomaz mudou o assunto, decidido a sustar a discussão de cunho político. Seu amigo não pactuava de suas ideias, insistir seria inócuo e cansativo. — Talvez seja filha de algum clérigo que a incentivou a estudar, ou de um empobrecido membro da pequena nobreza.

— Talvez, mas isso não facilitará minha busca. A única coisa que sei é seu primeiro nome. Aliás, bem peculiar. Pimble!

— Pimble. Curioso — murmurou Thomaz. — Salvo engano, esse é o nome da criada pessoal da duquesa.

— Você sabe o nome da criada pessoal da duquesa? Não me diga que seduziu a moça para...

— Não, Willian, não é nada do que está pensando. Eu a conheci em Garden House, no final de semana da caça à raposa. Nem posso dizer que a conheci, apenas a auxiliei em uma situação delicada, e Lady Georgina me disse seu nome. Certamente, um nome peculiar e incomum. É possível que sua jovem e a criada da duquesa sejam a mesma pessoa?

— Você não sabe o que diz, Hughes. O que a criada pessoal da duquesa estaria fazendo no museu no meio da tarde? Que tolice — resmungou Lorde Tristan.

Thomaz ergueu a sobrancelha esquerda e nem sequer se deu ao trabalho de responder.

— Isso seria muito bom, não acha? Quero dizer, minha jovem misteriosa e a criada da duquesa serem a mesma pessoa. Se eu conseguir me aproximar da garota, você poderá obter informações sobre Lady Georgina — disse, animado, Willian, antes de franzir a testa e reformular: — Pensando bem, nada que possa ajudá-lo a ganhar essa aposta é bom. Não vou ajudá-lo a vencer, mas, pelo menos, agora sei onde encontrá-la.

— E o que pretende quando isso acontecer? Qual seria seu interesse em uma criada?

— Um pouco de diversão inteligente? Vem bem a calhar! E, dessa vez, você não pode me atrapalhar sob pena de colocar sua vitória em risco. Não imagino a duquesa interessando-se pelo sedutor da criada.

— A moça parece ser uma jovem inocente, veja o que vai fazer — advertiu Thomaz.

— Não se preocupe, ela nem é tão bonita. O que eu quero é descobrir como uma criada conhece a Pedra de Roseta e lê Mary Wollstonecraft. Tenho certeza de que, se perguntar às debutantes desse ano, nenhuma saberá nada sobre o assunto.

— Bem, boa sorte! Espero que a encontre — desejou Thomaz.

— Vamos à ceia, estou faminto — interrompeu Lorde Tristan, seguindo para o salão de refeições. — Podemos continuar a conversa diante de um bom rosbife acompanhado de um cálice de clarete. E, Hughes, não nos dê desculpas! Você terá que nos relatar exatamente o que aconteceu em Green House, exijo conhecer seu progresso com a duquesa. Houve uma caça à raposa, não?

Com um certo enfado, Thomaz passou a relatar os fatos do fim de semana, evitando falar sobre a invasão do quarto de Lady Georgina. Afinal, os amigos não precisavam saber que a brincadeira estava mexendo com ele muito mais do que imaginara ser possível.

14

Ela encomendara um novo guarda-roupa à Madame Henriette. Continuaria a usar cores discretas e escuras, mas não o preto absoluto. O vestido de noite da cor do mais puro vinho Borgonha tinha um leve decote e mangas curtas. O corpete, em renda e rebordado com cristais, refulgia sob a luz das velas e trazia um brilho rosado à sua pele. Luvas de pelica macia cobriam seus braços até acima dos cotovelos, e um par de brincos de brilhantes completava o traje. Georgina estava gloriosamente bela em sua discrição e elegância.

— Vossa Graça está muito linda!

— Obrigada, Pimble, mas seus elogios não me convencem. Você sempre diz que estou linda, mesmo se eu estiver coberta de trapos. Portanto, sua opinião não vale. — Riu Georgina diante do arzinho falsamente ofendido da criada.

— Nunca a vi coberta de trapos, Vossa Graça, mas mesmo com eles acredito que milady ficaria elegante. Preste atenção aos galanteios que ouvirá, e depois me diga se tenho ou não razão — contestou Pimble.

— Está bem, vou fazer isso. Mas confesso que ainda me sinto um pouco ansiosa por estar voltando a frequentar a sociedade. Essa liberdade recém-conquistada é maravilhosa e assustadora ao mesmo tempo.

— Nunca imaginei que a liberdade pudesse ser algo assustador.

— Sempre tive alguém decidindo por mim, Pimble. Primeiro meu pai, depois meu marido. Eu precisava da permissão deles para tudo. Não ter o poder de decidir a própria vida é horrível. Por outro lado, porém... como dizer isso? É cômodo. Porque, à medida que eles decidiam, também se responsabilizavam pelos resultados. Ainda que de uma forma equivocada e cruel, eu sempre fui protegida. Agora sou livre para escolher, mas também sou responsável por essas escolhas e pelo que delas advir.

— Eu não entendo, Vossa Graça, por que diz isso?

— Porque estou prestes a fazer algo que pode ter consequências. Estou feliz por ter tomado uma decisão, mas ao mesmo tempo tenho receio do que possa causar à minha reputação. Ainda assim, não vou desistir. Minha alma me diz que a vida deve ser vivida com alguma emoção positiva. No meu caso, vou arriscar. Seria insuportável conhecer apenas o medo e a dor durante toda a existência.

— Tudo o que sei, Vossa Graça, é que está na hora de a senhora começar a se divertir. O duque, que o Senhor o tenha, não contribuiu muito para isso. Fez muito bem em aceitar o convite de Lady Rowena para assistir ao novo espetáculo no King's Theatre. Talvez o Visconde de Durnhill esteja lá. Quem sabe até passe por seu camarote — disse Pimble, sorrindo com malícia. — Sua retícula, milady — completou rapidamente, estendendo a Georgina uma pequena bolsa de contas antes que a duquesa repreendesse sua insolência. — O cocheiro está à espera.

— Você não muda, Pimble, está cada vez pior! Mas o que seria de mim sem você? — respondeu Georgina, com carinho. — Pois bem, como disse Júlio César ao atravessar o Rubicão: a sorte está lançada!

O movimento de carruagens em frente ao teatro ultrapassava o que Georgina gostaria de encontrar. Era a *avant-première* de um melodrama muito aguardado. A cantora, segundo Rowena lhe dissera, fizera muito sucesso em Paris. Havia, inclusive, comentários de que o rei compareceria com Maria Fitzherbert. Isso era o suficiente para justificar tamanho movimento.

Por um instante, considerou ordenar ao cocheiro que retornasse, mas a civilidade a forçou a seguir em frente. Era tarde demais para desistir; aceitara o convite e seria deselegante dar uma desculpa em cima da hora. Além do mais, sua vinda não tivera por razão apenas o espetáculo. Era possível que Lorde Hughes comparecesse e talvez houvesse oportunidade para dar-lhe sua resposta. Um encontro fortuito em um local público lhe parecia a forma mais segura de contato.

Respirando fundo para se acalmar, Georgina trouxe ao rosto a costumeira máscara de indiferença e se preparou para enfrentar os olhares e a curiosidade dos presentes no saguão. Assim que entrou, deixou os olhos correrem pelo salão. Uma pequena pontada de decepção a assaltou quando percebeu que Thomaz não se encontrava, tampouco Rowena e Roger.

Rowena, onde você está? Não ouse não vir e deixar-me aqui, como uma tola. Assistir ao espetáculo sozinha não estava em meus planos. Suspeito que não conseguirei manter o sorriso no rosto por muito tempo, e amanhã minha fama de antipática e arrogante será ainda maior.

Incomodada, notou que vários pares de olhos a observavam, e algumas pessoas a cumprimentavam com um meneio de cabeça. Não podia continuar parada ali. Talvez fosse melhor seguir direto para o camarote, antes mesmo do soar do sinal de início do espetáculo. Aguardaria por Rowena e Roger já acomodada.

— Vossa Graça, como está passando?

O cumprimento gentil de Belinda Carlyle a tirou de seu devaneio. A jovem se aproximara e sorria com timidez, mas era com certeza uma companhia bem-vinda.

— Lady Belinda, que prazer revê-la. Está muito bonita, esse tom de amarelo lhe cai bem — elogiou Georgina, aliviada por ter sua companhia.

— Muito obrigada, milady — disse a jovem, corando um pouco. — Amarelo é uma cor que me agrada, muito embora minha mãe diga que me deixa pálida. Por ela, eu usaria apenas rosa.

— Oh, não. Acho que o amarelo contrasta muito bem com seus cabelos. Mas noto que não é apenas o traje que a favorece, percebo um brilho novo em seu sorriso.

O rubor da jovem se intensificou, e a duquesa percebeu que não se enganara.

— Oh, milady, será que deixo minhas emoções transparecerem tão facilmente? — reagiu a garota. — Seria terrível!

— E por que seria terrível? Bem, espero que o rapaz que está provocando esse lindo tom rosado em sua pele se sinta da mesma forma — brincou Georgina, certa de que a garota deveria estar interessada em algum dos solteiros disponíveis da temporada.

— Milady, não... não há nenhum rapaz — gaguejou a jovem. — Ele apenas foi gentil, tirou-me para dançar e... Sou uma tola, ele é gentil com todas! Mas... ele é tão... intenso... e, ontem, no jantar em casa de Lady Halston, Carolina Dambury comentou que... ele é o único que parece me enxergar e eu... tive esperança de que...

— A quem se refere, Belinda? — perguntou Georgina, começando a preocupar-se com a evidente paixonite da garota por alguém provavelmente inadequado.

— Oh, milady, não me julgue uma tola, por favor. E não conte à minha mãe, ela ficaria horrorizada!

— Quem, Belinda? — insistiu com firmeza.

— Lorde Hughes, o Visconde de Durnhill.

— Como? — Mas, antes que Belinda pudesse confirmar, Lady Carlyle se aproximou, interrompendo a conversa.

— Vossa Graça — cumprimentou-a como sempre, com uma reverência exagerada —, que prazer encontrá-la novamente. Espero que Belinda não a esteja aborrecendo.

— De forma alguma. Sua filha é uma moça muito agradável — respondeu Georgina, dirigindo um olhar cúmplice à jovem, que sorriu agradecida.

— Sim, Belinda é muito graciosa, ainda que insista em usar amarelo. Já lhe disse que... — O olhar aflito que a jovem lhe dirigiu fez Lady Carlyle revirar os olhos e mudar de assunto. — Fico contente que tenha decidido retornar ao convívio da sociedade, Vossa Graça. Espero que venhamos a encontrá-la com mais frequência agora que seu período de luto está findando.

— Não são muitos os eventos que me atraem, sou naturalmente uma pessoa com hábitos tranquilos. A viuvez não mudará minha maneira de ser e viver, milady — disse Georgina, não querendo que a inconveniente matrona passasse a incluí-la entre os amigos e a enviar-lhe convites sem fim.

— Já que falou sobre hábitos, devo dizer que estávamos conversando, Lorde Dylan e eu, e ele comentou que Sua Graça não costuma ir a Ascot, embora seja fã de cavalos. Como isso é possível?

— O duque não era muito afeito a corridas, por isso não costumávamos ir. Cavalos, para ele, eram úteis apenas como meio de locomoção e como instrumentos de batalha. Não gostava sequer de acompanhar-me ao Regent's Park para uma cavalgada matinal. As corridas de Ascot sempre lhe pareceram uma frivolidade.

— Creio que sua ausência dos páreos não se justifica mais, agora que ele...

— Mamãe! — A interpelação aflita de Lady Belinda evitou que a *franqueza* de Lady Carlyle ultrapassasse os limites da boa educação. Mas o dar de ombros da intempestiva senhora deixou subentendido que a morte do duque permitia que Lady Georgina passasse a desfrutar das delícias do mundo do turfe.

— Eu também não sou adepta às apostas, prefiro longas cavalgadas matinais — explicou Georgina, desconsiderando a insinuação deselegante. — Não vejo graça em apenas torcer por um animal, prefiro ser eu a montá-lo. No entanto, Lorde Dylan me convenceu a ir a Ascot sob o argumento de que não posso saber se aprecio algo que não conheço. Diante disso, decidi ir ao hipódromo nesta temporada.

— Mas que notícia maravilhosa! Lorde Dylan ficará felicíssimo. Ele me disse que faz questão de ser seu anfitrião e guia.

Lady Carlyle piscou o olho, para vergonha de Belinda, em mais uma insinuação inconveniente. Para alívio de Georgina, nesse momento a chegada de Lorde e Lady Darley a livrou de ter que responder. Com um sorriso frio, apenas pediu licença e saiu ao encontro dos amigos.

— Georgina, aí está você! É um prazer revê-la — cumprimentou Lorde Darley, que apoiava a esposa segurando-a levemente pelo braço.

— Que bom que chegaram, senti a falta de ambos. Você está se sentindo bem, Rowena? Está pálida — comentou a duquesa, preocupada ao notar a aparência da amiga.

— Olá, minha amiga. Tenho estado enjoada, porém não podia furtar-me a vir sabendo que você estava à minha espera. Além disso, se for considerar os dias que eu não me sinto no meu melhor, não sairei mais de casa até... até... bem, você sabe. Além disso — cochichou, aproveitando o fato de Lorde

Darley ter se afastado alguns centímetros para cumprimentar um amigo —, quero ver como você vai dar sequência a... a... ao plano! Ele está aqui?

— Rowena! Não há nenhum plano! Só... só...

— Um plano, sim — completou triunfante a condessa. — Um plano para uma nova vida de divertimentos.

— Meu objetivo não é esse. Decidi participar da "farsa" de Lorde Hughes porque ele me assegurou que a tal aposta vai beneficiar pessoas e animais. Mas, se você afirma que junto a isso conseguirei um pouco de leveza e diversão, que seja — conformou-se Georgina. — Não vou me opor a isso. E respondendo à sua pergunta, não! Ele não está aqui, pelo menos não o vi.

— Deverá chegar em breve, não o imagino faltando a uma estreia como essa. Afinal, sua fama de *bon vivant* e amante das artes o precede, sabe disso. E esta noite temos a apresentação de uma artista importante, esse melodrama foi um sucesso em Paris. Eu li a respeito no *The Times*, e havia a insinuação de que até Sua Majestade comparecerá à estreia.

— A ausência do visconde não vai tomar proporção maior do que tem. Não faltarão oportunidades para que eu lhe dê minha resposta. Tenho certeza de que ele não desistirá de seus planos e, quando eu menos esperar, surgirá na minha frente, pronto para ouvi-la. Vou apenas aproveitar o espetáculo, há muito tempo não venho ao teatro. Esse era um dos divertimentos que Charles considerava perda de tempo.

— Georgina, seu casamento ficou no passado. Fico contente que tenha vindo, encerrando essa vida de clausura. Pena que esteja tão quente e abafado aqui dentro. — Rowena abanava-se freneticamente. — Parece que a possível presença real é um atrativo extra, o teatro está lotado. O que acha de irmos para o camarote? Ficaremos mais confortáveis lá.

— Sim, acho melhor. No seu estado, não é aconselhável ficar de pé por muito tempo. E, confesso, não gosto desse burburinho todo. Vamos aguardar o início acomodadas, é bem mais agradável.

— Querido — disse Rowena, chamando a atenção de Lorde Darley —, acompanha-nos? Gostaria de me sentar, é melhor irmos para o camarote — completou, tomando-lhe o braço e seguindo em frente antes mesmo de ouvir sua resposta.

— Rowena, você realmente está bem? — observou Roger, assim que as damas se acomodaram nas cadeiras de veludo vermelho. — Está levemente ofegante e continua pálida. Notei que, ao caminhar, apoiou-se em meu braço de forma mais firme do que o habitual. Se não estiver bem, será melhor sairmos antes do início do espetáculo, já que a presença de Sua Majestade é esperada. Tenho certeza de que Georgina compreende as implicações de seu estado, mas não posso dizer o mesmo em relação à Maria Fitzherbert. Chamaremos atenção por demais e poderá parecer uma afronta se decidirmos sair depois de sua chegada.

— Claro que compreendo se preferir ir embora — atalhou imediatamente Georgina —, e Lorde Darley está certo. Sair no meio do espetáculo, e na presença de Sua Majestade, não será conveniente.

— Confesso que não me sinto muito bem; mesmo aqui, o ambiente continua quente e abafado. Minha expectativa é que, após as velas serem apagadas, a sala fique mais fresca, mas se isso não acontecer... Oh! Imaginava conseguir assistir pelo menos ao primeiro ato, estou cansada de ficar reclusa. No entanto, a possibilidade de chamar a atenção com uma saída intempestiva, e me tornar o centro dos comentários na Corte, não me agrada — replicou a condessa, claramente em dúvida sobre o que fazer.

O primeiro sinal, avisando que o espetáculo começaria, tocou. Decidida, Georgina se levantou; seria melhor saírem naquele momento. Estava claro que Rowena não se sentia bem, a testa estava coberta por minúsculas gotas de suor e os lábios secos eram prova de seu mal-estar.

— É visível seu desconforto, minha amiga, não há o que se discutir, você deve ir para casa. Vou com vocês. Será mais discreto se sairmos agora, antes do segundo sinal e enquanto há movimento.

— Georgina, por favor, fique. Você está tão animada, o espetáculo parece ser belíssimo, não o perca por minha causa — pediu Rowena. — Ficarei mortificada se isso acontecer. Na verdade, vou esperá-la amanhã, para me contar tudo.

— Não ficará sozinha por muito tempo, Georgina — interveio Lorde Darley. — Ontem, no clube, comentei com Lorde Hughes que estaríamos aqui, e ele pediu permissão para vir ao camarote, apresentar seus cumprimentos.

Se quiser, ele lhe fará companhia, poderá inclusive acompanhá-la até em casa.

Instintivamente, Rowena e Georgina se entreolharam, e um sorriso se abriu no rosto da primeira.

— Não vejo por que não, minha amiga. Lorde Hughes é bastante gentil, tenho certeza de que não se importará em lhe fazer companhia. Mas não o vi ainda, será que ele veio?

— Virá, certamente, minha querida. Não se preocupe, ele fará companhia a nossa amiga. Você ficará bem, não é mesmo, Georgina? — indagou Roger, oferecendo o braço à esposa.

— Creio que sim — respondeu Georgina, tomada por sentimentos controversos. Impressionante como tudo o que se relacionava a Lorde Hughes acabava por lhe suscitar emoções antagônicas. E pela conversa mantida com a jovem Belinda, ela não era a única afetada pelo charme do inconstante visconde. Sem definir se a possibilidade de o encontrar a sós a deixava animada ou contrariada, acomodou-se novamente e buscou pelo binóculo. — Fiquem tranquilos, estarei bem — concluiu, enquanto os amigos deixavam o espaço, cerrando as cortinas de veludo atrás de si, ao soar do segundo sinal.

15

O som do segundo sinal se fez ouvir; ele estava atrasado. Apertou o passo, precisava acomodar-se antes do abrir das cortinas. Pretendera chegar mais cedo e juntar-se a Darley e às ladies ainda no saguão. Seria uma oportunidade excelente para demonstrar proximidade com Georgina diante da sociedade. No entanto, Lady Clara exigira sua presença no jantar, e ele não ousou desafiar o olhar que Trudy, a fidelíssima acompanhante da mãe, lançou-lhe quando tentou se esquivar.

A largas passadas, Thomaz cruzava o espaçoso corredor quando avistou Darley e Lady Rowena vindo em sua direção. Surpreso, aproximou-se. Antes mesmo que pudesse cumprimentá-los, o conde adiantou-se.

— Bom encontrá-lo, Hughes, dessa forma posso explicar-me. Gostaríamos de assistir ao espetáculo, mas, infelizmente, Lady Rowena está indisposta. Estamos voltando para casa.

— Milady, há algo que eu possa fazer? — indagou o visconde, solícito.

— Obrigada, mas não. Ou melhor, há sim. Infelizmente, com a minha saída, Sua Graça, a duquesa Georgina, ficou sozinha no camarote. Eu agradeceria se pudesse lhe fazer companhia — disse Rowena, com um sorriso doce. — Há muito minha amiga vem se mantendo reclusa em função da viuvez; não pude aceitar sua sugestão de retirar-se comigo.

Por um segundo, Thomaz ficou surpreso. Esse não era um pedido habitual a ser feito por uma dama. Porém, não lhe cabia contestar o que o favorecia, e, com um leve aceno de cabeça, respondeu:

— Será um prazer e uma honra atender ao seu pedido, milady.

— Milorde...

Antes que Rowena retribuísse o agradecimento, um movimento atípico chamou a atenção dos poucos que ainda se encontravam no saguão.

Um grupo bastante animado se aproximava do teatro e, pela guarda que o antecedia, era possível presumir que se tratava da comitiva real.

— Vamos, devemos sair antes que Sua Majestade entre — disse Lorde Darley, encaminhando a esposa. — Hughes...

Um simples menear de cabeça à guisa de despedida, e o visconde seguiu em direção ao camarote de Sua Graça, Lady Georgina Walker, Duquesa de Kent.

— Você acha que eles se entenderão? Esse plano dará certo sem comprometer minha amiga? — indagou baixinho Lady Rowena, assim que se viu sozinha com o marido na carruagem.

— Espero que sim, minha querida. Para o bem de todos e da Coroa. E não se esqueça, você não pode contar a ninguém, absolutamente ninguém, o que lhe relatei. Eu nem deveria tê-lo feito, Deus sabe que tentei, mas não consigo resistir a você — falou o conde, dando um beijo carinhoso na mão da esposa.

— Roger! Eu realmente não lhe deixaria em paz se não me revelasse tudo o que sabe a respeito de Lorde Hughes. Principalmente quando envolve minha amiga mais querida em uma malfadada aposta. Confesso que fiquei feliz. Foi bom saber que sua fama não corresponde à verdade. Pela primeira vez, percebo Georgina interessada em algo, ou melhor, em alguém. Ela precisa de um pouco de emoção na vida, precisa de alegria e de leveza depois de um casamento tão... infeliz. Lorde Hughes parece ser a pessoa certa para isso, tudo nele é o oposto de Charles. Só espero que essa *experiência* não a magoe, que ela veja essa relação apenas como uma aventura.

— E por quê? Não há nada que impeça a aventura de se tornar algo mais pessoal. Hughes não tem fortuna, mas tem caráter, e uma posição de respeito perante a Coroa, ainda que não seja pública. Não seria uma desonra para Georgina.

— Você tem razão, mas na verdade existe, sim, um impedimento.

— Qual? — O tom de Lorde Darley demostrava incredulidade.

— Ele ama outra mulher — confessou a ela.

— Ele admitiu isso? — A surpresa de Roger era evidente, nunca houvera sequer um rumor a respeito de um envolvimento sério do visconde.

— Bem, mais uma prova de sua honestidade. Uma pena! Pelo menos, ela está ciente de todos os pormenores.

— De todos não, muito pelo contrário. Ela desconhece totalmente o que há por trás dessa aposta.

— Rowena, já lhe disse que contar a você foi quase um ato de traição à Coroa e...

— Não me contar seria uma traição a nossos votos. Eu ficaria nervosa e isso é péssimo em meu estado — interrompeu ela, fazendo um amuo.

— Sim, minha querida, a preocupação com seu estado foi a razão de eu ter falado. No entanto, não descumpra a promessa que me fez. Jamais mencione algo à sua amiga. Esse é um assunto que diz respeito apenas a Hughes, e ele revelará o que considerar justo ou necessário. Bem, fizemos o que estava ao nosso alcance para colocá-los frente a frente.

— Só espero que tudo tenha um final feliz.

— Eu também, minha querida. Eu também.

Uma sensação de alívio tomou Georgina quando notou a comoção que indicava a chegada de Sua Majestade. O espetáculo estava prestes a começar. O lampadário com as dezenas de velas que iluminavam a sala fora erguido, mesmo assim, havia luz suficiente para notar que os presentes voltavam sua atenção para o camarote real. Com a chegada da comitiva, os olhos curiosos que a vinham escrutinando sem piedade lhe dariam folga. Pelo menos, assim esperava.

Que tola, como não imaginei que minha presença ensejaria essa atenção indesejada? Será que um espetáculo vale toda essa exposição? Duvido! Eu deveria ter ido embora com Rowena. Agora é tarde, o espetáculo vai começar. Que, pelo menos, ele seja interessante.

Imersa em pensamentos, Georgina não notou a porta do camarote ser aberta, tampouco o farfalhar da cortina de veludo que a guarnecia sendo afastada. Tal qual uma pantera, Thomaz aproximou-se silenciosamente. Por um instante, ele aspirou o perfume que ela exalava. Não conseguia ver-lhe o rosto, apenas a nuca descoberta e a ponta das orelhas delicadas. A massa de cachos castanhos estava presa no alto da cabeça, enfeitada por pentes de diamantes. Com as costas eretas, ela inclinava o corpo levemente para a frente.

— Georgina...

Mais do que ouvir, ela pressentiu sua presença. A pele arrepiada, a palpitação do coração... Seu corpo o reconheceu antes que a voz o anunciasse.

— Lorde Hughes — murmurou.

Não se virou, não conseguiria encará-lo. Não quando seus olhos certamente denunciariam seu estado de espírito. Georgina não conseguia entender a razão daquele homem conseguir alterar seu equilíbrio a ponto de deixá-la agitada, tal qual uma debutante inexperiente. Ora, ela não era uma debutante, não cederia a seus encantos ou a seus truques de sedução. Tampouco o deixaria perceber que sua presença a afetava. Com um gesto elegante, limitou-se a apontar-lhe uma cadeira, indicando que sua presença era bem-vinda.

O início da peça, e o sepulcral silêncio que sucedeu a abertura das cortinas no palco, veio em seu auxílio, poupando-a de uma conversa que certamente soaria artificial. Aceitá-lo a seu lado em um espetáculo público dispensava palavras. Era a confirmação tácita de que concordara com sua proposta e que o ajudaria em sua misteriosa missão. A partir de agora, ela lhe concederia atenção, como se ele houvesse conquistado seu afeto. Ele venceria a aposta e, se houvesse sido verdadeiro, outras vidas seriam afetadas positivamente por sua decisão. Ela esperava que isso também a beneficiasse.

No palco, um drama de amor se desenrolava embalado por uma música suave. Georgina, no entanto, não conseguia fixar sua atenção no diálogo dos personagens. Sua mente estava totalmente preenchida pela proximidade de Thomaz. Ele estava perto, muito perto, a presença máscula ocupando o pequeno espaço. Se estendesse a mão alguns centímetros, poderia tocá-lo. Não ousava virar o rosto, ainda não estava pronta para enfrentá-lo.

Precisava se acalmar. Ele era apenas um homem, e ela já lidara com piores. Respirando fundo, decidiu prestar atenção ao espetáculo. Isso lhe daria tempo para aquietar a mente e controlar o coração. As mãos nervosas tatearam o próprio colo em busca do pequeno binóculo. A peça delicada, incrustada de madrepérola, fugiu-lhe dos dedos, escorregou sobre a seda do vestido e foi o chão.

Em um reflexo instantâneo, Georgina inclinou-se, à procura do objeto. Thomaz, galante, fez o mesmo. Suas mãos se tocaram, os olhos enfim se encontraram e gritaram aquilo que os lábios não ousavam pedir.

— Permita-me — sussurrou Thomaz.

Algo lhe disse que ele não se referia apenas ao binóculo. O tom do visconde parecia ocultar uma segunda intenção na pergunta inocente. Sua mente a alertou de que ela estava prestes a se enveredar por um caminho sem volta...

Thomaz a vinha observando, incapaz de desviar os olhos do perfil delicado. Se lhe perguntassem qual era o assunto da peça encenada, não saberia responder. Nada conseguia chamar mais sua atenção do que a mulher sentada ao seu lado. Ele examinava cada detalhe: a pele suave, os lábios entreabertos, os olhos fixos à frente como se o desenrolar do diálogo fosse imprescindível à própria sobrevivência. Uma mulher magnífica!

No entanto, embora fosse dona de uma beleza deslumbrante, não era isso que o atraía de forma tão visceral. Disfarçado pela suavidade, ele sabia que ali estava um espírito indômito. Havia nela um mistério que ele ansiava desvendar.

Um movimento inesperado... um toque... olhos nos olhos...

— Permita-me — repetiu ele, tomando a frente e entregando-lhe o pequeno binóculo.

— Obrigada, milorde.

— Georgina, não acha que já ultrapassamos a necessidade de formalidades? Não vai se permitir chamar-me pelo meu primeiro nome?

— Isso será necessário para que vença a sua aposta, milorde?

— Talvez... mas não é esse o motivo de meu pedido. Eu gostaria que fôssemos...

— Amantes? — Georgina adiantou-se, a indignação vibrando em sua voz ao imaginar que seria essa a proposta.

— Eu ia dizer amigos, milady. Mas não nego que sua sugestão é muito mais interessante — disse Thomaz, mantendo o olhar preso ao dela, a sombra de um sorriso maroto iluminando suas feições.

— Eu não fiz qualquer sugestão, milorde. Longe disso — retrucou a duquesa, enrubescendo pela própria indiscrição. — Apenas não imagino o que possamos ter em comum que seja capaz de nos tornar amigos.

— Somente amantes?

— Milorde faz jus à má fama que carrega. Como ousa? — A indignação transparecia na voz e no olhar de Georgina. — Eu concordei com essa farsa visando ao bem de terceiros. Isso não lhe dá o direito de...

— Desejá-la? Minha querida, o sentimento que destrói minha paz não guarda qualquer relação com a maldita aposta. Eu prometi que não a magoaria, mas não neguei o desejo que sinto. Ele é voraz e não me abandona um instante sequer. Eu faltaria com a verdade se o negasse. No entanto, jamais o colocarei à frente do respeito que tenho por você. Basta dizer que não sente o mesmo, e eu não voltarei a tocar no assunto, embora essa alternativa vá tornar-me o mais infeliz dos homens.

A duquesa levantou o queixo e, altiva, tentou verbalizar sua afronta. Porém, a voz lhe faltou. As palavras dele soavam como música suave, um bálsamo para seu coração machucado. Para uma mulher que fora desprezada, despertar tanto ardor... ser chamada de querida... Surpreendentemente, seu corpo reagia a ele. Por que negar a si mesma o prazer de descobrir a verdade? Ela não conseguiu impedir que seus olhos respondessem no lugar da voz.

A anuência muda fez Thomaz transbordar de emoção. Ele depositou um beijo casto em sua mão. Em seguida, mantendo os olhos fixos nos dela, retirou lentamente a luva que impedia que seus lábios tocassem a pele sedosa. Ela era macia e perfumada. Com a ponta da língua, roçou a palma e saboreou seu gosto, beijou-lhe o pulso delicado e cada um de seus dedos. Carícias leves como o toque de uma pluma, porém carregadas de erotismo. Um prazer sutil, apenas a promessa do que estava por vir.

— Thomaz... — Imóvel, e completamente hipnotizada pelo jogo

sedutor, ela pronunciou seu nome em um gemido.

Sem uma palavra. ele se levantou e a puxou pela mão até que seus corpos, protegidos pela escuridão, ficassem fora do campo de observação de qualquer curioso. No palco, a peça atingia seu ápice, a música embalando o drama da protagonista. A plateia tinha os olhos fixos na atriz. Ele só conseguia enxergar Georgina.

Ela puxava o ar com a fúria de um afogado, o rosto a milímetros do dele, os olhos azuis arregalados, a boca entreaberta. Seu corpo respondia ao roçar do dele de uma forma inimaginável, a mente envolta numa nuvem de paixão. Por alguns segundos, ele aguardou, dando tempo a ela para desistir se assim o quisesse. Mas ela ficou, tudo nela pedia por ele.

Sem conseguir resistir por mais tempo, ele pressionou o corpo no dela, deixando que suas formas se amoldassem, que seus contornos se fundissem... Só então baixou os lábios. O beijo não foi suave, muito pelo contrário. Ele investiu sua língua contra a dela, como se a vida dependesse do próprio ato. Explorou sua boca, sentiu seu gosto. As mãos tocando-a, explorando cada detalhe. A pele suave do colo, a forma delicada dos seios, a curva sutil da cintura... Uma tentativa insana de senti-la por inteiro em apenas um momento. Foi dominado por uma febre avassaladora. Ela era o único remédio capaz de curá-lo, o elixir da vida. Um doce elixir... Quando Georgina enlaçou seu pescoço com os braços e enveredou os dedos entre seus cabelos, mantendo o corpo colado ao dele, ele gemeu sem controle.

— Georgina... eu quero você, preciso de você — murmurou, apertando-a contra si e deixando que o corpo dela percebesse sua rigidez.

— Thomaz... — Ela cambaleou vacilante. A onda de paixão e desejo era algo que jamais sentira. Georgina não sabia ser capaz de tais emoções. Sua reação fora tão forte, que a assustara. Seu corpo formigava, os seios intumescidos ansiavam por suas mãos, os lábios inchados queriam mais, sensações novas e indescritíveis. Mesmo assim, relutante, ela se afastou, deixando-o pasmo.

— Por quê? Eu não entendo minha querida... somos adultos... somos livres... Eu sinto que você retribui meus beijos, sinto que vibra em meus braços. Diga que não é verdade — desafiou-a.

— Eu... sim! É verdade... Mas, não sei...

— Georgina, meu desejo não tem relação com a aposta — repetiu, para tranquilizá-la. — Embora minha fama de libertino não seja uma recomendação, eu juro que não a exporei. Eu quero você por você, a aposta não tem nenhuma relevância diante de meus sentimentos. Na verdade, tentei evitá-los, pois tamanho desejo me afasta do foco de minha missão. Mas não consegui, sinto uma fome que só você pode aplacar. Preciso de você para seguir em frente.

A duquesa se retraiu ainda mais. Como ela poderia lhe dar o que ele esperava? Ele não sabia a verdade sobre ela.

— Minha querida, você está tremendo, eu não quero assustá-la! Do que tem medo?

— Medo? Não é medo, apenas... é tudo tão novo. Essas sensações... Eu sinto que perco o controle de meu corpo.

Confuso, Thomaz se afastou um pouco. Georgina era uma mulher adulta, viúva; no entanto, tudo nela transbordava inocência e inexperiência. O que ela queria dizer com *tudo tão novo*?

— O que quer dizer, Georgina? Você está reagindo como... como se nunca...

— Exatamente! Eu nunca...

Ruborizada, ela não conseguiu continuar. Com esforço, deu um passo para o lado, saindo dos braços dele. Precisava ir embora, não conseguiria continuar ali, não depois dessa cena. Não depois de notar a expressão de assombro que substituiu o desejo no rosto de Thomaz. Não ficaria para ver o assombro transformar-se em desprezo.

Nesse momento, a plateia explodiu em aplausos, sinalizando que a peça havia terminado. Rapidamente, Georgina pegou a retícula e o binóculo e abriu a porta do camarote. Precisava deixar o teatro antes do restante do público. Não queria ser vista naquele estado, vulnerável e frágil. Nunca havia permitido que a vissem assim, e não seria agora que o faria.

Apressada, antes mesmo que Thomaz desse por si, afastou-se em direção à saída. Seu cocheiro, conforme lhe ordenara, estaria à espera perto da porta. Ela previra a possibilidade de querer sair rapidamente, apenas não imaginara o motivo que a estava levando a isso.

Incrédulo, Thomaz levou alguns segundos para perceber a enormidade da situação. Tempo suficiente para que Georgina escapasse de suas mãos. Ele pensou em correr atrás dela, a vontade de gritar seu nome estrangulando sua garganta, mas o bom senso prevaleceu. Algo assim chamaria a atenção daqueles que começavam a deixar os camarotes. Certamente, haveria comentários maliciosos. Ela jamais o perdoaria se um comportamento irrefletido resultasse em afronta à sua reputação.

Procurando controlar os instintos mais fortes, caminhou em direção à saída, mantendo a fisionomia neutra. Infelizmente, apenas a tempo de ver a carruagem da duquesa afastar-se, levando consigo suas esperanças.

Georgina Walker se acomodou no interior da carruagem, a aparência impecável não denunciando a borbulhante confusão em que as sensações inusitadas a haviam lançado. Seu rosto impassível não transparecia seus pensamentos desconexos e febris.

Seria isso a paixão? Esse tremor involuntário, o desejo de tocar e ser tocada, esse fogo ardendo sem queimar? Mas, e se Charles estivesse certo, e ela fosse incapaz de manter o interesse de um homem por tempo suficiente para... para... Como ela suportaria o desprezo de Lorde Hughes depois de ele ter feito com que ela sentisse... tudo aquilo? Não ficaria para ver isso, bastava-lhe saber que ele fora capaz de despertar nela sensações que nunca ousara sequer imaginar, que dirá vivenciar.

O barulho da portinhola se abrindo e o vulto se jogando para dentro da carruagem a fez esboçar um grito. Thomaz colocou a mão em seus lábios, impedindo-a de gritar, e suplicou, enquanto buscava sofregamente por uma lufada de oxigênio:

— Georgina, dê-me alguns minutos, por favor. Eu corri por quatro quarteirões, desde o teatro, atrás de sua carruagem — disse, tentando recuperar o fôlego.

— Você correu? Desde o teatro? Oh... mas por quê? — perguntou, quando ele libertou sua boca, seguro de que ela não gritaria.

— Recuso-me a vê-la partir sem que tenhamos uma conversa franca. Por que saiu daquele jeito? O que aconteceu com você, Georgina? O que exatamente... você *nunca*...

Ele deixou a questão em aberto, esperando a explicação. Por um instante, sentiu-se tentada a falar, a abrir o coração, a ouvir de outro homem que não era a boneca vazia e fria que seu marido a acusara de ser. Mas e se estivesse errada? E se os sentimentos e desejos, que para ela eram avassaladores, não passassem de mera imitação de paixão? Tinha sido um beijo, apenas um beijo. Isso não era o suficiente para transformá-la numa mulher... normal. Não correria riscos.

Suportara, inabalável, por anos, as ofensas e acusações de Charles. Tinha consciência de que o decepcionara, de que não cumprira sua função de esposa. Mas Thomaz... Por algum motivo, a opinião dele era importante. Seria doloroso demais se ele confirmasse seus receios, se também se desapontasse com ela. Ela não arriscaria. Era tão pouco o que tinha; não correria o risco de ver aquele momento maculado. Com frieza, o coração sangrando e a alma partida, afastou-se dele.

— Por favor, milorde, seu comportamento me ofende. *Nunca* imaginei que, depois da conversa que tivemos, o senhor fosse se comportar da forma como fez. Confiei no senhor, no entanto... Prometeu jamais me magoar, porém desrespeitou meus sentimentos, meu luto e me tratou como se eu fosse...

— Não! — A imprecação foi forte, carregada de revolta. — Não ouse desmerecer o que aconteceu, o que sentimos naquele beijo. Eu não traí sua confiança, você o desejava tanto quanto eu. Sou um homem experiente, duquesa, sei reconhecer como uma mulher reage a um beijo. Você vibrou comigo. Foi avassalador! Não justifique seus receios através desse suposto luto. Ambos sabemos que ele não existe. Se não quiser que eu a toque, não voltarei a fazê-lo. Mas não minta para si mesma, tampouco para mim.

— Milorde não me conhece. Não tenha como certo que um fim de semana no campo ou um beijo o autoriza a pressupor o que sinto. Nem o que desejo. Milorde se acostumou a ter todas as mulheres a seus pés, mas não se engane. Não sou uma garota impressionável como Lady Belinda e suas amigas.

Havia uma frieza inesperada em sua voz, forte o suficiente para fazê-lo recuar. E o que Lady Belinda tinha a ver com a forma como se sentia?

— Se sua causa for realmente nobre — continuou ela —, eu o ajudarei a vencer a aposta. Já havia decidido isso e não costumo voltar atrás em minhas decisões. Porém, minha contribuição não lhe dá a liberdade ou o direito de me julgar, analisar ou supor seja lá o que for a meu respeito. Se lhe interessar...

Thomaz não reconhecia a mulher à sua frente, ela não parecia ser a mesma que tivera nos braços há poucos minutos. Por um segundo, quis responder à altura, mas Georgina tremia. Ainda que tentasse disfarçar e esconder as mãos, ela tremia. E seus olhos... os lábios cerrados... a angústia era perceptível em cada gesto seu.

Oh, Georgina! O que lhe fizeram, minha pequena duquesa? Qual é a dor que tenta disfarçar com tanta dedicação? Juro que descobrirei. Quando você menos esperar, eu vou descobrir.

— Milady, minha causa é nobre. Não posso me permitir prescindir de sua contribuição. Se o fizer, faltarei com meu dever. Não se preocupe, não pretendo julgá-la. No entanto, gostaria de entendê-la. Não! — exclamou, quando ela fez menção de retrucar. — Não é momento para essa conversa. Creia, eu tenho uma missão e vou cumpri-la. E se para isso tiver de me manter inerte em relação a você, eu o farei. Mas um dia, um dia, tudo estará terminado. Então seremos apenas nós. Boa noite, milady, em breve terá notícias minhas.

E da forma repentina como entrou, saltou da carruagem em movimento, deixando a duquesa literalmente boquiaberta.

16

Georgina revirou-se na cama mais uma vez. Passara a noite insone, dividida entre sentimentos contraditórios, a razão duelando bravamente contra o coração. O pior é que ela não conseguia descobrir quem sairia vencedor.

Lorde Hughes a forçara a reflexões diversas. Por mais que procurasse entendê-lo, sempre se deparava com comportamentos que não pareciam originários do mesmo homem. Ele era gentil e generoso, tivera um trabalho considerável apenas para salvar uma raposa. Por outro lado, era um libertino, um jogador, um homem que flertava com alguém como Belinda, uma garota inocente e impressionável, apenas pelo prazer da conquista. Sim, porque era notório nos salões sociais, e Rowena lhe contara que ele jamais levava tais flertes a sério.

Em meio a pensamentos tão confusos, o sono lhe escapara. O brilho pálido que rompia a linha do horizonte já anunciava um novo dia. Não adiantava insistir, não conseguiria dormir. Decidida, levantou-se da cama e vestiu um roupão. Uma xícara de chá seria bem-vinda, no entanto, não achava justo chamar por Pimble tão cedo. A pobre garota esperara por ela acordada na noite anterior.

Talvez a sra. Robinson já estivesse acordada. Ela costumava se levantar antes do nascer do sol para acender o fogão e começar os preparativos para o desjejum. Descalça, Georgina desceu as escadas em direção à cozinha. Há muito tempo não fazia isso, certamente desde antes de seu casamento. Jovenzinha, em casa de seu pai, costumava levantar-se antes de todos e ir à cozinha em busca de um copo grande de leite com biscoitos. Quando a casa começava a acordar, ela já estava cavalgando feliz. Nunca mais sentira a alegria genuína que a fazia sorrir naquela época. A não ser... talvez... quando Lorde Hughes salvara a raposa...

A lembrança lhe trouxe de volta os sentimentos antagônicos da noite anterior. O calor do beijo associado ao receio do desconhecido, o desejo físico limitado pelo receio da mágoa. Ela fora rude com Lorde Hughes. Em nenhum momento ele a forçara; ao contrário, ela desejara ser beijada — desejara com toda a sua alma. Seria uma hipocrisia negar. Assim como seria hipocrisia negar que o que sentia era medo.

— Vossa Graça! O que faz aqui? — perguntou, horrorizada, a cozinheira ao vê-la entrar. Era a primeira vez que se deparava com a duquesa em sua cozinha. Ainda por cima de roupão e descalça. — Um instante, vou chamar Pimble, John...

— Calma, sra. Robinson, estou bem. Apenas sirva-me uma xícara de chá. Aliás, pensando melhor, prefiro um copo de leite quente e alguns dos seus maravilhosos biscoitos — tranquilizou-a Georgina, sentando-se à mesa.

Abismada, a mulher apressou-se a colocar o pedido em uma bandeja, muito embora o comportamento atípico da duquesa não a agradasse. *Que ousadia! Vir até a cozinha... descalça... de roupão... O que Sua Graça estava pensando? Isso vai atrapalhar toda a rotina! Não sei o que esses nobres têm na cabeça...*

— Vossa Graça... o que... — reagiu o mordomo.

— John, por favor, você parece ter visto um fantasma. Eu apenas acordei cedo demais e tive vontade de tomar leite com biscoitos na cozinha... Por favor, traga-me os jornais... — pediu, com calma, desconsiderando o olhar abismado que o mordomo lhe lançou ao entrar.

E foi assim que começou o dia na mansão, criado por criado entrando em choque por ver a duquesa na cozinha, de roupão e sem chinelos, tomando leite com biscoitos e lendo tranquilamente o jornal.

— Milady, acho que agora que terminou seu leite, seria melhor subir e vestir uma roupa mais quente. A menos que, além de deixar a sra. Robinson em estado de choque, o mordomo indignado e os criados com assunto para fofocas durante um mês, queira também apanhar um resfriado — disse Pimble, para horror de alguns e diversão de outros, quando se deparou com a cena.

— Sim, creio que é o mais sensato. Não se preocupem, eu apenas quis rememorar alguns instantes da infância. Voltem aos seus afazeres

— completou Georgina, antes de deixar o local, ciente de que causara um rebuliço que daria muito o que falar.

— O que está acontecendo, milady? Posso ajudar? — instigou Pimble, enquanto subiam juntas a grande escadaria.

— Por que diz isso, menina?

— Porque é bastante natural eu acordar e me deparar com Vossa Graça na cozinha, toda desalinhada, em trajes de dormir, lendo os jornais — ironizou.

— Por Deus, eu só queria um copo de leite com biscoitos na cozinha de minha própria casa! Isso é tão estranho?

— Hum... sim! E se tiver dúvidas, basta se atentar ao olhar apavorado da arrumadeira, o mau humor da cozinheira e o... bem, até John perdeu a pose de cabo de vassoura.

— Você é terrível, Pimble. Impossível levá-la a sério — disse Georgina, rindo.

— Que péssimo juízo faz de mim, milady. Sou uma pessoa bastante séria — brincou a jovem, dando uma piscadela. — Vou lhe preparar o traje do dia.

— O de montaria... o verde-musgo, por favor. A chuva, enfim, nos deu trégua, então vou cavalgar.

— Se me permite, milady...

— Hum... — Georgina apenas resmungou, ciente de que, permitindo ou não, Pimble daria um jeito de comentar fosse lá o que pretendia.

— Bem, apesar da irreverência e da disposição, Vossa Graça está com círculos escuros em volta dos olhos. Conseguiu dormir, milady? Ontem, quando chegou, estava bastante agitada e não quis me dizer nada.

— Não, Pimble, não consegui dormir.

— Pode me contar o que aconteceu? — perguntou a jovem, com interesse genuíno, enquanto ajudava Georgina a se vestir.

— Não, na verdade, não quero falar sobre isso. Há alguns dias, tomei uma decisão, assumi um compromisso comigo mesma e com outros. Deveria ter pensado que, ao fazer isso, haveria situações sobre as quais eu não teria domínio. Infelizmente, ontem, deparei-me com algo assim, uma ocorrência que... bem, quase não consegui controlar.

— Se foi quase, quer dizer que, no final, a senhora conseguiu resolver.

— Mais ou menos, Pimble. Eu consegui contorná-la, o que significa que não a resolvi. Engraçado como nós, mulheres, nunca somos realmente livres. Há sempre algo a nos cercear. Pais, maridos, regras sociais... E, quando ultrapassamos tudo isso, ainda restam os sentimentos. Nem mesmo a viuvez nos assegura a almejada liberdade.

— Não estou entendendo, milady. Como um sentimento pode nos prender?

— Sentimentos aprisionam nossos corações, ficamos à mercê deles, tomamos decisões baseadas neles, por eles. Sentimentos são grilhões. Por vezes, doces grilhões, em outras, bastante dolorosos. Seja com dor ou doçura, eles nos prendem em uma teia.

— Minha senhora, talvez seja melhor descansar. A noite mal dormida decerto não lhe fez bem — comentou a jovem, sem compreender exatamente a que Georgina se referia.

— Não, Pimble. Descansar não me levará a lugar nenhum. Não vou ceder ao medo e fugir. Tampouco me deixar aprisionar por ele. Vou me fortalecer e me preparar para enfrentar eventuais situações imprevisíveis. Até esta madrugada, eu estava bastante insegura quanto ao que fazer, mas uma nota no jornal me chamou a atenção.

— Insegura, milady? Quanto a quê? E que notícia foi essa? — Pimble entendia cada vez menos sobre o que a duquesa falava.

— Insegura quanto à proposta de Lorde Hughes, é claro! Eu havia decidido ajudá-lo, porém, a cada vez que o vejo, acontece algo que me faz querer repensar o assunto. E, em seguida, outra coisa me leva a rever a situação. Por exemplo, hoje havia uma matéria no *Times* sobre as corridas em Ascot. Esse assunto nunca me interessou muito, mas dessa vez não gostei do que li. O jornal enfatizava a crescente onda de acidentes que vêm ocorrendo no hipódromo. Um cavalo caiu morto ontem, durante um treino.

— E de que forma isso a afeta, milady? A senhora jamais foi a Ascot, tampouco tem o hábito de apostar.

— É verdade, mas a notícia me trouxe à lembrança algumas observações de Lorde Hughes. Ele me disse que se eu... bem, ele me disse que vencer a malfadada aposta e ganhar o potro seria benéfico para pessoas e animais. E ele deseja o animal para inscrevê-lo em Ascot. Isso ficou bem claro durante o fim de semana na casa de campo de Lady Rowena. Ele mencionou a intenção diante de várias pessoas.

— A senhora acha que uma coisa tem relação com a outra?

— Não sei, Pimble. Mas estou disposta a descobrir. A ideia de animais sendo manipulados ou prejudicados me incomoda muito. Se houver algo errado, e eu for capaz de ajudar, não posso furtar-me a isso. Eu sei bem o que a ganância pode levar um homem a fazer. Mas chega de um assunto tão difícil. Vamos, ajude-me com as botas, quero sair e aproveitar o frescor da manhã.

— Claro, milady.

— Assim que eu voltar, vou escrever uma carta. Por favor, leve-a pessoalmente, não a deixe junto às que serão encaminhadas por John. Hoje, já forneci motivo suficiente para os criados comentarem por um bom tempo; não devemos acrescentar mais um. Além disso, quero que o destinatário a receba o quanto antes, para que eu não ceda à tentação de mudar de ideia.

17

— Não é possível que você não nos tenha visto juntos no teatro, Willian. Foi o primeiro compromisso público a que comparecemos.

— A duquesa certamente estava lá, porém sozinha. Até a chegada de Sua Majestade, devo dizer que foi ela quem mais chamou a atenção. Estava belíssima na companhia de Darley e Lady Rowena. Ao final...

— Lady Rowena sentiu-se mal, Darley a levou para casa antes do início da peça. Eu cheguei em seguida e fui direto para o camarote. E saímos do teatro logo após o término da apresentação. Devo dizer que a duquesa não é afeita a grandes multidões, e a presença de Sua Majestade estava causando um certo rebuliço. Ora, Willian, não acredito que não nos viu, e que justamente ontem Tristan resolveu ficar em casa. Aliás, tudo isso me parece muito conveniente. Porém, minha palavra tem que valer, e eu afirmo que ontem fui o acompanhante de Lady Georgina Walker. Esse foi o primeiro passo para que eu vença a aposta.

— Milorde, a correspondência. A mensageira disse que era urgente. — A entrada do mordomo na biblioteca interrompeu a conversa entre os amigos, e suscitou um olhar curioso em Lorde Willian.

Thomaz recolheu a carta apresentada na pequena salva de prata com certa surpresa. O envelope de cor creme, em papel grosso e pesado, marcado pelo selo do ducado de Kent, estava subscrito numa caligrafia delicada. Imediatamente, ele identificou o remetente.

— Aqui está, meu amigo, milady acaba de enviar-me uma carta. É prova suficiente de um relacionamento?

— É realmente dela?

— Sim, e, se me der licença, vou verificar do que se trata — completou Thomaz, rompendo o lacre com certa ansiedade.

— Tristan ficará surpreso, quero estar presente quando lhe contar. — Riu Willian. — Por ora, vou deixá-lo à vontade, tenho mesmo que ir. Alguns assuntos pendentes, que não se resolverão sozinhos, demandam minha atenção — disse, despedindo-se. — Minton, quem trouxe a correspondência para milorde? Parece-me que você mencionou uma mensageira — sondou, assim que o mordomo lhe apresentou a capa e a cartola.

— Sim, foi uma jovem — informou o mordomo.

— Ela não disse o nome? — Frente à negativa do mordomo, insistiu: — Talvez tenha sido uma jovem com sardas e olhos cor de mel?

— Ela mencionou ser criada da subscritora, milorde. E, *talvez*, houvesse sardas — respondeu Minton, com uma pontada mínima de ironia, erguendo uma sobrancelha e assumindo um ar digno e altivo como se as perguntas lhe fossem ofensivas.

— E há quanto tempo foi isso? — perguntou Willian, ansioso.

— Há poucos minutos. E eu entreguei a carta imediatamente para milorde. Havia a informação de que era urgente.

— Ah! Obrigado, Minton, muito obrigado — agradeceu efusivamente Willian, dirigindo-se, sem mais explicações, para a saída.

Será ela? Onde pode estar? Não muito longe, espero...

Sua Graça lhe dissera para usar a carruagem, mas Pimble havia preferido fazer uma caminhada. A tarde estava muito agradável, e ela não perderia a oportunidade de respirar ar fresco e distrair-se com o movimento da Piccadilly Street. Além disso, Lady Georgina não precisaria dela por ora. A noite mal dormida havia surtido efeito, e a duquesa decidira passar a tarde recolhida em seus aposentos, com uma xícara de chá e *As Viagens de Gulliver*, de Jonathan Swift. Era bastante provável, no entanto, que houvesse sucumbido ao chamado de Morfeu antes de chegar à segunda página. Não que o livro fosse enfadonho, ao contrário. Milady havia comentado com ela algumas passagens e a história dos habitantes de Lilliput parecia muito interessante. No entanto, a compleição frágil da duquesa sofria os efeitos de uma noite insone.

Pimble aproveitava a folga e o passeio, observando os belos chapéus das damas, as casas de moda, as floristas... Como sempre ocorria, a vitrine da Fortnum & Masson exercia um fascínio especial, e ela não resistiu a admirar os doces ali dispostos. Eram verdadeiras obras de arte da pâtisserie e, certamente, deliciosos. Perdida em pensamentos, a moça imaginava como seria sentir o creme açucarado de um *mille-feuille* dissolver-se na boca quando percebeu alguém muito próximo a ela.

— Srta. Pimble!

Assustada, recuou, mas o jovem a seu lado sorria alegremente, e ela o reconheceu de imediato.

— Sr. Willian?

— Que prazer encontrá-la! Como tem passado?

— Muito bem, obrigada.

— Fico feliz por isso. Retornei ao museu na expectativa de revê-la, mas, infelizmente, não a encontrei. A senhorita me impressionou com seu interesse pelos egípcios.

— Voltou para me procurar? É uma pena, porém eu não frequento o museu tanto quanto gostaria. Há muito a se aprender ali, ainda mais quando se é curiosa como eu. Adoraria poder ir mais. Só não entendo seu comentário; meu interesse não deve ser tão significativo a ponto de impressioná-lo. Nada há de assombroso no fato de uma mulher ansiar por cultura e conhecimento.

— Devo discordar, não quanto à possibilidade de aprendizado em um museu, mas, sim, quanto a ser habitual encontrar uma mulher, especialmente uma jovem bonita, interessada em algo que não sejam vestidos, chapéus e bailes. Algumas preferem cavalos, é verdade. No entanto, nunca conheci uma que estudasse a civilização egípcia, um assunto que também me interessa.

— Talvez sejamos poucas, ou talvez o interesse restrito a vestidos e bailes seja uma característica das senhoras de seu círculo social. Ainda assim, deve haver alguma. Não é possível que histórias com reis e rainhas diferentes dos nossos não despertem curiosidade. Certamente alguma jovem se alegrará em poder dividir esse interesse. Se me der licença, senhor, preciso ir — disse Pimble, fazendo menção de virar-se e seguir caminho.

— Srta. Pimble, creio que tem um compromisso comigo, e dessa vez não vou permitir que se esquive — respondeu Willian, colocando-se à frente dela. — Lembro-me bem de que se comprometeu a aceitar meu convite para um chá se voltássemos a nos ver. *Voilá!* Aqui estamos, diante da Fortnum & Masson, o que é bastante conveniente, não acha?!

— Ora, senhor, confesso que, quando concordei em aceitar seu convite, imaginei que jamais o encontraria novamente.

— Isso não importa, o fato é que concordou. E não a vejo como uma jovem sem palavra. E, veja bem, se esse reencontro improvável ocorreu, é porque o destino reconhece que temos muito a conversar. Srta. Pimble, por favor, aceite tomar uma xícara de chá comigo. Será uma excelente oportunidade para provar que estou completamente errado em minha opinião sobre os interesses femininos.

Pimble titubeou, o convite era por demais atraente! Um chá na Fortune & Masson na companhia de um jovem gentil, com quem poderia conversar não sobre banalidades, e sim sobre assuntos que lhe interessavam. No entanto, tinha receio de se expor, aquela era uma situação inédita para ela. E a moça não sabia nada sobre Willian, a não ser o nome e o fato de aparentar ser abastado. O que ele poderia ter visto nela? Por outro lado, Lady Georgina já lhe assegurara que ela era uma garota inteligente. Talvez Willian quisesse mesmo apenas uma boa conversa. Talvez precisasse apenas confiar em si mesma.

— O que acha que Mary Wollstonecraft faria?

A provocação de Willian atingiu o alvo. Decerto Mary não teria vergonha ou receio de aceitar o convite. Ela não perderia a oportunidade de demonstrar que as mulheres eram capazes de pensar e que a inteligência não era um atributo exclusivo dos homens ou da aristocracia. E, para completar, havia todo o fascínio da Fortnum & Masson. Aprumando-se toda, Pimble respondeu:

— Pois bem, senhor, aceito uma xícara de *earl grey* e um *mille-feuille...* — afinal, se ia arriscar-se, deveria fazer com que valesse a pena — ... para acompanhar nossa conversa sobre civilizações diferentes. Gostaria de ouvir tudo o que sabe a respeito.

— Será um prazer, senhorita — respondeu Willian, oferecendo-lhe o braço.

— Mas não faremos isso hoje — disse ela, interrompendo o gesto do jovem. — Poderia ser constrangedor para o senhor entrar em um salão de chá acompanhado por...

— ... uma moça bonita?

O elogio arrancou um sorriso de Pimble, as covinhas charmosas surgindo em cada lado do rosto. Willian sabia ser encantador.

— Eu ia dizer uma moça vestida de forma inadequada e com pressa — explicou, ciente de sua aparência. Pimble era inteligente o suficiente para saber que Willian, quando a conhecera no museu, percebera que não pertenciam à mesma classe social. No entanto, o vestido cinza de algodão que usava nesta tarde, mesmo sem a touca e o avental, era facilmente identificado como um traje da criadagem, o que, aos olhos da aristocracia, era uma condição absolutamente menosprezada. Talvez ele não houvesse notado, ou talvez não houvesse se importado, o que seria admirável. Mas outros notariam, ainda mais as senhoras na confeitaria. Um chá com um jovem bonito e educado, nitidamente interessado no que ela tinha a dizer, era um sonho quase impossível. Não permitiria que olhares preconceituosos ou comentários maliciosos estragassem seu momento. Aquela era uma ocasião especial, e queria aproveitá-la como se fosse uma lady. — Prefiro adiar nosso chá para uma ocasião mais propícia, quando eu puder desfrutá-lo com mais tranquilidade — explicou. — Aceitei seu convite e sou uma moça de palavra, não me esquivarei. Mas agora preciso muito ir para casa.

— Quando então srta. *Apenas Pimble*? — indagou Willian, fazendo graça com a forma como ela se apresentara no museu.

— Na próxima quarta-feira, se estiver bem para o senhor. Poderemos nos encontrar aqui, às 16h. Vou gostar muito de conhecer o salão de chá da Fortnum & Masson e de conversar sobre os egípcios. — E, com um agitar de mão à guisa de adeus, Pimble virou-se, sem nem mesmo aguardar a confirmação de sua sugestão. Às quartas-feiras, ela tinha a tarde de folga e, se ele estava ansioso como dizia, encontraria uma forma de vir encontrá-la. Para sua surpresa, ele a seguiu.

— Confio plenamente em sua palavra, senhorita, e acredito que tenha planos concretos de vir ao meu encontro na próxima semana. No entanto, não confio no acaso. Ele às vezes nos prega peças, por vezes boas peças como hoje, outras, nem tanto. Dessa forma, se me permite, vou acompanhá-la. Gostaria de saber onde mora, para que eu possa procurá-la se, por qualquer motivo, ficar impedida de vir. Lembre-se, nem mesmo sei seu nome completo.

— Não há necessidade, eu virei — disse Pimble, com tanta segurança que o desarmou.

— Então, por favor, conceda-me um desejo.

— E já não o fiz quando aceitei o convite para o chá? — perguntou a moça, com faceirice.

— Chame-me de Willian. Somos amigos, pois não? E amigos podem chamar-se pelo prenome.

— Então, até quarta-feira... Willian — respondeu Pimble, corando e com um brilho especial no olhar. E seguiu lépida para casa, ansiosa pela chegada da quarta-feira seguinte.

Georgina apertou o roupão de veludo junto ao corpo. Havia tentado ler e depois dormir, em vão. A noite em claro, somada à ansiedade pela resposta de Thomaz à sua carta, havia lhe trazido uma dor de cabeça e um mal-estar inconveniente. Talvez um chá de melissa ajudasse a minorar o desconforto.

— Pois não, milady? — indagou uma das arrumadeiras ao atender o toque da sineta.

— Ora, Betty, onde está Pimble?

— Saiu, milady — revelou a criada, com os olhos arregalados, prevendo que a garota levaria uma descompostura.

— Ainda não voltou? Eu lhe pedi que entregasse uma correspondência, mas imaginei que já houvesse dado tempo para ela retornar. Por favor, traga-me um chá de melissa e umas compressas frias. Estou com dor de cabeça. Diga para Pimble vir até aqui assim que chegar e, se houver alguma correspondência, traga-me.

— Sim, milady — disse a criada, saindo apressada para cumprir as ordens. *Onde Pimble teria se metido? Aquela garota era muito abusada, a sorte dela é que milady não era exigente. Se o duque estivesse vivo, ela passaria por maus bocados.*

Acomodando-se em sua poltrona preferida, Georgina enrodilhou os pés sob o corpo e voltou a pegar o livro que havia começado a ler. A história era desafiadora; ainda assim, não conseguiu prender seu interesse, e ela voltou a observar o jardim através da janela. O verão estava em seu auge, e as cores do outono demorariam para se insinuar. Os dias de verão eram belos, mas ela gostava quando a natureza começava a se preparar para o recolhimento do inverno. O frio trazia dificuldades para muitos, e isso a entristecia, mas não podia negar que a estação a agradava. Longos períodos ao pé da lareira com um livro e uma xícara de chocolate quente em mãos... não havia nada mais reconfortante. Só não era perfeito porque suas cavalgadas ficavam restritas ou impossíveis, quando nevava. Por ora, lhe restava aproveitar os belos dias de sol.

— Lady Georgina?

A entrada de Pimble após um toque simples na porta a tirou de seu devaneio. Pelo semblante da moça, algo havia acontecido. Ela tinha um olhar feliz e aflito ao mesmo tempo. A duquesa nem se deu ao trabalho de perguntar o que fora, sabia que em segundos ela a colocaria a par de tudo, nos mínimos detalhes.

— Trouxe as compressas frias, milady. Betty, coloque a bandeja do chá na mesa, eu mesma servirei a duquesa — falou, apontando um móvel para a criada, que obedeceu e saiu em seguida, revirando os olhos diante da impertinência da garota. — Soube que está com dor de cabeça, Lady Georgina. O que aconteceu? Não conseguiu descansar?

— Foi impossível conciliar o sono, a cama parecia ser feita de pregos. Tampouco a leitura me prendeu. Na verdade, estou ansiosa para saber se o visconde recebeu a carta. Você a entregou em mãos?

— Não exatamente. O mordomo de Lorde Hughes, que parece ter nascido ainda no tempo dos faraós — gracejou —, não me permitiu falar com ele pessoalmente. Afirmou, no entanto, que a entregaria de imediato. Não pude confirmar, mas creio que ele não faltaria com a palavra. Milorde deve tê-la recebido logo depois que eu saí — garantiu, servindo o chá, que Georgina ingeriu como se remédio fosse.

— Sendo assim, só me resta aguardar uma resposta. Enquanto isso, explique-me a razão de sua demora. Eu a conheço bem demais para saber que não foram apenas as vitrines da Picadilly que distraíram sua atenção. Mas fale devagar e não se empolgue, caso contrário, minha cabeça vai explodir — falou, fingindo estar zangada.

Baixinho, para não piorar a enxaqueca de Lady Georgina, Pimble contou tudo sobre Willian e o convite recebido enquanto aplicava compressas frias na testa da duquesa. Como amigas, que na verdade eram, as duas conversaram com calma, a garota explanando seus sonhos e expectativas para o encontro marcado. Quase uma hora depois, Georgina notou que a dor havia cedido.

— Bem, todas essas novidades me ajudaram bastante, estou bem melhor. E, diante de tudo o que conversamos, só me resta ajudá-la a encontrar um vestido que seja do seu agrado e adequado ao compromisso.

— O que quer dizer, milady?

— Que você precisa estar bonita e confiante para esse encontro, e nada melhor do que uma roupa apropriada para fazê-la sentir-se assim.

— Acha que a roupa fará com que tudo dê certo? — perguntou Pimble, intrigada.

— Não, minha querida, uma roupa nunca será responsável para que tudo saia a contento. Ela apenas a deixará mais à vontade no ambiente, talvez mais segura. Não há demérito em querer apresentar-se bonita, mas o que fará com que tudo dê certo é sua simpatia e suas verdades. Não se esqueça, seja verdadeira! Isso é muito importante. Nenhum relacionamento, principalmente a amizade, resiste à falsidade. Você conquistará o que deseja por seus méritos e inteligência. Afinal, foi isso o que o atraiu, não é mesmo? Por outro lado, seja igualmente cuidadosa. Sabemos que você é sincera, mas ainda não conhecemos nada a respeito desse jovem. Cautela nunca é demais. Eu quero vê-la sorrindo feliz, e não magoada.

— Milady, como sempre, a senhora faz com que eu me sinta no direito de sonhar — disse Pimble, com lágrimas nos olhos.

— Você tem tanto direito quanto qualquer outra jovem de sua idade. Sonhe, porém, mantenha sempre os pés bem firmes no chão. Estou torcendo para que esse jovem seja um bom rapaz e que o interesse dele seja genuíno. Não chore, Pimble, não quero ver lágrimas, só alegria. E agora vamos vasculhar os armários e os meus vestidos pré-luto. Temos que encontrar algo que a agrade. Lembro-me de um percal azul-claro, enfeitado com pequenos buquês na saia e nas mangas, que você sempre admirou. Talvez lhe sirva. Se for preciso, mandaremos fazer ajustes.

— Milady, sei qual é. É lindo! Tem certeza? — perguntou Pimble, estupefata. O vestido era encantador, e milady o usara apenas uma vez.

— Sim, tenho certeza. E traga também os pentes de madrepérola, acho que combinarão bem.

A batida na porta interrompeu o grito de alegria que, para o bem da duquesa, Pimble não chegou a dar. John apresentou uma carta na salva de prata e ela a repassou imediatamente à Georgina. Nem foi preciso atentar ao brasão impresso no envelope, ambas sabiam quem era o remetente.

— Vou buscar o vestido, milady — disse a moça, nem tanto por isso, mas sim para deixar a duquesa ler o bilhete com privacidade. Fosse o que fosse, ela também sentia que tudo o que envolvia o visconde estava se tornando importante para a duquesa. Em silêncio, fez uma prece para que o Visconde de Durnhill fosse um bom homem, e para que a duquesa tivesse os mesmos cuidados que lhe recomendava.

Georgina abriu o envelope com certa avidez, e um sorriso levantou as comissuras de sua boca à medida que lia o conteúdo.

— Pimble — pediu, assim que a jovem retornou —, deixe meu traje azul de montaria separado, vou usá-lo amanhã. Pretendo sair bem cedo. Pela primeira vez, terei companhia em meu passeio matinal. — E, antes que a criada decidisse esmiuçar a novidade, Georgina retomou a conversa sobre o vestido azul de percal. Ainda não estava pronta para discutir alguns assuntos com Pimble. Sua reação à resposta de Lorde Hughes era um deles.

18

Gloriosa! O adjetivo lhe veio à cabeça quando ela saltou com maestria uma sebe bastante alta. Amazona e animal num conjunto perfeito de técnica e músculos. Uma visão dos deuses! Os cabelos cor de mel escapando por debaixo do chapeuzinho, os joelhos apertados no flanco do animal, a concentração evidenciada na pequena rusga entre as sobrancelhas e, por fim, o sorriso vitorioso. Georgina se virou e o encarou — o brilho nos olhos da cor das centáureas era mais forte do que o sol que rompia a neblina matutina. Tudo nela transpirava alegria e satisfação. Diminuindo o trote, ela se postou ao seu lado, em um passo quase preguiçoso.

— Lorde Hughes, fico feliz que tenha aceitado minha sugestão. Acompanhar-me em meus passeios matinais será a forma mais rápida de convencer seus amigos de que estamos *envolvidos*. — Ela usou uma entonação diferente para destacar o fato de que a expressão não correspondia exatamente à verdade. — É notória minha preferência por cavalos, em detrimento de humanos — continuou, com certo cinismo. — O que poucos sabem é que, entre os primeiros, sinto-me à vontade, já quanto aos segundos... Isso, aliás, angariou-me a fama de arrogante. Não que eu me importe, pelo contrário, tal fama já me livrou de várias inconveniências.

— Não somos muito diferentes em relação às preferências, Georgina. Quanto à fama de cada um, podemos dizer que ambos usamos uma *capa de proteção,* embora nossa postura não seja a mesma.

— Capa de proteção? O quer dizer, milorde?

— Georgina, já não é tempo de abandonar o formalismo? Gosto de pensar que, inobstante tenhamos nos aproximado por razões não muito... dignas de minha parte, sentimos satisfação na companhia um do outro. Além do mais, um tratamento pessoal dará credibilidade à nossa *relação.*

— *Capa de proteção?* — ela repetiu, fechando-se em sua concha, incapaz de admitir a premissa. Ele não conseguiria arrancar dela, com tanta facilidade, uma confirmação de que sua companhia era agradável.

— Sim, essa que você acabou de vestir — disse, rindo com a previsibilidade do afastamento dela. — Você é uma mulher doce, sensível, que usa o orgulho como armadura, como forma de evitar ser magoada. É mais fácil ser criticada e responder com arrogância do que deixar que vejam suas lágrimas, não é mesmo?

— E quanto ao senhor, milorde, qual é sua capa? — perguntou, mantendo no rosto uma expressão arrogante, reproduzindo o comportamento que ele lhe atribuía.

— Prefiro que descubra por si mesma, Georgina. Tudo o que eu lhe disser cairá em terreno infértil. Minha fama está por demais consolidada para que acredite em mim. No entanto, eu lhe asseguro, como já o fiz, que não a magoarei.

A intensidade no olhar dele a perturbou. Acelerando o passo da montaria, a duquesa se furtou de comentar. O tempo lhe mostraria a verdade. Até lá, precisava proteger seu coração. Já acreditara em promessas vazias, não incorreria no mesmo erro.

Os estábulos do Conde de Kensey eram impressionantes. Enquanto ela mantinha apenas quatro animais de tração, além de Afrodite, ele dispunha de pelo menos vinte baias. Com um suspiro sonhador, Georgina imaginou como seriam seus estábulos no interior. A ideia de adquirir uma propriedade rural voltou a se insinuar em sua mente. Desde a morte do duque, e a transferência do título e das propriedades para um primo distante, ela só havia voltado ao campo no fim de semana em que fora convidada por Rowena e Roger.

— ... e esse é Eros — disse Thomaz, atraindo a atenção de Georgina ao afagar o focinho do belo potro.

— Tome cuidado, milady — alertou o cavalariço, quando ela se aproximou —, ele não gosta muito de estranhos.

O animal era realmente lindo e, para surpresa de todos, não resfolegou quando ela lhe ofereceu uma cenoura. Ao contrário, deixou-a acariciá-lo sem tentar lhe cravar os dentes.

— Engraçado, a senhora, assim como Lorde Hughes, o cativou — admirou-se o garoto. — Ele não costuma ser tão dócil.

— Hughes, a que devo o prazer de sua visita a meus estábulos, e ainda por cima acompanhado de uma bela... Vossa Graça? Que surpresa... adorável! — Ao reconhecer a duquesa, a expressão que Lorde Tristan fez foi impagável. E o cavalheiro logo tratou de se inclinar diante dela, o gesto acabando por se mostrar deveras desajeitado. Em seguida, olhou para o amigo; o patife estava conseguindo. Ele podia esperar por tudo, menos encontrar Lady Georgina em seus estábulos, àquela hora da manhã, na companhia do visconde.

— Bom dia, Tristan. Viemos visitar Eros. Sua Graça manifestou o desejo de conhecê-lo — respondeu Thomaz, controlando-se para não rir.

— É um belo animal, Lorde Tristan — disse ela, com um sorriso vingativo. — Vendo-o, posso até achar menos grave o teor ofensivo de uma certa aposta.

O conde gorgolejou envergonhado, o rosto assumindo um forte tom púrpura. Como ela sabia da aposta? Virando-se para Thomaz, notou que ele estava se esforçando para manter a expressão inabalável. O crápula havia revelado a aposta para a duquesa? Não, ele não faria isso... ou faria? E o que ela estava fazendo ali, na companhia dele? Suspirando, teve que admitir que havia uma possibilidade de vir a perder o alazão.

— Não entendi a referência a uma aposta, Vossa Graça — disfarçou —, mas reconheço que é um belo animal. Tive algumas propostas, mas meu amigo Thomaz parece decidido a ficar com ele. Soube que você tem vindo regularmente para vê-lo exercitar-se no paddock — continuou, dirigindo-se diretamente ao visconde.

— Sim, meu amigo, tenho vindo todas as manhãs. E confesso que gostaria de inscrevê-lo em algumas provas em Ascot ainda nessa temporada. Ele está pronto para correr e, com o jóquei certo, acho que se sairá bem.

— O quê? Hughes, sua atitude me parece um pouco precipitada. Nós ainda não chegamos a um acordo sobre a *venda* de Eros.

— Na verdade, esperava que você pudesse considerar permitir-me vê-lo participar das provas antes mesmo que *a compra* seja finalizada. Gostei tanto dele que estou disposto até mesmo a pagar o *preço combinado*.

— Não... de forma alguma... a pressa tiraria toda a graça da... venda... e ainda não discutimos como você faria o... pagamento... se perdesse... quer dizer...

— Lorde Tristan, permita-me lhe fazer um pedido — interrompeu Georgina, ao tentar manter a seriedade diante da ridícula troca de palavras cifradas. Se não conhecesse a verdade, acharia que eles estavam insanos! De qualquer maneira, melhor interferir e resolver o assunto. Eles não estavam tendo muito êxito em disfarçar os termos da insolente aposta, e corriam o risco de criar uma situação verdadeiramente constrangedora. — Eu nunca estive em Ascot, inobstante minha enorme paixão por cavalos. Lorde Hughes fez a gentileza de se oferecer para me iniciar no esporte e me garantiu que, se eu tiver um animal na disputa, vou achar tudo mais interessante. Se pudesse nos ceder Eros... Estou disposta a arcar com qualquer prejuízo que isso possa acarretar e, mais que isso, na hipótese de a proposta de Lorde Hughes não ser suficiente para atender suas pretensões, estou disposta a fazer outra, visando a aquisição do animal. Meus termos seriam diferentes, naturalmente — completou, muito séria, mas com um brilho divertido nos olhos. Estava sendo deliciosamente engraçado ver os dois homens desconfortáveis com a situação.

— O que posso dizer, duquesa...

— Diga sim. Apenas, sim — pediu Georgina, com uma expressão ansiosa, pousando os enormes olhos azuis nos do lorde. Thomaz lhe dissera que conseguir o potro era essencial aos seus planos. Ela estava decidida a ajudá-lo, por interesse próprio. Havia muita coisa por trás de toda aquela encenação; descobrir a verdade se tornou um objetivo. Não se lembrava de quando estivera tão empolgada por algo. Fora envolvida à revelia, e ninguém poderia culpá-la por sua curiosidade. Diante disso, não se sentiu constrangida em insistir; algo que normalmente não faria.

Chegava a ser pitoresco ver o enorme Lorde Tristan desconcertado pela atitude da duquesa. Ela o deixara sem palavras, ou melhor dizendo, sem alternativas. Furioso, encarou Thomaz, ciente de que era dele a responsabilidade pela situação. O esperto visconde lhe passara a perna e dera um jeito de tomar posse do potro antes do final da temporada. E ele sequer poderia acusá-lo, visto que o pedido partira de Lady Georgina.

— Seria uma indelicadeza de minha parte se não o fizesse — concluiu Lorde Tristan, com galanteria, inclinando-se diante dela. — Façamos o seguinte: vamos inscrever Eros em Ascot. Não sei se ele estará pronto para a Royal Cup, talvez para uma das provas menores.

— Fico feliz que tenha concordado — interveio Thomaz, aliviado.

— Calma, meu amigo. Não concordei em *vendê-lo*, apenas cedi ao pedido de Lady Georgina para inscrevê-lo em Ascot. Nós ainda não terminamos nossas *tratativas*; discutiremos a propriedade mais à frente. E, nesse ínterim, Vossa Graça é bem-vinda para vê-lo exercitar-se. Talvez se interesse em acompanhar sua evolução. Eros é um animal jovem, ainda temperamental, mas sua postura e linhagem indicam que será soberbo.

— Eu agradeço, milorde. Os cavalos são minha paixão — disse, com entusiasmo, Georgina. — E tudo o que se relaciona a eles me atrai. Nunca tive a oportunidade de ir a Epson ou a Ascot, mas confesso que estou ansiosa para corrigir isso. E, se puder começar torcendo por um cavalo especial... — Sutil, ela deixou o fim da frase no ar. — Agora devo ir, a manhã já finda e tenho outros compromissos — informou, retomando as rédeas de Afrodite das mãos do cavalariço.

— Vou acompanhá-la, Lady Georgina — interveio Thomaz, com um toque de intimidade na voz.

— Não há necessidade, milorde. São poucos quarteirões, não há qualquer perigo. Além disso, tenho o hábito de cavalgar sozinha, sem acompanhantes. Um benefício decorrente da viuvez.

— Seria um prazer, Lady Georgina, não um encargo; porém, seja feito como prefere. Espero revê-la em breve, milady.

Georgina sorriu de forma enigmática e não respondeu. Aceitou ajuda para montar e, sem mais nenhuma palavra, tocou os flancos do cavalo e seguiu sem virar-se uma única vez.

— Ela é realmente linda — murmurou Lorde Tristan, observando a silhueta da duquesa se afastando —, e não me pareceu tão arrogante.

— Ela é muito mais do que linda.

— Considerando que, há poucas semanas, você utilizou o termo *viúva amarga* para referir-se a ela, houve uma mudança drástica em sua opinião.

— Infelizmente, formamos opiniões muitas vezes sem qualquer lastro, baseados apenas no senso comum e numa primeira impressão. Ainda bem que podemos reformulá-las. Enfim, está disposto a reconhecer que ganhei a aposta?

— Nem pensar, combinamos que ela teria que ser sua acompanhante até o fim da temporada e, reconhecer, para um de nós, o interesse em você. Nada disso aconteceu. Mas tenho que admitir que você deu um golpe de mestre. Fiquei sem ação e tive que concordar com o pedido. E se o potro se sair bem nas provas, você terá um futuro campeão nas mãos. Ele ainda é jovem. Mesmo que não vença qualquer páreo, demonstrará sua capacidade. Realmente, você é um jogador nato. Sabe quando blefar. E parece que vai conquistar ambos, a mulher e o cavalo.

O visconde passou a mão pelo rosto, pesaroso. Mais uma vez, era considerado um jogador oportunista, o que não melhorava em nada sua fama. Mas teria que calar-se. O verdadeiro motivo de sua ansiedade não podia ser revelado. Embora o interesse em renovar seu plantel em Red Oak persistisse, ele precisava daquele potro para se infiltrar no grupo de nobres que participava das corridas em Ascot. Seria a única maneira de descobrir o que vinha acontecendo. Se estivessem ocorrendo fraudes, tanto a Coroa como aqueles que apostavam acreditando na honestidade dos páreos, estariam sendo prejudicados. Além do prejuízo financeiro, era um ultraje ao reino. Havia assumido um compromisso com Cavendish, e, se fosse necessário mostrar-se um patife, ele o faria. Não se tratava mais de diversão ou de interesses pessoais, era uma questão de lealdade ao rei e à Coroa.

— Meu caro conde — falou, assumindo uma expressão maliciosa —, você mesmo disse que *ela* é uma mulher linda. Ora, eu nunca fui um santo. Se conseguir vencer o jogo recebendo o prêmio em dobro... que seja!

— Você está a um passo de ser um trapaceiro, meu amigo. No entanto, eu o conheço bem demais. Seus olhos desmentem suas palavras, você não está apenas jogando, está interessado nela, de verdade. Não me arrependo de ter concordado com o pedido de milady, porque pela primeira vez entrevejo uma mulher capaz de transformar o sedutor em seduzido. E, se isso acontecer, será mais divertido vê-lo vencido pelo amor do que ser o vencedor da aposta. Eu daria não um, mas dez cavalos para vê-lo apaixonado, realmente apaixonado.

— Não seja tolo, Tristan, porque eu não serei. Uma aventura, algum romance... amor jamais! Você sabe que não acredito nesse sentimento. E, agora, deixe-me tomar providências para levarmos Eros para Ascot. As provas serão em duas semanas, temos que alojá-lo lá para treinamento e conhecimento da pista. Tenho fé de que esse rapaz será um campeão.

Tristan encarou Thomaz por alguns segundos. Pela primeira vez, notou que a ironia, o sarcasmo e a superficialidade habitual pareciam falsas. O charme continuava ali, à flor da pele, mas a sensação que tinha era de que um outro Thomaz borbulhava bem ali na superfície, ansioso para emergir. *Vamos ver onde isso vai dar. Será patético se o grande conquistador cair de amores pela dama de gelo. Será mesmo!*

Thomaz subiu os dois lances de escada, dessa vez com pressa e agilidade. Estava atrasado para a reunião. A cavalgada e a visita ao estábulo de Tristan haviam tomado mais tempo do que previra. Porém, o resultado fora recompensador. Quando recebera a carta de Georgina convidando-o a acompanhá-la numa cavalgada matinal, não imaginava que o passeio resultaria tão benéfico a suas pretensões.

O jovem à frente da escrivaninha era outro, mas o escrutinou com a mesma intensidade que o anterior, e lhe pediu que aguardasse enquanto informava Lorde Cavendish de sua chegada. Foram apenas alguns minutos, e logo se viu diante do superior. Como sempre, um breve aperto de mãos e foram direto ao assunto, sem perda de tempo com frivolidades.

— Novidades?

— Sim, consegui o potro. Hoje à noite, no clube, vou anunciar a decisão de levá-lo a Ascot e deixar claro que farei qualquer coisa para vê-lo vencer. Darley tem sido de uma ajuda inestimável. Por meio dele, consegui uma aproximação com Sua Graça, o que acabou facilitando bastante a situação. Aliás...

— Aliás?

— Temos um problema, ou talvez seja uma solução, depende de como o senhor verá a situação. Lady Georgina...

— O que há com ela? — perguntou Cavendish, preocupado. A duquesa era a viúva de um dos heróis da Inglaterra, atingi-la em sua honra não seria admissível. Sua Majestade certamente o censuraria pessoalmente se isso acontecesse.

— Ela é uma mulher muito inteligente. Mesmo eu tendo sido discreto, conseguiu perceber claramente que há algo por trás de minha predileção pelo cavalo. Ontem, enviou-me uma carta convidando-me para uma conversa. E isso aconteceu hoje, durante uma cavalgada matinal. Ela associou meu interesse a uma notícia que saiu no *Times* sobre a morte de um animal que competiria em Ascot. Suas perguntas foram bastante invasivas.

— E como ela conseguiu fazer tal associação? — Lorde Cavendish mantinha a expressão impenetrável, apenas a sobrancelha esquerda levantada demonstrava sua surpresa.

— Eu comentei com Lady Georgina que vencer a aposta seria benéfico para homens e animais — mencionou Thomaz, relembrando a noite em que invadira o quarto da duquesa em Green House. — Eu precisava convencê-la a aceitar minha companhia. Não disse nada muito revelador, porém foi o suficiente para despertar sua curiosidade.

— Está bem, mas qual é o problema... ou a solução?

— A duquesa foi bastante direta, está disposta a me ajudar, inobstante a desagradável questão da aposta, desde que eu revele o que há por trás de meu interesse. Eu desconversei, naturalmente, mas acho que talvez, se pudesse lhe contar... A ajuda de milady foi inestimável. A verdade é que consegui o potro graças à intervenção de Lady Georgina junto a Tristan. Ela o convenceu a nos deixar inscrever o animal nas provas em Ascot, e o fez com muita sutileza. Sem isso, não acredito que eu teria a menor chance de me imiscuir entre os grupos e desvendar seja lá o que for que esteja acontecendo.

— Revelar seu verdadeiro objetivo poderia comprometer trabalhos futuros, Hughes. Não creio que seja benéfico nem para você, tampouco para a Coroa. Sei que você já foi oficialmente *desligado*; em teoria, não participará mais de nenhuma missão, mas... você está pronto para tornar tudo definitivo?

E há outra questão. Não há nada nesse caso que comprometa a segurança da Coroa, o que não torna a quebra de sigilo um ato de traição; porém, se a duquesa não mantiver a discrição, sua tarefa pode ficar comprometida. Creio que, nesse caso, terá que usar seu bom senso, lembrando que será cobrado quanto ao resultado.

— Obrigado, Cavendish. Era do que eu precisava saber. Pensarei a respeito, e o manterei informado.

19

A reunião estava agradável. O auge do verão estimulava a realização de festas ao ar livre, e a proximidade das provas equestres, realizadas sempre no final de junho, fora a desculpa para a festa no jardim organizada por Lady Lisbeth.

Os jardins ainda estavam floridos e haviam sido iluminados por tochas. Sob um caramanchão, fora montado um buffet frio, e criados de libré e luvas brancas circulavam oferecendo bebidas aos convidados. Músicos tocavam com animação e alguns casais dançavam. A noite estava agradável.

Em um vestido deslumbrante num tom de verde-escuro e as orelhas enfeitadas por duas maravilhosas esmeraldas circundadas por diamantes, Lady Georgina dava atenção a Lady Carlyle, que, animada, falava de seus planos e perspectivas para os dias no hipódromo. Ao seu lado, Belinda, usando um vestido rosa enfeitado com babados no colo e na barra, observava a entrada do jardim.

— Obviamente, teremos que providenciar hospedagem, já que as provas se estendem por quatro dias. Sua Majestade e alguns convidados de seu círculo mais íntimo, aqueles que são *habitués,* ficam no Castelo de Windsor — tagarelou Lady Carlyle —, mas há boas opções de acomodações. É uma pena que a rainha Annie tenha decidido estabelecer as provas no condado de Berkshire. Esse deslocamento por vezes é tão desgastante.

A matrona falava quase sem respirar, despejando sobre uma aturdida Georgina todo o seu conhecimento sobre a questão. Depois de alguns minutos, foi mais fácil simplesmente sorrir e assentir, sem realmente se atentar ao que estava sendo dito. A ansiedade de Belinda, que mantinha os olhos fixos na entrada e passava de um pé a outro, chamou-lhe a atenção. A garota parecia esperar por alguém, e Georgina teve uma certa sensação inquietante. *Que não seja por Thomaz, eu não gostaria de vê-la machucar-se.* A chegada de Lorde Dylan interrompeu o fluxo verbal de Lady Carlyle.

— Vossa Graça, estou por demais satisfeito em saber que aceitou minha sugestão e decidiu entregar-se ao prazer das corridas de cavalo — disse ele, fazendo uma mesura educada.

— Lorde Dylan, é verdade. As benesses do turfe vêm sendo apregoadas com tamanha intensidade que decidi me render a elas. Vou participar do grupo que será organizado por Lady Lisbeth.

— Lisbeth é uma mestra na arte de reunir pessoas e providenciar diversão. Há anos ela frequenta o hipódromo, sua família sempre manteve cavalos disputando as provas e ela conserva a tradição. E certamente participar de seu grupo torna tudo mais divertido. Além das provas, ela organiza outras atividades. No ano passado, promoveu um piquenique com jogos de cartas, conversação, bebidas e sanduíches. Foi muito agradável!

— Folgo em saber, estou ansiosa pelo evento, milorde.

— E farei questão de conduzi-la por ele, duquesa. Não me esqueci de que, em Green House, prometeu-me a honra de iniciá-la nas delícias do turfe.

— Lembro-me de que lhe disse que pensaria a respeito, milorde, não de ter feito uma promessa. De qualquer maneira, agradeço sua gentileza, porém tenho outros planos. Já me comprometi com...

— Comigo! — A interrupção de Thomaz, em voz forte e alta, chamou a atenção. — Não exatamente comigo, mas com Lady Rowena. Estou correto, Vossa Graça?

— Sim, era exatamente o que eu ia dizer, vou acompanhar Lady Rowena — confirmou Georgina, sem entender o que Thomaz queria dizer.

— E eu, por outro lado, assumi o compromisso de levá-las, já que Darley tem assuntos inadiáveis em Londres. Dessa forma, posso dizer que Lady Georgina assumiu um compromisso comigo.

— Não concordo com sua lógica, Hughes, mas é claro que entendo que Sua Graça ficará ao lado de Lady Rowena. De qualquer maneira, isso não me impedirá de acompanhá-las em algum momento; será mais produtivo Sua Graça receber informações de alguém bem-sucedido no esporte e na criação de cavalos — alfinetou Lorde Dylan, com arrogância.

— Curioso, não me lembro de seus cavalos terem obtido uma boa classificação nos últimos anos. Aliás, na próxima Royal Cup, poderemos comparar nossos resultados. Você terá um animal inscrito, não é mesmo? — perguntou Thomaz, em um tom irônico.

— Um não, vários.

— Pois eu, melhor dizendo, nós — declarou, olhando diretamente para Lady Georgina — teremos apenas um alazão na disputa principal, mas creio que ele surpreenderá a todos.

— Nós? — Lorde Dylan parecia confuso, enquanto os demais observavam o diálogo áspero com certa incredulidade. Prevendo uma situação desagradável, Georgina tratou de intervir.

— Lorde Tristan e Lorde Hughes estão negociando um potro de excelente qualidade. Eu também me encantei por ele. Ele participará, e estamos torcendo por seu sucesso. Depois veremos quem será mais afortunado em sua aquisição — concluiu, olhando diretamente para Thomaz.

— Que emoção! Teremos uma disputa entre Lorde Dylan e Lorde Hughes — guinchou Lady Carlyle, batendo palmas exageradamente e diminuindo a tensão. — É claro que teremos que examinar os animais antes de decidir em quem apostar. Quando seu cavalo estará disponível, Lorde Hughes? Confesso que estou curiosíssima desde que falou sobre ele no fim de semana em que Lady Rowena fez a gentileza de nos receber para a caçada.

— Os animais estarão no paddock, e poderão ser visitados, como sempre, nos dias que antecedem as provas, Lady Carlyle — interveio Lorde Dylan, com soberba.

— É verdade, mas li recentemente no *Times* que, por conta de alguns incidentes, as visitas seriam limitadas enquanto a apuração estivesse sendo feita. Isso procede, milorde? — indagou Georgina, dirigindo-se a ele.

Para um observador menos perspicaz, a mudança de expressão teria passado desapercebida, mas Thomaz tinha os olhos atentos e percebeu o rápido esgar de descontentamento que tomou as feições de Lorde Dylan. Menos de um segundo depois, ele se controlou e respondeu com um sorriso zombeteiro:

— Boatos... boatos... Alguns incidentes, nada que prejudique a lisura das provas, como insinuaram. Um cavalariço desavisado permitiu que um animal mascasse beladona. E houve uma queda durante o treino. Infelizmente, o animal foi sacrificado, mas ficou comprovada a imperícia de seu cavaleiro. Incidentes fortuitos... Tudo já foi resolvido.

— Curiosamente, os incidentes parecem ter acontecido com animais que estavam bem cotados para vencer provas importantes — disse Belinda, que até então estivera calada.

— Acidentes fortuitos, como já disse — repetiu Lorde Dylan, como se quisesse garantir que todos entendessem. A chegada da anfitriã desviou o assunto. Batendo palmas com animação, Lady Lisbeth anunciou:

— Teremos uma quadrilha! Considerando o estilo de nossa reunião, achei que algo campestre seria o mais conveniente para essa noite. Um pouco de dança anima qualquer festa, não concordam?

— Lady Georgina — disse Dylan, com uma reverência, estendendo a mão em seguida —, considerando-se que seu período de luto terminou, gostaria que me desse a honra de conduzi-la.

Por um instante, Georgina considerou recusar, mas seria por demais inadequado, até ofensivo. Há anos, não dançava uma quadrilha, nem mesmo se lembrava dos passos com exatidão. No entanto, não tinha opção. Com um gesto, assentiu e aceitou o braço do cavalheiro, encaminhando-se apreensiva para o centro da área de dança. Para sua surpresa, foi muito mais divertido do que imaginara. A melodia alegre a contagiou, o bom humor de Dylan a deixou à vontade e ela acabou por rir, satisfeita, mesmo quando se atrapalhava. Ele era um exímio dançarino, mas foi gentil e não a criticou ou censurou quando ela trocava os passos. O que poderia ter sido constrangedor transformou-se em um alegre interlúdio.

— Oh! Achei que não conhecia mais os passos, mas consegui chegar ao fim sem pisar em seus pés ou esbarrar demais nos outros dançarinos — pilheriou, quando a música acabou, um sorriso feliz trazendo doçura ao seu rosto.

— Vossa Graça foi muito bem. Não julgue um atrevimento, mas adoraria se aceitasse repetir a parceria — sugeriu Lorde Dylan, quando os músicos iniciaram outra melodia em sequência.

— Não seria um atrevimento, mas confesso que uma quadrilha foi o suficiente para meus pés destreinados. Milorde dança muito bem, tenho certeza de que encontrará um par mais adequado à sua aptidão. Eu preciso de alguns minutos para recuperar o fôlego. Se me der licença, vou me sentar por um momento.

Lorde Dylan inclinou-se e depositou um beijo em sua mão, assentindo antes que ela se afastasse. Georgina procurou Lady Rowena com os olhos. Aparentemente, a amiga ainda não chegara ou, talvez, nem sequer viesse. A condessa vinha desmarcando vários compromissos após ter confirmado a gravidez. Dizia que o calor agravava seu mal-estar e fazia os pés incharem. Ela, por sua vez, já cumprira seu acordo com o visconde. A festa estava agradável, porém um livro, alguns chocolates e a *chaise longue* em seu quarto também pareciam bastante atraentes. Avaliava se deveria ir ao jardim certificar-se de que Rowena realmente não viera ou se deveria despedir-se da anfitriã e voltar para casa, quando sentiu a presença dele, atrás dela, como uma sombra.

— O que significou aquilo? — Thomaz praticamente sibilou.

— O que quer dizer com *aquilo*? — perguntou Georgina, sem virar-se e sem entender o motivo da evidente contrariedade.

— Vamos dar uma volta, o jardim certamente está mais agradável, estou sufocando aqui. — E, sem esperar pela anuência dela, tocou-lhe delicadamente o cotovelo, encaminhando-a em direção a uma das grandes portas da varanda. Antes mesmo que descessem os degraus para chegar ao caminho de rosas que se abria à frente, ele a questionou:

— Por que dançou com aquele esnobe? Por que dispensar tanta atenção a Dylan? — As palavras escaparam por entre seus dentes como silvos.

— Porque seria indelicado recusar. Entenda que, mesmo eu estando disposta a ajudá-lo, não serei grosseira. Seria indesculpável. Não há qualquer motivo para eu agir assim, nem mesmo pela sua aposta.

— Maldição, isso não tem qualquer relação com a infeliz aposta.

Surpresa com a raiva que entreviu em suas palavras, Georgina o encarou. A fraca luz que chegava ao jardim não a impossibilitou de ver a expressão de Thomaz. Pasma, percebeu os lábios apertados, o cenho franzido, a fúria em seus olhos.

— O que aconteceu? Não entendo essa reação. Ajudá-lo com a aposta não lhe dá o direito de...

— Que inferno, Georgina, repito, isso não tem nada a ver com a aposta. Eu simplesmente não consigo ver você rindo nos braços de outro. Como ele ousou?

— Ousou? Você não está sendo coerente — rebateu ela, enquanto seguiam pelos caminhos floridos. O que estava acontecendo com Thomaz? Ela não conseguia compreender aquela reação. Dylan não a cortejara, apenas... talvez um pequeno flerte, mas, mesmo que o tivesse feito, por que isso o incomodaria? Aquilo era uma explosão de ciúmes? Thomaz estava com ciúmes?

Abismada, ela estacou, incrédula. Havia uma angústia furiosa no olhar dele, uma expressão de desamparo tão inesperada, que ela, por impulso, estendeu a mão para lhe tocar a face. Thomaz não conseguiu resistir ao toque. Antes que pudesse emitir uma só palavra, Georgina se viu puxada de encontro a um peito másculo, presa em um abraço apertado. Ele era grande, seus braços a envolviam por inteiro, sua cabeça mal lhe tocava o ombro, mas ela não se sentiu pressionada ou assustada. Longe disso. A sensação que ele lhe passava era de proteção, como se ela estivesse em um casulo quente e acolhedor.

— Como ele ousa tocá-la? Senti vontade de... Foi torturante vê-la sorrindo nos braços de outro.

Por um segundo, o bom senso a fez pensar em reagir, mas a vontade a levou na direção oposta, e ela o aceitou de encontro a si. Ele se apoderou de seus lábios, em um beijo sôfrego, voraz, faminto... como se sua vida dependesse do ato. Se o mundo acabasse naquele minuto, eles seriam levados ao céu num abraço inseparável. Protegidos pela escuridão, ele a manteve cativa. As mãos percorrendo seu corpo, desvendando cada detalhe, os lábios pousados em sua pele, sentindo seu gosto, deixando uma marca.

— Thomaz... — ela murmurou, a voz entrecortada por um desejo jamais sentido. Um murmúrio rouco, um chamamento, não um protesto.

— Vamos sair daqui, Georgina. Eu pensei que fosse enlouquecer quando a vi rindo nos braços de Dylan. Não sei o que é isso que estou sentindo, mas sei o que quero. Quero você e você também me quer. Seus lábios não proferem as palavras, mas seu corpo me responde. Mas não assim, não num canto escuro, correndo o risco de vê-la exposta à maledicência. Venha comigo, apenas... venha!

Tudo era tão novo! O desejo nos olhos dele, o calor de sua boca... Por que não? Pelo menos por uma noite. Talvez ele se decepcionasse, se afastasse dela e simplesmente desistisse. Mas ela precisava descobrir se era capaz de ser mulher. Seu corpo quente e trêmulo lhe trazia um laivo de esperança. Dessa vez, não fugiria. Com um gesto, ela assentiu. Não se preocupou em perguntar para onde; não era importante. Sua única certeza era que desejava aquilo tanto quanto ele. Seguiu-o sem titubear, sem despedir-se da anfitriã, sem preocupar-se com o que a ausência repentina e conjunta acarretaria. Que falassem! Já sofrera por demais as imposições de um pai calculista, de um marido cruel e de uma sociedade maldosa. Por uma noite, seria simplesmente feliz. Por uma noite, seria levada apenas por sua vontade, à revelia das regras e normas. Uma reputação não valia o sofrimento de toda uma vida.

Atravessaram o jardim a passos rápidos e, em silêncio, embarcaram em sua carruagem. Ele não a tocou, como se mais uma vez quisesse lhe dar uma chance para pensar e desistir. Mas, dessa vez, nada seria capaz de demovê-la, nem mesmo a lembrança das palavras de Rowena infiltrando-se sorrateiramente em sua mente: *Ele ama outra, portanto,* não se apaixone!".

A carruagem cortava as ruas de Londres em direção ao endereço indicado por Thomaz ao condutor, sem que Georgina percebesse para onde exatamente se dirigiam. Tempo e espaço se embaralhavam em sua mente; ela tinha olhos apenas para ele. Naquele momento, Thomaz era o seu mundo, seu começo e seu fim, tudo o que importava.

Nenhum deles saberia descrever como chegaram até ali. Ele a levantou nos braços e a carregou, como se temesse que ela não o seguisse, que desistisse e o abandonasse com o coração aos pedaços e o corpo fraco pela ausência do dela. Abriu a porta sem nem mesmo notar e a colocou no chão. Georgina se encostou em uma parede, as pernas trêmulas parecendo incapazes de sustentá-la em pé, o corpo todo formigando pela expectativa do que estava por vir. Nem por um segundo as mãos dele a abandonaram. Elas tocavam, acariciavam, desnudavam... Sua boca seguia o caminho recém-descoberto. Ela emaranhou os dedos em seus cabelos, aspirou profundamente para sentir seu aroma másculo, tocou-o com a língua para sentir o sal de sua pele. Quando ele abaixou seu vestido, expondo os seios e tomando um mamilo entre os lábios, Georgina se contorceu e gritou, assustada com a própria reação.

— O que foi, minha querida? Eu a machuquei? Perdoe-me, vou procurar me controlar, mas eu a desejo demais.

— Não, Thomaz, você não me machucou, é que... nunca... nunca me senti assim... esse fogo que se alastra pelo meu corpo, que deixa minhas pernas bambas...

Então era isso! O calhorda do duque provavelmente jamais se preocupara com o prazer dela. Isso explicava muita coisa. Mas ele repararia a falha, ela era uma mulher maravilhosamente sensual, só precisava ser despertada para o amor. Com delicadeza, ele enfiou a mão por sob as saias e a deslizou por sua coxa, percorrendo a pele macia com seu toque suave. Georgina gemia, os olhos semicerrados, aspirando o ar com sofreguidão. Ela estava pronta para ele.

Ele também não aguentaria esperar muito tempo, queria sentir o calor de pele contra pele. Soltando as amarrações do vestido e do espartilho, ele a livrou das peças. Ávido, levou-a até o leito, acomodando-a entre as almofadas. Sem parar de beijar-lhe a boca, as pálpebras, o rosto, a curva do pescoço, levantou-lhe a chemise. Nesse momento, sentiu-a enrijecer e ficar imóvel, uma expressão de quase terror no rosto bonito.

— Georgina, o que foi? Fale comigo, meu amor, eu não quero feri-la, só quero amá-la.

— Thomaz, eu... se você não conseguir... perdoe-me! Eu deveria tê-lo avisado... eu... perdoe-me se não der certo, eu sei que a culpa é minha... — Ela gaguejou uma sequência de palavras sem nexo.

— O que quer dizer com isso? Georgina, olhe para mim — pediu ele, tomando-lhe o rosto entre as mãos e fixando os olhos nos dela. — Fale comigo.

O que você quer dizer com isso? Por que falar em culpa nesse momento? Não estou entendendo.

— Eu não quero decepcioná-lo. O duque... eu... meu casamento... nunca foi consumado. Eu nunca fui capaz...

As palavras saíram num jorro envergonhado, inesperadas e surpreendentes. Na mesma proporção, os olhos dela se encheram de lágrimas, como se aquilo fosse um estigma que a tornasse a mais ínfima das mulheres.

Ainda que tentasse não demonstrar, uma onda de incredulidade tomou Thomaz de assalto. Ela fora casada por anos e era... virgem? Havia algo muito errado. Sentando-se com a costas apoiadas, puxou-a para si com cuidado, como se manuseasse uma fina peça de cristal. Ele a desejava muito, mas sentia que aquele momento era crucial. Ouvi-la era a única forma de compreender, e ela claramente precisava falar. Ele teria que ser paciente. Usando toda a sua força de vontade, controlou-se e a embalou, pedindo baixinho:

— Conte-me. Apenas fale, sem medo. Eu estou aqui, vou ouvi-la e ficar a seu lado, diga você o que disser. Confie em mim.

E ela confiou. E abriu seu coração. Em um primeiro momento, com certa dificuldade, depois as palavras e a mágoa escorreram dos seus lábios e lavaram sua alma.

— Ele... o duque... dizia que eu era frígida... que eu não era capaz de mantê-lo interessado... Ele não conseguia, não conseguia permanecer, você sabe... não conseguia consumar o ato. E todas as vezes que tentava, gritava que a culpa do insucesso era minha porque eu não era uma mulher de verdade... E... ele me batia! Eu me desesperava quando, no silêncio da noite, ouvia seus passos. Ele vinha bêbado ao meu quarto... E nunca aconteceu! Ele nunca conseguiu! Eu nunca fui capaz de fazê-lo conseguir!

Soluços doloridos irromperam. Relembrar toda a dor e humilhação a que fora submetida era difícil demais. Georgina, por muito tempo, trancara o sofrimento a sete chaves dentro do coração. No entanto, o carinho de Thomaz conseguira penetrar suas defesas mais fortes e romper o dique de emoções. Seus ombros frágeis se sacudiam em espasmos violentos, e a voz diminuiu até se transformar num leve sussurro.

— Não chore — pediu Thomaz, secando suas lágrimas com beijos. — Seu marido foi um canalha covarde.

— O duque era um herói. O fato era alardeado por onde ele passasse — disse, surpresa com a reação de Thomaz.

— Não, minha querida. Ele pode ter sido um bom soldado, mas era um ser humano abjeto, um crápula. Transferiu para você a responsabilidade de uma incapacidade que era apenas dele. Nenhum homem tem o direito de usar de força para subjugar uma mulher ou de culpá-la pela própria impotência. Quem fere dessa forma nem merece ser chamado de homem, não passa de um animal. Pensando bem, nem os animais agem assim.

— Ele precisava de um herdeiro, por isso insistia e insistia. E a cada frustração, sua raiva e agressividade aumentavam. E eu juro que tentei! Eu queria um filho, sempre quis ser mãe. Além disso, se houvesse um bebê, minha vida miserável teria um propósito, e ele me deixaria em paz. Mas eu não fui capaz.

— E você suportou tudo sozinha? — A incredulidade era perceptível na voz e na expressão de Thomaz. — Por que não o deixou?

— Eu pensei em abandoná-lo, em voltar para a casa de meus pais, e busquei ajuda com minha mãe. Nunca soube o que ela disse a meu pai, mas ele foi bastante duro. Eu era esposa de um grande herói, deveria me submeter e jamais voltar a tocar no assunto. Foi o que eu fiz.

— Seus pais estavam errados. Em um casamento, não deve haver submissão e medo, apenas respeito e afeto. Ser seu marido não dava a ele o direito de espancá-la. Isso é, no mínimo, moralmente reprovável. Você é uma mulher adorável. A incapacidade era dele. Georgina, olhe para mim. O que aconteceu não foi sua culpa. Você não é frígida, na verdade, é a mulher mais sensual que eu conheço. E poderia ter sido mãe. Seu marido é que não foi capaz de comportar-se como tal. Ele era impotente, não você. Você não é a responsável pela incapacidade dele. Não se sinta assim, tampouco desculpe sua covardia.

— Você quase me faz acreditar.

— Acredite, Georgina, não permita que o comportamento de um monstro a torne infeliz por conta de uma mentira. Você é maravilhosa e o homem que... o homem que tiver a chance de lhe provar isso será o mais feliz dos mortais. Veja — disse ele, direcionando a mão da duquesa para a própria rigidez —, isso é o que você faz comigo. Estou alucinado de desejo, quero devorá-la, quero possuí-la com meu corpo, com minha alma... Seu cheiro me enlouquece, sua pele, sua boca... como você pode achar que não é desejável, que não é capaz? Ele estava errado, você é a mulher mais desejável que já conheci.

— Então, mostre-me, Thomaz! Prove que Charles estava errado, que eu sou capaz de ser uma mulher inteira, que sou capaz de sentir, de desejar e de ser desejada. Faça-me sonhar e acreditar! Torne-me mulher!

— Por Deus — gemeu ele —, isso é tudo o que eu mais quero.

Devagar, ele começou a despi-la das peças que ainda restavam, maravilhado com a beleza que se descortinava diante de seus olhos. Ela era perfeita, o corpo delicado parecia esculpido em mármore, os longos cabelos cor de mel, brilhantes como seda, a boca rosada, feita para beijar e ser beijada. Thomaz precisou buscar em seu íntimo forças para controlar o desejo. Ela precisava ser despertada. Lenta e suavemente, ele a iniciou em um mundo de prazer. A boca sentindo seu gosto, os dedos procurando seus refúgios, sua rigidez provocando-a...

Com a ponta da língua, traçou o contorno de seus lábios, e ela, por instinto, abriu a sua para permitir-lhe a invasão. Thomaz inspirou, queria que seus sentidos se inebriassem com o cheiro dela. Seus lábios desceram pelo pescoço esguio, apoderando-se de cada centímetro de pele, arrancando arquejos de Georgina. Delicadamente, para não assustá-la, ele continuou sua exploração, centímetro a centímetro, até atingi-la em sua maior intimidade. Georgina se contraiu, mas a sensação era por demais alucinante e ela não conseguiu resistir. Fechando os olhos com força, como se isso pudesse preservá-la, ela o puxou para si, querendo mais e mais.

— Não, minha querida, não feche seus olhos. Olhe para mim — pediu ele, com a voz rouca. — Essa é uma viagem de descobertas, vamos segui-la juntos. Não quero que nada nos separe, nem mesmo suas pálpebras fechadas.

Georgina fixou os seus olhos, já desfocados pelo fogo que incendiava seu corpo, nos dele. E foi através deles que Thomaz a viu deleitar-se em novas sensações e sentir-se completamente mulher. Incapaz de controlar o desejo por mais tempo, aproximou-se devagar, criando um suspense insuportável até que, numa estocada firme e profunda, tornou-a sua. Georgina gritou seu nome num paroxismo de paixão e dor, incapaz de distinguir onde acabava uma e se iniciava a outra. E, juntos, mergulharam num redemoinho de prazer.

Os primeiros raios de sol romperam a névoa e atravessaram a cortina diáfana, ferindo-lhe os olhos. Por um momento, Thomaz sentiu-se confuso, como se houvesse sido acordado em meio a um sonho idílico. Então a viu a seu lado, nua, de bruços, o rosto voltado para ele, os belos cachos cor de mel espalhados pelo travesseiro, as longas pestanas tremulando, como se ela sonhasse. Um leve sorriso movimentou os lábios rosados, inchados pelos beijos trocados. Ela estava envolta nas brumas do sono, o corpo saciado e relaxado. Um leve movimento de acomodação, e ele viu a mancha vermelha no lençol. Querida Georgina, tão forte, tão inocente, tão magoada. Ele sentiu o coração bombardear no peito, um desejo avassalador de protegê-la e soube... estava perdido! Completa e inexoravelmente perdido de amor por ela.

20

— Vossa Graça, finalmente! Eu estava preocupada, já é manhã e...

— Pobre Pimble, você passou a noite acordada? À minha espera? Perdoe-me pela crueldade, eu nem me atentei a isso — disse Georgina, jogando sobre a cama a retícula.

— Não precisa desculpar-se, milady. Apenas fiquei preocupada porque tal demora jamais aconteceu. Temi que houvesse acontecido algo desagradável. Mas seu sorriso me diz tudo o que eu preciso saber. A festa deve ter sido maravilhosa. Foi uma noite memorável? — perguntou, com intimidade, enquanto ajudava Georgina a despir-se.

— Uhum... — A duquesa confirmou com a cabeça, um sorriso radiante lhe iluminando o rosto. — Uma noite memorável! Uma noite pela qual esperei por muito tempo. Pimble, essa sensação de sentir-se inteira, completa, isso é felicidade?

— Não sei, milady, se essa é a definição de felicidade. Mas o que importa? O que vale é o sentimento que a inunda e, se ele a completa, então deve ser mesmo felicidade. Vou pedir para que tragam água quente enquanto a ajudo a se despir e a soltar os cabelos — falou, tocando a sineta. — Um banho vai ajudá-la a relaxar e descansar melhor.

Pouco tempo depois, espuma densa e perfumada flutuava na banheira de porcelana. Georgina mergulhou na água quente o corpo dolorido e marcado pela noite de amor. O quarto de vestir estava na penumbra, as cortinas fechadas vedando a luz. Ela cerrou os olhos e se deixou levar pelas lembranças. Thomaz fora maravilhoso, a ouvira com paciência e não a criticara, ao contrário. Fizera-a sentir-se uma mulher de verdade, completa, amada e amante. Despertara-lhe sentimentos doces e sensações arrebatadoras. Quando pensava no acontecido, tudo ainda lhe parecia um sonho. Jamais imaginara que poderia ser como fora. Um sorriso lhe distendeu os lábios, estava tão feliz e satisfeita que não conseguia manter-se séria.

Na noite anterior, havia saído da casa de Lady Lisbeth e entrado na carruagem por impulso, embalada apenas por sua coragem. Não sabia para onde ele a levava, nem o que esperar, apenas confiou em sua intuição. Ao acordar naquela manhã, um tanto assustada por estar em um ambiente estranho, deparara-se com ele a admirando. Seu olhar a acalmara.

— *Thomaz, onde estamos?*

— *Em minha casa, Georgina. Oficialmente, eu moro na casa que herdei de meu pai. Poucos sabem que possuo esse apartamento.* — *Antes que ela verbalizasse, ele negara a pergunta que lera em seus olhos.* — *Não, nunca trouxe nenhuma mulher aqui, não é para isso que o mantenho. É apenas... meu santuário, o lugar para onde venho quando preciso de um tempo comigo mesmo. Um lugar que conservei privado para dividir com alguém especial.*

Ela olhara ao redor, o espaço não era muito grande. Um pied-a-terre com ar totalmente masculino, repleto de livros, cheirando a couro e muito acolhedor. Sentira-se protegida, aconchegada, como nunca fora na grandiosa mansão que dividira com seu marido.

— *Você está bem?* — *ele lhe perguntara.*

— *Sim, jamais estive melhor* — *respondera, espreguiçando-se como uma gata.* — *Foi... incrível! Jamais imaginei que eu seria capaz de sentir... o que senti!*

— *Há muito mais, Georgina. Acredite.*

— *Eu acredito, Thomaz, acredito em você* — *dissera, com um olhar confiante e feliz e que trazia em suas entrelinhas um voto de confiança muito maior.* — *Infelizmente, preciso ir* — *continuou, ao notar o sol brilhando lá fora.* — *Já amanheceu. O que dirão se souberem que passei a noite aqui com você?*

— *E isso importa muito?*

— *Deveria, mas não. O que me importa agora é o fato de que eu me sinto plena. Você atendeu meu pedido, e me fez sonhar e acreditar. Jamais esquecerei... Foi maravilhoso!*

— *Então vamos nos permitir sentir tudo mais uma vez, minha querida* —

falara ele, envolvendo-a em seus braços e lançando-a em uma nova avalanche de prazer e felicidade.

Fora especialmente difícil dizer-lhe adeus e voltar à realidade. No entanto, ela sabia que ficando por mais tempo, sua indiscrição seria descoberta. Ainda não estava pronta para afrontar e enfrentar a sociedade. Um dia o faria, mas ainda não. Por ora, bastava-lhe aquela noite. Depois de tudo o que vivenciara em seu casamento, não imaginara que a relação íntima entre um homem e uma mulher pudesse ser tão maravilhosa. Uma onda de rubor lhe subiu ao rosto enquanto se lembrava das sensações que Thomaz havia provocado, dos beijos que lhe dera, da forma como a tocara... E ele havia dito que seria ainda melhor numa próxima vez... Isso era tudo o que ela precisava saber: que haveria uma próxima vez.

— Vossa Graça! A água já está fria. Se continuar aí, pode adoecer. — A voz de Pimble a tirou de seu devaneio.

— Você tem razão — respondeu, aceitando a toalha que a criada lhe estendeu. — Eu acho que cochilei, estou bastante cansada.

— Milady deve comer alguma coisa e ir se deitar. Do que gostaria? Tenho certeza de que não se alimentou ainda.

— Apenas chá com biscoitos. E você tem razão, pretendo descansar por todo o dia, não vou sair e tampouco receber. Avise a John que não quero ser incomodada. E diga à cozinheira para preparar um jantar leve. Esta noite, vou fazer a refeição aqui no quarto. Quero ficar quieta com meus pensamentos — completou, com um sorriso.

— Pois não, Vossa Graça. Milady vai precisar de mim esta tarde ou minha folga está mantida?

— Claro que sua folga está mantida. Aliás, hoje você tem um encontro, não é mesmo? A modista fez os ajustes necessários no vestido?

— Sim, Vossa Graça. Ficou lindo e eu vou prender os cabelos com as presilhas de madrepérola, como sugeriu. Fico muito grata por sua generosidade.

— Não tem por que ficar, Pimble. Você merece. E merece ter uma tarde tão maravilhosa quanto foi a minha noite. Espero que esse cavalheiro entenda o quanto você é uma jovem especial. Divirta-se — disse a duquesa, dando-lhe um abraço.

Ela deu uma última olhada em seu reflexo na vitrine de uma loja enquanto fingia examinar os chapéus ali expostos. O vestido azul valorizava seu talhe e seu colorido natural. A alegria a fazia manter o sorriso no rosto, e as covinhas na face lhe davam um charme especial. Sentia-se bem, estava confiante, não havia motivo para recuar. Ainda assim, o temor pelo desconhecido associado ao desejo pela descoberta a fazia titubear. Respirando fundo e munindo-se de coragem, seguiu em direção à confeitaria.

Ele estará lá, à minha espera e tudo dará certo. E, se não estiver, vou entrar sozinha, degustar um chá com doces e aproveitar minha tarde. Estou decidida a me sentir feliz, e nem mesmo sua ausência será capaz de estragar meu dia.

Para alegria de Pimble, Willian estava à sua espera. Mantinha no rosto o ar relaxado e blasé, típico da aristocracia. Aqueles que o conheciam bem, no entanto, notariam a pontada de expectativa em seu olhar.

— Srta. Pimble! Vejo que manteve o compromisso. Fico feliz que tenha vindo — disse, cumprimentando-a com um sorriso.

— Senhor Willian, já lhe disse que sou uma moça de palavra.

— E já havíamos combinado que entre amigos não deve haver formalidades. Posso chamá-la de Pimble, não? E você deve chamar-me de Willian. Vamos? — perguntou, e lhe ofereceu o braço, conduzindo-a em direção ao salão de chá.

O *maître* os levou a uma mesa de canto, um pouco afastada do centro, o que foi conveniente porque deu oportunidade a Pimble de observar tudo à frente. O local era ricamente decorado e frequentado pela aristocracia. Sentiu-se glamorosa e privilegiada por estar ali. Quantas criadas teriam a mesma oportunidade? Mas nem era isso o que mais a sensibilizava, e sim o interesse de Willian. Por horas, conversaram, ele sempre gentil e atencioso, respondendo a todas as suas perguntas e dúvidas.

— Willian — iniciou ela, terminando a segunda xícara de chá —, é assombroso como você conhece a história dessas civilizações. Eu jamais havia ouvido falar dessa rainha Cleópatra e de como ela foi poderosa.

— História sempre me fascinou. Conhecer a cultura e os costumes daqueles que vieram antes de nós é muito importante. Nós, ingleses, somos um povo orgulhoso, parte de um império grandioso, e por vezes nossa arrogância nos impede de reconhecer que outros já tiveram o mesmo poder. Romanos, gregos, macedônicos, os antigos egípcios... Todas as civilizações ricas e dominantes. Deveríamos aprender com os que nos antecederam, evitaríamos muitos erros.

— Você tem razão. Se esses povos foram tão importantes e desapareceram, deveríamos entender o porquê, conhecê-los melhor. Os estudiosos fazem isso, não? Nas universidades?

— Alguns, sim, outros vão além. Seguem para os lugares históricos para estudar e descobrir o máximo que puderem. Pois esse é exatamente meu plano! Como eu lhe disse, Napoleão Bonaparte foi um tirano, mas devemos a ele as primeiras expedições ao Egito. Sua derrota abriu caminho para os estudiosos ingleses. E agora uma grande expedição está sendo organizada, e eu pretendo me juntar a ela como um antiquarista.

— Você vai embora, para o Egito? — Pimble sentiu uma fisgada, misto de curiosidade e sentimento de perda.

— Eu sou um segundo filho, Pimble.

— E o que isso quer dizer? Qual a relação?

— Isso quer dizer que, embora meu pai seja um nobre, quando ele morrer, as propriedades e o título irão para o meu irmão mais velho, o que não me importa de forma alguma. Não tenho a menor vocação para ficar preso às obrigações que um título impõe. No entanto, em termos práticos, não herdarei muito dinheiro. Diante disso, minhas opções de vida ficam um tanto limitadas. O lógico seria eu comprar uma patente no Exército, mas devo confessar que a atividade militar não me atrai. Guerras não são o meu forte, não sou muito propenso a arriscar a vida sem alguma emoção divertida em troca. Foi por isso que decidi investir nessa expedição e me juntar a ela. Teremos o apoio do Museu Britânico e da Coroa. Vamos escavar nas imediações do local onde a Pedra de Roseta foi encontrada. Espero fazer alguma descoberta de valor. Quando nos conhecemos, naquela tarde no Museu, eu havia ido definir minha participação.

— Oh, Willian, fico feliz por você. Essa é uma oportunidade rara. Quem dera eu tivesse uma chance assim. — Suspirou, com ar sonhador.

— Mulheres não costumam fazer parte dessas expedições, mas quem sabe um dia...

— Você é muito gentil, mas entendeu o que eu quis dizer. Você é o segundo filho de um nobre. Mesmo sem herdar um título ou propriedades, nossas posições sociais estão a centenas de milhas de distância uma da outra. Embora jamais tenha mencionado, é evidente que percebeu que eu sou uma simples criada. Ainda que eu use um belo vestido e pentes de madrepérola, minha condição salta aos olhos. Mulheres não costumam ser aceitas, porém, mesmo que fossem, eu jamais teria condições de fazer parte de algo assim. É apenas um sonho.

— Você é uma garota inteligente e encantadora. Seu interesse no assunto foge à média. Jamais consegui que uma jovem me ouvisse por mais de cinco minutos sem ficar entediada. Aliás, nem jovem nem matrona. Quando começo a falar desse assunto, todas me olham como se eu fosse um espécime raro.

— Está explicado seu convite para o chá, precisava de uma plateia atenta — gracejou Pimble, interrompendo-o.

— Talvez tenha sido a primeira razão, mas, agora que a conheço, eu poderia citar uma dúzia de outras — respondeu Willian, olhando-a nos olhos. — Não dá para prever o futuro, Pimble, há sonhos que se realizam. Nunca desista dos seus, quem sabe o que a espera à frente?

— Você tem razão, alguns sonhos se realizam, sim. Se não, como eu poderia estar aqui? Fico satisfeita por ter realizado esse, você foi muito gentil e nossa tarde foi muito agradável. Infelizmente, está na hora de ir. A vida real me aguarda.

— Vou acompanhá-la. E não, não diga que não é necessário. Não estou fazendo por cavalheirismo, eu quero seguir ao seu lado por mais algum tempo. Podemos caminhar, se dessa vez não se importar de me dizer onde mora.

— Tudo bem, não me importo, e vou gostar de caminhar em sua companhia.

A noite caía sobre Londres, uma noite enluarada, cálida e perfumada pela brisa do verão. A cada passo, Pimble sentia o coração estremecer, seu sonho estava prestes a se encerrar. Fora uma tarde adorável, Willian tinha sido gentil, caloroso e a tratara como uma lady. Infelizmente, deixara claro que o encontro era apenas um momento de descontração para ambos. Ele iria embora em breve. E mesmo que assim não fosse, ela não poderia alimentar qualquer ilusão. Ele era um nobre, nada resultaria daquele encontro além de uma amizade insólita baseada em um interesse comum. O problema é que sua mente raciocinava de forma lógica, mas seu coração... Ele lhe dizia que o jovem ao seu lado era tudo o que sonhava encontrar. Pelo menos, consolou-se, agora o herói dos seus sonhos teria um rosto.

— Chegamos, milorde.

— Ora, por que isso? Voltou a usar de formalismo? Prefiro que continue a chamar-me de Willian.

— Será mais fácil colocarmos tudo nos devidos lugares. O senhor é um lorde e eu devo referir-me dessa forma. Obrigada, foi uma tarde realmente especial, mas que não se repetirá — disse ela, sorrindo agradecida.

— E por que não? Eu ainda tenho algumas semanas, partirei apenas no final do outono. Certamente poderemos voltar a nos encontrar, eu gostaria muito.

— Não, Willian, embora eu tenha certeza de que também gostaria muito. Porém o final do verão um dia chegará, e se nossa amizade se fortalecer, sentirei por demais a sua ausência. — Ela não completou a frase, mas seu tom foi suficiente para que ele entendesse ao que ela se referia. Para ele, aquela amizade seria um alegre passatempo. Para ela, talvez se tornasse o centro de sua existência. — Devo ir — disse ela, diante da entrada dos criados. — Mais uma vez, muito obrigada.

Ele lhe tomou a mão e a segurou por alguns instantes. Em seguida, curvou-se alguns centímetros e a levou aos lábios, depositando um beijo na pele nua. Pimble estremeceu, os olhos cor de mel fixos nos dele, o coração acelerado pelo contato. Ambos ficaram ali, parados frente a frente, como se o tempo pudesse decidir por eles o que viria a seguir. E então ele levantou seu rosto com a ponta do indicador, e lhe deu um leve beijo nos lábios.

— Não, Willian, por favor...

— Por que não? Você é uma moça linda, eu partirei em breve, mas... ainda podemos ter alguns momentos juntos.

— Não vou negar que seria maravilhoso passar mais alguns momentos a seu lado, mas... não! Alguns momentos felizes não compensariam a dor de vê-lo partir. Por favor, entenda.

— Está bem... Você é uma garota especial. Se é o que quer, respeitarei seu desejo.

Num último gesto, roçou-lhe as costas das mãos com os lábios. Só então, virou-se e partiu, deixando-a parada com o coração afogueado e a cabeça girando numa roda viva de emoções.

21

— Estou animadíssima, Georgina! Gosto demais de Ascot. Além disso, não suportava mais ficar recolhida, acometida de indisposições. Estou aliviada de que essa fase tenha passado. E Lady Lisbeth foi extremamente gentil em nos convidar, ficaremos mais bem-acomodadas em sua casa. Eu soube que sua propriedade no condado de Berkshire é muito bonita e, assim como você, ela gosta muito de cavalos. Não que não existam acomodações em South Ascot, a vila dispõe de uma hospedaria bastante razoável, mas, naturalmente, com Lisbeth, estaremos muito melhor. Tenho certeza de que serão dias muito agradáveis. Roger até me encorajou a apostar depois que Lady Carlyle alardeou por horas sobre como a emoção de ver *seu* cavalo rompendo a linha de chegada em primeiro lugar é indescritível. Querido Roger, ele está tão feliz em ser pai que procura realizar todas as minhas vontades antes mesmo de eu enunciá-las. Normalmente, ele não gosta que eu aposte, nem mesmo em seus próprios cavalos, mas acredito que a paternidade o está mudando — Lady Rowena tagarelava, pulando de um assunto para outro, enquanto a carruagem atravessava os campos com destino à casa de campo em que se hospedariam.

Elas haviam saído cedo, dividiam a carruagem de Georgina enquanto Pimble e a criada pessoal de Rowena seguiam em outra. Lorde Darley, no último momento, havia se desvencilhado de seus compromissos e decidido acompanhá-las. Ele e Thomaz cavalgavam ao lado do veículo, em um passo moderado. Naquela velocidade, chegariam no final da tarde.

Georgina ouvia um pouco e divagava outro tanto. Os últimos dias haviam sido maravilhosos, Thomaz lhe enviara flores e um bilhete em que reafirmava a mulher maravilhosa que ela era e manifestava sua vontade de revê-la. E ela não se negara, haviam estado juntos por uma tarde inteira em seu *pied-a-terre* e, como ele prometera, fora ainda melhor. Agora seguiam para Ascot. Estava animada em participar do evento, mas sabia que havia algo em toda a situação sobre o que ele não fora muito explícito. Se antes ela sentia curiosidade, agora o sentimento era de temor. Não conseguia imaginar a possibilidade de que ele estivesse envolvido em algo ilícito.

Thomaz havia mencionado, pedindo-lhe total sigilo, que um complô para burlar as corridas e manipular resultados estava em andamento. Para sua insatisfação, não fora muito claro sobre como isso acontecia ou de quem era a responsabilidade. Tampouco lhe explicara qual o próprio interesse no assunto. Por isso ela temia. A duquesa não podia acreditar que o homem que lhe descortinara uma vida digna de ser vivida pudesse ser um calhorda sem caráter. Porém, não podia esquecer sua fama. Por que um indiscutível libertino e jogador insistia em participar tão ativamente das corridas naquela temporada? Estaria vendo a oportunidade de conseguir benefícios financeiros com todas as tramoias que imaginava estar acontecendo? Aflita, suspirou, estampando um ar de contrariedade no rosto.

— Eu a estou aborrecendo? — indagou Rowena, admirada.

— Não, minha querida, de forma alguma. Na verdade, eu me distraí. Perdi-me em pensamentos e foi um deles que me aborreceu. Perdoe-me a indelicadeza. Sobre o que falava?

— Nada importante, Georgina, prefiro que você me conte o que está acontecendo. Sabe que pode falar comigo sobre qualquer coisa. Eu tenho notado que você está... diferente.

— Eu sei disso, assim como sei que conto com sua discrição. Mas, sinceramente, não quero falar sobre pensamentos aborrecidos. Prefiro falar sobre questões mais amenas e divertidas. E é por isso que preciso lhe contar uma coisa, um segredo, na verdade. Possivelmente a razão de eu estar diferente.

— Um segredo?

— Hum... — resmungou a duquesa, acenando com a cabeça em sinal afirmativo. — Um segredo, que não sei se conseguirei manter por muito tempo. Lorde Hughes vai vencer a aposta! — afirmou, com firmeza e convicção.

— Você o aceitará como acompanhante constante? Vai fingir interesse para que ele consiga o cavalo? — admirou-se Rowena.

— Não! Lorde Hughes *realmente* vai vencer a aposta.

— O que você está dizendo?

— Que estamos nos encontrando de verdade. E tem sido emocionante e divertido. Minha amiga, ele tem me mostrado que a vida pode ser doce e que, entre um homem e uma mulher, pode haver muito mais do que mágoa e dor. Ele é amoroso, nunca me recrimina e me faz sentir de uma forma que jamais imaginei ser possível.

— Magnífico! Fico tão feliz, Georgina. É incrível vê-la apaixonada e...

— Apaixonada? Não! — O tom de voz de Georgina elevou-se e ela acompanhou a negativa com um movimento de cabeça. — Não estou apaixonada! Não confunda a situação. Eu não poderia me ligar a um homem por esse tipo de sentimento, não quando estou descobrindo o sabor da liberdade. Apenas segui seu conselho e aceitei sua companhia. Ele é gentil, interessante e tem me feito descobrir... bem, tem me feito descobrir as delícias de ser uma mulher. Depois de ter sido casada com Charles, Thomaz é um verdadeiro presente dos céus. Mas apaixonada? Isso, não!

— Ora, minha amiga, por que não?

— Como eu disse, acabei de descobrir o sabor da liberdade, de poder decidir, por mim mesma, como conduzir minha vida. Você não imagina o quanto é gratificante fazer coisas simples, como cavalgar pela manhã, sem sentir o receio de ser criticada e penalizada pela decisão. Não, Rowena, a única coisa boa que o casamento me trouxe foi a viuvez e a liberdade de ser quem eu sou. Não vou desistir disso nunca.

— Mas em que o ato de se apaixonar compromete sua liberdade? Eu não entendo, afinal, não estamos falando em casamento.

— O amor é um sentimento que cerceia — murmurou Georgina. — Faz-nos desejar o bem do outro em detrimento do nosso, torna-nos vulneráveis, frágeis. Não quero isso, apaixonar-me, correr o risco de colocar outro à frente de minha própria felicidade ou, o que talvez seja pior, colocar minha felicidade nas mãos de outro. Não farei isso comigo mesma. O que Lorde Hughes me proporciona é o suficiente: prazer, alegria e bem-estar.

— Você está sendo muito amarga, Georgina. O amor não é essa prisão que você descreve. Quando amamos e somos correspondidos, ele se torna o centro de nossa vida. Decerto que o verdadeiro amor deseja o bem do parceiro, mas, pense, a recíproca também é verdadeira.

— Sim, minha querida, acredito nisso. Mas você falou a palavrinha-chave: reciprocidade. Lembre-se de quem ele é. Mais do que isso, lembre-se de que confessou seu amor por outra. Não, não vou me iludir. Melhor manter essa relação restrita ao prazer e à satisfação que conseguirmos dar um ao outro por algum tempo. Não posso, não quero e não vou confundir as coisas. Mais do que isso, tenho que estar preparada para a hipótese de Lorde Hughes tornar público seu afeto por outra quando a aposta terminar. Arrisquei minha reputação e não me arrependo, ele me fez sentir o que eu julgava impossível. Quantas vezes eu tivesse que escolher entre minha reputação e o mundo novo que ele me mostrou, tomaria a mesma decisão. Mas essa situação não deve envolver sentimentos, é a única maneira de eu manter minha dignidade intacta.

Havia tanta serenidade e certeza em suas palavras, que Rowena não conseguiu elaborar nenhuma objeção. Ainda assim, a condessa fez menção de manifestar-se, mas Georgina a interrompeu com animação:

— Veja, que lindos animais! São maravilhosos!

A exclamação da duquesa se referia a um grupo de potros correndo soltos em um pasto próximo, passível de ser avistado da janela. Era perceptível sua intenção de mudar o assunto delicado. A verdade é que ela não estava pronta nem sequer para pensar em amor, muito menos para conversar sobre isso. Sua cabeça e seu coração ainda não haviam assimilado tudo o que vinha acontecendo. Sua única certeza era a de que não se arrependia de nada.

Em estilo Tudor, a casa que lhes surgiu à frente era muito bonita. Os telhados acentuados com empenas em cruz, as janelas pequenas e envidraçadas formando ângulos e as grandes chaminés davam graça à mansão centenária. Mas foi o jardim, de arbustos, topiaria e canteiros de rosas, que realmente encantou Georgina.

Lady Lisbeth, avisada que fora, esperava-as à frente da porta principal com toda a formalidade que o título de duquesa, ostentado por Georgina, exigia. Os criados impecavelmente uniformizados estavam perfilados e cumprimentaram a recém-chegada com reverências formais. A governanta estendeu-lhe um ramo de rosas recém-colhidas.

— Seja bem-vinda, Vossa Graça — apressou-se a dizer Lady Lisbeth. — Estamos ansiosos para que desfrute de uma boa estadia em Burough House. Lady Rowena, é também um prazer ter a senhora conosco. Fico feliz que tenham aceitado meu convite, acho que teremos dias divertidos.

— Sou eu quem deve agradecer-lhe por nos receber tão gentilmente, Lady Lisbeth — respondeu Georgina.

— Depois do agradável fim de semana que tivemos para a caça à raposa, achei que o ideal seria reunir aqui o mesmo grupo. Lady Rowena, a senhora nos recebeu com tanta gentileza, o mínimo que devo fazer é retribuir. Afinal, é a primeira vez que ambas vêm a Ascot, e devem ficar com uma boa impressão, para que retornem sempre.

— Agradeço igualmente. Confesso que, em meu estado, eu não ficaria muito tranquila em buscar acomodações em uma hospedaria. E não gostaria de perder as corridas de jeito nenhum, não depois de tudo o que ouvi a respeito do evento. Embora não seja tão aficionada por cavalos quanto Georgina, estou curiosa para apostar, algo que Roger nunca gostou que eu fizesse — comentou Rowena, com um sorriso franco.

— Minha querida, eu espero que essa curiosidade não se transforme em um hábito. — Lorde Darley acabara de desmontar e se postara ao lado da esposa após entregar as rédeas de seu animal ao criado. — Lady Lisbeth, meus cumprimentos — continuou, fazendo uma pequena reverência em frente à anfitriã e simulando o beija-mão.

— Sejam bem-vindos, senhores — respondeu a lady, dirigindo-se a ele e a Thomaz, que também desmontara e se aproximava do grupo. — Espero que todos tenham feito uma boa viagem, mas imagino que estejam cansados e precisem refrescar-se um pouco. Mary os acompanhará a seus aposentos, acomodem-se e descansem. O chá lhes será levado em seguida, e o jantar será servido às 20h. Mas, caso alguns dos senhores prefira, pode pedir que a refeição seja servida no quarto — explicou Lady Lisbeth, lançando um olhar significativo para Rowena. — Outros convidados se juntarão a nós mais tarde, são amigos de meu marido, fanáticos por corridas, e que continuam a vir para cá nessa época mesmo após a morte dele.

— Serão dias bastante animados, pelo que estou vendo — disse Rowena. — E, como não pretendo me isolar no quarto e perder toda a diversão, vou colocar os pés para cima. Algumas horas de descanso e estarei ótima para o jantar. Roger, você me acompanha?

— Naturalmente, Rowena. Concordo que você deva descansar. Vamos? — E indicou o caminho, deixando-a seguir à sua frente.

— Cansada? — perguntou Thomaz baixinho à Georgina, enquanto seguiam a governanta escadas acima, cada um em direção aos próprios aposentos.

— Um pouco, mas não o suficiente para que sinta necessidade de permanecer no quarto. Na verdade, tantas horas sentada numa carruagem me deixaram com vontade de um pouco de exercício. Minhas pernas estão levemente dormentes pela inatividade.

— Hum... Posso pensar em alguns exercícios a serem praticados mais tarde. Apenas para ativar a circulação... de suas pernas! — sugeriu Thomaz, muito sério, mas com um brilho malicioso no olhar.

— Thomaz! Você não se atreveria...

— Ora, minha querida, pode apostar que sim!

A expressão escandalizada de Georgina, que visivelmente se esforçava para controlar o riso, foi respondida com uma piscadela antes que o visconde atingisse o patamar superior e tomasse direção oposta.

Atrevido! Mas não posso negar que a sugestão é tentadora. Adoraria poder dispensar o jantar...

22

A manhã despontou gloriosa, o vermelho dos primeiros raios de sol rasgando a escuridão no horizonte. Georgina dormira pouco, ansiosa pelo que viria a seguir. Os próximos dias seriam decisivos para que ela compreendesse a verdadeira natureza de Thomaz. Independentemente da relação deles ter algum futuro, ela precisava saber mais sobre o homem que conseguira mudar a forma como enxergava a si mesma. Diante da janela, completamente desperta, ela absorvia o frescor da manhã, ciente de que, mesmo que sua aventura amorosa não passasse disso, seria eternamente grata a ele por ter sido capaz de despertá-la para a vida e para o amor. Foi assim que Pimble a encontrou quando trouxe o chá.

— Bom dia, Vossa Graça! Pelo sorriso, atrevo-me a dizer...

— Hum — resmungou Georgina, pronta para ouvir mais um dos "atrevimentos" da garota.

— ... que milady teve doces sonhos. Talvez com Lorde...

— Pimble, dessa vez o atrevimento está sendo excessivo — interrompeu-a Georgina, rindo. — Não vou discutir meus sonhos com você, pelo menos não esses que você está imaginando. Seria por demais constrangedor.

A felicidade de Georgina nos últimos dias não escapara à observação da jovem e, embora a duquesa não houvesse confidenciado nada muito íntimo, era perceptível que algo importante mudara. Ela tinha certeza de que esse "algo" tinha relação direta com Lorde Hughes, e ficou feliz pela duquesa. O visconde era um bom homem, um pouco devasso talvez, mas ela tinha certeza de que nem um pouco parecido com o falecido duque. E, por mais que Lady Georgina apreciasse cavalos, a alegria daquela manhã tinha mais a ver com ele do que com a programação do dia.

— Perdão, Vossa Graça, não quis ser inconveniente.

— Não se desculpe, você sabe que eu gosto de suas inconveniências. Elas me fazem rir, e eu sei que, na verdade, refletem seu carinho e sua preocupação por mim. Saiba que eu estou feliz, mais do que jamais fui.

— Isso muito me alegra, Vossa Graça. Se há alguém que merece ser feliz, é milady. E, agora, por favor, me diga, quais os planos para hoje? — indagou, pensando no traje que deveria preparar.

— Vamos ao hipódromo, pelo menos alguns de nós. O início das corridas será em dois dias, no entanto, os cavalos costumam fazer um percurso de reconhecimento da pista antes das provas. Segundo Lorde Dylan, é uma excelente oportunidade para observá-los e escolher um favorito.

— Corridas? Perdoe-me a curiosidade, Vossa Graça, mas eu sempre pensei que fosse apenas uma corrida — questionou Pimble, levemente surpresa.

— Não, são várias provas. Você sabe como ingleses são fascinados por cavalos, e Sua Majestade não foge à regra. A festa toda dura quatro dias, e a corrida mais importante é a Gold Cup, uma prova exclusiva para animais ingleses de puro-sangue.

— Cavalos são mesmo animais maravilhosos. Tão imponentes! Ah, podemos dizer que os súditos de Sua Majestade têm muito bom gosto.

— Você gostaria de ir, Pimble? — sugeriu Lady Georgina, ao ver o interesse brilhando nos olhos da garota. — Não hoje, mas em um dia de provas?

— Imagine, milady, onde já se viu uma criada participar de um evento direcionado aos nobres?

— Não imagino nada! E se nunca se viu... está na hora de ser visto. Está decidido, você irá. Eu devo ficar no Royal Enclosure e você será minha dama de companhia — sugeriu Georgina.

— Não há necessidade disso, Vossa Graça. Eu certamente vou me divertir mesmo que fique sozinha. Milady estará cercada de amigos, terá muito a conversar. Estou honrada por agora ser uma dama de companhia... sim, porque não vou desistir dessa posição — continuou, muito compenetrada.

— Aliás, acho que, como dama de companhia, vou precisar de trajes mais adequados, uma dama usando avental não é adequado e... — A risada de Georgina interrompeu o fluxo apressado de palavras. — Não quero ser inconveniente, Vossa Graça — completou rapidamente Pimble, temendo já ter sido —, mas eu trouxe o vestido azul que milady me deu. Por ora, acho que será suficiente.

— Ficará perfeito! E acho que, mesmo sozinha, você apreciará o espetáculo. Quanto aos vestidos, tomaremos providências assim que voltarmos a Londres. E então quem sabe a garota alegre e saltitante que me cerca com palpites e sugestões, algumas totalmente disparatadas, volte a aparecer com mais frequência? — instigou Georgina. — Tenho notado que, por vezes, você anda muito calada, quase triste. Quero vê-la voltar à alegria cotidiana, mesmo que isso signifique conviver com suas impertinências.

Georgina a observou com atenção. Ela não se sentia no direito de ser invasiva, mas, desde que fora tomar chá com o novo amigo, o humor e o comportamento de Pimble se alternavam entre a irreverência habitual e silêncios contemplativos. A duquesa já a flagrara imersa em pensamentos, como se estivesse a milhas de distância, perdida em reminiscências. E isso não era o normal, não era o seu jeito de ser. A verdade é que se conheciam, uma à outra, muito bem. Alterações de humor e estado de espírito eram perceptíveis a ambas.

— Milady, eu continuo a mesma. Sei que estou um pouco mais quieta, mas... Ora, vamos deixar isso para lá, temos dias divertidos pela frente. Vamos aproveitá-los, essa minha quietude não durará. Obrigada, Vossa Graça, por me permitir assistir às corridas e por me promover a dama de companhia — agradeceu Pimble, começando a arrumar a roupa que a duquesa usaria naquela manhã. — Mal posso esperar, sei que vou gostar muito.

— Vou confessar uma coisa... eu também — gracejou Georgina. — E agora preciso vestir-me, quero caminhar um pouco antes de ir ao encontro dos outros — completou, apressando-se.

O jantar da véspera fora rápido. Todos os hóspedes, cansados da viagem, optaram por se recolher cedo. Inobstante a tentadora sugestão de Thomaz, Georgina acabara por ir dormir imediatamente após a refeição, e sozinha. O grupo, reunido por Lady Lisbeth, entre eles Lady Carlyle, Belinda e Lorde Dylan, havia combinado de encontrar-se por volta das 10h no salão principal, para seguirem juntos até o hipódromo. No entanto, ainda faltavam algumas horas, e a manhã estava agradável demais para que ela permanecesse presa no quarto.

Animada com o que lhe prometia o dia, Georgina escapuliu por uma porta lateral depois de ter tomado um desjejum leve. Não queria ser abordada por um dos outros hóspedes logo às primeiras horas, muito embora a probabilidade de encontrar algum deles já acordado fosse remota. Não seria difícil encontrar o caminho até os estábulos, pensou, enquanto aspirava com força, enchendo os pulmões com o ar fresco. Lady Lisbeth tinha, além de ótimos cavalos, um belo jardim, observou maravilhada. Os canteiros de narcisos e íris estavam floridos e traziam cor aos imensos gramados pontilhados aqui e ali por um exército de ranúnculos. Carvalhos seculares ladeavam o caminho e, com o passar das horas, forneceriam a sombra necessária para aplacar a fúria do sol num dia limpo de verão. O passeio em si era revigorante! Mesmo que procurasse, não encontraria defeitos numa paisagem idílica como aquela.

O ambiente mais uma vez lhe despertou a vontade de adquirir uma propriedade no campo. O duque as tivera, naturalmente, mas todas integravam o ducado, e após sua morte foram destinadas ao herdeiro do título. Caminhando com prazer, quase que saltitando, ela deixou a imaginação alçar voo enquanto desfrutava daquela paz. Aquela era uma região que a agradava, mas a proximidade do Castelo de Windsor não era um atrativo. Ao contrário de outros, desejava uma propriedade no campo para usufruir de tranquilidade e isolamento. Estar tão próxima à realeza poderia acarretar uma quantidade absurda de convites, a maioria impossível de ser ignorada, já que, afinal, ela era uma duquesa. Não que desejasse tornar-se uma ermitã, o convívio social estava lhe fazendo bem ultimamente, mas não pretendia perder o poder de decisão recém-conquistado. Em Londres, selecionar os eventos a que desejasse comparecer não lhe causaria qualquer embaraço. Mas ali, tão próxima ao castelo, se adquirisse uma propriedade nas imediações, poderia despertar a atenção de Sua Majestade, sempre decidido a promover festas e reuniões. Só de se lembrar dos planos que estavam sendo feitos para as comemorações da coroação que aconteceria em breve...

Em meios a esses pensamentos mirabolantes, imagens do sudoeste de Hampshire lhe vieram à mente. Aquela era outra região belíssima, o lugar que ela considerava ideal. Talvez, se procurasse com afinco, encontrasse uma propriedade que lhe fosse possível adquirir. Não precisava de nada muito grande, ao contrário. Em seus devaneios, imaginava-se em um chalé simpático, cercado por jardins floridos, macieiras no pomar, uma horta... Cavalgaria todas as manhãs e, no inverno, se sentaria à frente da lareira com uma xícara de chocolate quente em uma das mãos e um bom livro na outra. De repente, sem qualquer aviso, uma figura masculina ingressou em seus pensamentos, dividindo com ela o espaço que idealizava.

— O que veio fazer aqui? — Confusa entre sonho e realidade, Georgina fez a pergunta em voz alta, ao perceber que havia chegado aos estábulos, e Thomaz não estava apenas em sua imaginação.

— Bom dia para você também, cara duquesa! O que lhe parece?

No centro do pátio de pedras irregulares, empunhando uma raspadeira, ele escovava com vigor o pelo castanho-avermelhado de Eros. A camisa de seda branca, displicentemente aberta no pescoço, não deixava muito para a imaginação — os músculos firmes perceptíveis através do tecido fino. Usando culotes justos e um par de botas desgastadas, mas de couro macio e brilhante, e com o rosto marcado pela sombra de uma barba escura, ele parecia um deus grego.

— Georgina... Você está bem?

— Oh... sim... claro! A mim parece perfeito... quer dizer, eu me distraí com os cavalos... não me olhe assim...

— Assim como, milady?

— Como se fosse... Desculpe-me, tolice minha. Esse é Eros, não é? — desconversou ela, ao notar que, por alguns minutos, pensamentos impublicáveis haviam passado por sua cabeça enquanto o observava fixamente, sem nem mesmo responder ao cumprimento.

Thomaz sorriu com apenas um dos lados da boca, com um inegável brilho de divertimento em seus olhos. A bela duquesa não conseguira disfarçar o que sua presença lhe provocava. Havia magnetismo entre eles, eletricidade quase palpável, e isso era maravilhoso. Ele sabia que a havia despertado, que a mulher que tinha diante de si não guardava nada em comum com aquela que fora quase martirizada pelo marido insano. Ela sempre fora linda, isso era inegável. Mas agora estava deslumbrante, havia desabrochado.

— São animais muito bonitos. — Georgina se aproximara e oferecia uma cenoura a um *thoroughbred* de pelagem castanho-escura com uma marca branca na testa.

— Lady Lisbeth tem um belo plantel. Seu pai foi um criador renomado, os cavalos eram mais do que um passatempo para ele. E seu marido, o barão alemão, era um entusiasta do turfe. Quando ficou viúva, ela deu continuidade ao trabalho que ambos faziam. Ouvi alguns comentários de que teve problemas há algum tempo, mas que os superou e voltou a vencer. Dizem que esse ano seu garanhão é um dos fortes candidatos à Gold Cup.

— Eu não sabia disso, não a conheço muito bem. Ela tem sido gentil e realmente tem belos cavalos. Mas, confesso, acho que Eros suplanta todos eles.

— Concordo. Mesmo diante de animais tão bonitos, Eros é especial.

— Você acha que ele tem alguma chance? De vencer a Royal Cup, quero dizer?

— Sim, eu creio que sim — respondeu Thomaz, com seriedade. — Embora muito jovem, ele é um animal magnífico. É veloz, tem a musculatura firme e bem desenvolvida e o ímpeto de um cavalo que ainda não está acostumado a ser controlado. Eu não sei como ele se comportará numa disputa lado a lado com outros concorrentes; às vezes um animal tem tudo para vencer, mas seu comportamento na disputa põe tudo a perder. Cavalos são animais sensíveis, precisam estar tranquilos e bem integrados com seu condutor para manter-se atentos ao percurso e aos comandos. Eu acredito que ele se sairá bem, porém só teremos uma ideia melhor daqui a pouco, quando ele fizer os treinos de reconhecimento.

— Quem vai montá-lo? Você ainda não me falou sobre isso.

— Ryan, o menino do estábulo de Lorde Tristan. Lembra-se dele?

Achei que seria a melhor escolha, eles têm uma boa relação, e Eros está acostumado com o rapaz. Você precisava ver a expressão do menino quando lhe informei, parecia que eu estava lhe dando o mundo de presente.

— Imagino que sim, deve ter sido parecida com a de Pimble, minha criada, quando a transformei em dama de companhia e disse que iria às corridas comigo. Não é preciso muito para ser feliz, não é mesmo? — divagou Georgina. — Às vezes, basta fazer a felicidade de outro... Você acha que ele tem chance?

— Chance?

— De vencer a prova principal? Ele pode ser o campeão? — continuou ela, sem notar o quanto o afetava.

— Talvez eu esteja sendo otimista, mas mesmo que ele não vença, sei que vai causar uma boa impressão — respondeu, tocado pela expressão de bondade que vira nos olhos dela ao falar da criada. A duquesa fria e arrogante escondia um coração adorável, comprovou mais uma vez.

— Agora entendo por que você deseja tanto consegui-lo. Ele é mesmo muito bonito.

— Sim, ele é um ponto de partida, um reinício — disse, de forma enigmática.

— Ponto de partida? — questionou Georgina, sem compreender

— Uma longa história...

— ... que eu adoraria conhecer — afirmou a duquesa, sem disfarçar a curiosidade.

Por alguns segundos, ele a observou. Meias-verdades faziam parte de sua vida e, por mais que isso o incomodasse, não estava pronto para abrir-se por inteiro. Tampouco estava pronto para mentir, e não havia razão para que o fizesse.

— Há uma propriedade em Hampshire que já foi um local de criação de belos cavalos — explicou, sem disfarçar a nostalgia. — Um lugar maravilhoso que, infelizmente, por falta de recursos, encontra-se deteriorado. E há alguém, muito importante para mim, que considera aquele o melhor lugar do mundo. Eu farei o que for necessário para ver Red Oak Cottage recuperar o brilho de outrora e a alegria voltar ao rosto que me é caro. Eros será um campeão um dia, talvez não hoje, mas será. E vai me ajudar a conseguir o que desejo.

Por um breve segundo, Georgina sentiu um aperto doloroso no peito. Mais uma vez Thomaz reconhecia seu sentimento por outra pessoa "... *há alguém muito importante para mim*...". As palavras calaram fundo, e uma pontada de dor atingiu seu coração.

— Então essa é a verdadeira razão de tudo isso. Você precisa dele para recomeçar? Por que é importante para alguém especial?

— Uma delas — disse, evasivo. — Uma das razões.

Por um segundo, ele quis revelar todo o seu papel naquela história, contar-lhe as verdadeiras razões que o forçavam a mostrar-se como era, mas ainda não se sentia confortável para isso. Ainda havia em jogo questões que não lhe pertenciam.

Georgina percebeu que ele se furtou a aprofundar o assunto. Era óbvio que havia algo que ele não desejava comentar. Talvez sua amada fosse uma mulher casada, talvez... Ora, não adiantava perder-se em suposições. O que precisava era proteger a si mesma. Fazendo uso de sua capacidade de disfarçar as emoções, vestiu a capa de inacessibilidade, colocou um sorriso no rosto e gracejou:

— Ele será um campeão, e eu serei o caminho para obtê-lo. Hum! Sou um elemento de troca — falou, mostrando-se falsamente ofendida, com as mãos na cintura e as sobrancelhas erguidas.

— Não você, a aposta. A aposta foi o caminho que encontrei para consegui-lo. Você foi o grande e inesperado presente que ganhei. E confesso que não me arrependo nem por um segundo de ter aceitado o desafio de conquistá-la, embora deva assumir que de conquistador passei a conquistado. Não se aborreça, duquesa, você transformou o sedutor em seduzido, e aqui estou eu, a seus pés. — E, como que para enfatizar tratar-se de um chiste, uma brincadeira, Thomaz inclinou-se numa reverência exagerada.

— Bem, talvez ser chamada de presente inesperado seja menos ofensivo do que *viúva amarga* — relembrou ela, rindo.

— Hum... um presente inesperado e muito saboroso. Tanto que não me canso de provar... — grunhiu Thomaz, aproximando-se sugestivamente.

— O quê? Não se atreva, Lorde Hughes!

— A que não devo atrever-me, milady?

— A tentar o que está pensando. Seus olhos estão com aquele brilho diabólico.

A gargalhada irrompeu forte.

— Brilho diabólico? Meus olhos faíscam quando penso em beijá-la? Isso será um problema, terei olhos faiscantes.

— Olhos faiscantes?

— Penso em beijá-la sempre que a vejo, milady — revelou ele, perigosamente perto.

— Podem... podem nos ver, estamos à luz do dia — gaguejou Georgina.

— Você fugiu de mim ontem à noite.

— Não fugi, estava cansada, foi isso... Não se atreva, visconde... Afaste-se... Thomaz...

— Tem certeza? Se realmente é o que deseja, me afastarei. Ou você mesma pode fazer isso, não a estou prendendo — disse ele, tão próximo que ela sentiu o hálito quente fazer-lhe cócegas na pele fina do pescoço.

— Hum... por favor... sim... não... Oh, não! Não se afaste — pediu Georgina, num sussurro, cedendo ao desejo que a consumia. Os braços a enlaçaram enquanto os lábios se colavam num beijo apaixonado.

Um relincho de Eros acompanhado de um movimento brusco de cabeça os fez cair na realidade. O animal parecia estar chamado a atenção de ambos. Com extrema delicadeza, Thomaz se afastou.

— Infelizmente, você tem razão. Não será conveniente para sua reputação que nos flagrem, por melhor que seja beijá-la assim, sob o calor do sol. Eu pretendia apenas perturbá-la um pouquinho, mas ficar perto de você me tira todo o controle. Sou eu que acabo terrivelmente perturbado pelo desejo que sinto — concordou, enchendo os pulmões com vigor e voltando a rasquear o pelo brilhante do garanhão. — Mas não ouse fugir de mim esta noite, caso contrário, não prometo continuar me contendo — pilheriou, com um sorriso aberto.

— Fugir não é exatamente minha intenção, milorde. Na verdade, descobri que sou uma mulher tremendamente corajosa. Pretendo demonstrar toda minha coragem, se assim o permitir. — respondeu Georgina com um sorriso insinuante, enquanto oferecia uma cenoura a Eros.

Seria isso a felicidade?

Protegidas pela sebe que contornava o pátio das estrebarias, duas pessoas acompanhavam a interação da duquesa de Kent com o visconde de Durnhill, ouvindo atentamente a conversa.

— A situação não é bem a que eu esperava — comentou a primeira. — Nunca imaginei que ela poderia se interessar por ele. Isso atrapalha o planejado.

— Confesso que também não. Sabemos o quanto ele precisa de dinheiro, mas, com a atenção dela, não se sujeitará a nossos planos. Ele é um jogador nato, e ela, uma aposta muito melhor. Se conseguir realmente conquistá-la... E ainda por cima, há o potro! Eu não dei o devido valor às afirmações dele quanto a ser possível vê-lo correndo ainda este ano.

— Sim, quem diria que ele conseguiria inscrevê-lo na Gold Cup? Você acha que o animal se sairá bem? A ponto de prejudicar nossos interesses?

— Eu não sei... Com mil demônios, tudo estava indo tão bem! Não entendo como chegamos a esse ponto. Essa história de aposta... o interesse da duquesa era uma possibilidade tão ridícula que não levei em consideração. E nunca imaginei que ele conseguiria ter a posse do cavalo e trazê-lo para cá para participar das provas.

— Quando essa possibilidade se concretizou, você me garantiu que poderíamos usar isso a nosso favor, que no final seria o que nos daria o que queremos. Mudamos os planos originais porque você afirmou que seria perfeito ter Lorde Hughes conosco. Eu confiei em você.

— Sim, eu sei que disse isso — interrompeu, com raiva. — Ele está arruinado e não é alguém que despreze uma possibilidade de ganhar dinheiro fácil. É um jogador. Na verdade, pensei que, se algo desse errado, ele seria o bode expiatório perfeito. Infelizmente, a situação tomou um rumo imprevisto, possibilidades remotas acabaram acontecendo. E agora a ideia de lhe propor um acordo parece péssima diante da amizade dele com a duquesa. Lorde Hughes não é tolo, não vai se envolver em algo escuso por uma certa quantia quando existe a possibilidade real de conquistá-la. A duquesa de Kent é um prêmio muito maior. Eu achei que ela o usaria, que o incentivaria e, quando ele estivesse certo de ter ganho, ela o humilharia. Mas não é o que estou vendo. Quem diria que a arrogante duquesa cederia ao charme desse libertino falido?

— Nunca subestime os desejos de uma mulher sozinha. Mas isso não importa, o que complica tudo é que o maldito cavalo tem chances reais de vencer a prova. Eu o tenho observado diariamente. Embora ainda um tanto rebelde, tem uma ótima interação com o jóquei. O tempo está passando, temos que verificar nossas opções e decidir. Está na hora de abordá-lo. Vamos correr o risco de ele nos denunciar?

— Isso não pode acontecer... Denunciar-nos? Minha posição... não! Essa não é uma hipótese a ser considerada. Maldito Lorde Hughes! Por que tinha que vir atrapalhar nossos planos agora? Talvez seja melhor abrir mão de tudo.

— Não, é tarde demais para voltar atrás. Outros estão envolvidos, cobrarão o que lhes prometemos. Pensando bem... Nada está perdido ainda, o que temos a fazer é mudar os planos mais uma vez. Mantenha a calma e tenha em mente que às vezes é necessário perder para ganhar, se entende o que estou dizendo. É uma pena, sempre lamento ter que prejudicar um belo animal.

Diante do olhar assustado de seu interlocutor, aquele que era evidentemente o líder da dupla determinou, com a voz fria e cortante como aço:

— Deixe Ruppert avisado, possivelmente os serviços dele serão necessários mais uma vez. Não vamos desistir, não depois de termos engendrado tudo com cuidado. Estamos perto de conseguir muito dinheiro, e eu não vou perder a oportunidade. Não será um visconde falido e alcoviteiro que me fará parar. E, agora, vá. Não é conveniente que nos vejam juntos. Já basta todo esse imprevisto.

A segunda figura assentiu em silêncio e afastou-se. Tudo parecera tão fácil quando lhe fora proposto. Apenas um jogo rentável e estimulante. Sua vida se tornara um pouco mais emocionante desde que passara a flertar com o perigo. Mas jamais considerara haver um risco real de ver seu nome envolto em lama e desonra. O Visconde de Durnhill poderia ser um cordeiro em pele de lobo, mas por baixo da aparência de jogador irresponsável ele escondia outra personalidade. Talvez estivesse na hora de repensar a brincadeira. O jogo estava virando e ele não seria o perdedor.

23

O clima era de expectativa. Um burburinho frenético, nervoso e alegre ao mesmo tempo. Arquibancadas cobertas acolhiam parte do público, mas uma parcela significativa preferia o entorno da raia, demarcada por bandeirolas coloridas. Apostadores contumazes e alguns nobres mais fanáticos se aglutinavam ao redor, procurando a melhor visão. Alguns tinham interesse em ir às cocheiras, onde cavalariços terminavam de preparar os animais que disputariam as provas daquele dia. Pequenas filas se formavam diante das cabines de apostas. Seriam quatro dias de efervescência, fortunas mudariam de mãos. Enquanto alguns vibrariam com a vitória, outros veriam, perplexos, escoar pelo ralo quantias vultosas. Agiotas estariam como abutres à espera da oportunidade de cobrar velhas dívidas e conceder novos empréstimos. Era um esporte, havia glamour e alegria. Porém, em alguns casos, derrota e desonra também. Ainda assim, era um belíssimo espetáculo. Animais velozes, mulheres extremamente elegantes, cavalheiros galantes. Apostas! Muitas, muitas apostas. Um ambiente diferente de tudo o que Georgina conhecia.

— É tudo muito estimulante! — Lady Rowena estava animada. Boas noites de sono a deixaram refeita da viagem, e ela pretendia aproveitar a ocasião e se divertir bastante. Sua condição não lhe permitiria frequentar, por muito tempo mais, eventos desse tipo. Na verdade, com a gravidez se adiantando, em breve teria que ficar reclusa, discretamente recolhida ao lar, como era de bom-tom. Por isso, aqueles dias em Ascot teriam que suprir sua sede de diversão por algum tempo. Logo, seu foco mudaria de direção e, embora isso não a incomodasse, ela não deixaria de aproveitar o final dessa fase festiva.

— Você tem certeza de que não está cansada? Talvez deva sair do sol. — A preocupação de Georgina era genuína. Mesmo elegantemente protegidas por chapéus de abas largas, a temperatura já ia alta àquela hora, o que poderia ser desconfortável para uma mulher nas condições de Lady Rowena.

— Não, estou bem. Fique tranquila, prometi a Roger e a mim mesma que irei embora se me sentir cansada ou indisposta. Aliás, ele pediu licença para sair um pouco e não sei para onde foi — resmungou, olhando em derredor. — Talvez tenha ido até as cocheiras. No próximo páreo, um de nossos cavalos vai correr. — O sinal para o início chamou-lhe imediatamente a atenção e afastou a preocupação. — Vai começar, Georgina. Apostei no cavalo sete, por indicação de Lorde Dylan. Ah! Quero muito que ele vença.

Como se a menção ao seu nome fosse a autorização para se envolver na conversa, Lorde Dylan materializou-se ao lado delas, dirigindo-se diretamente à Georgina.

— Está apreciando, Vossa Graça?

— É surpreendente, milorde. Estou gostando mais do que imaginaria ser possível. Talvez não tanto quanto minha querida Rowena — comentou, dirigindo um olhar sugestivo em direção à amiga, que acompanhava vidrada os acontecimentos na pista —, mas o suficiente para pretender voltar outras vezes.

— Folgo em saber e reconheço que, nesses dois últimos dias, o brilho em seus olhos está mais forte que nunca.

Por um segundo, Georgina teve vontade de recuar um passo. Os insistentes galanteios de Lorde Dylan a deixavam desconfortável, mas ele era amigo da anfitriã, ambos eram hóspedes em Burough House e ela não gostaria de criar um clima desagradável. Assim, limitou-se a dar um sorrir forçado e a desviar o assunto para outro tópico que não ela mesma.

— Os dois dias de treinos e reconhecimento de pista foram muito úteis. Consegui aprender bastante sobre como tudo acontece. Além disso, Eros se mostrou muito mais rápido do que imaginávamos. E se comportou como um cavalo experiente. Lorde Hughes acredita...

— Hum... O Visconde de Durnhill talvez não seja o cavaleiro mais abalizado a lhe dar sugestões.

— E por quê, milorde?

— Ora, seja pelo sangue ou exemplo, ele não tem muito a ensinar.

— O que quer dizer com isso, Lorde Dylan?

— Você não conhece a história da família? Talvez por isso lhe dê crédito. Lorde Hughes, seu pai, era um escroque. Um jogador sem limites e sem honra. Dilapidou, de início, a própria fortuna e, depois, a da esposa. É notório que, assim como o pai, Lorde Hughes é um jogador. Os cavalos para ele são um meio de obter recursos e alimentar o vício. Tal comportamento é deprimente. Ascot deve ser sinônimo de alegria e diversão.

A informação a chocou. Georgina sabia que Thomaz não era um exemplo de bom comportamento, porém não o imaginava tão comprometido com um vício. Ainda assim, teria saído em sua defesa se Lady Lisbeth não a interrompesse, mudando o assunto.

— Cara duquesa, já marcou suas apostas? A emoção é muito maior quando há algum valor em jogo. Se não o fez, deveria experimentar. Siga o exemplo de Lady Rowena.

— Tem razão, não deveria ter me descuidado desse detalhe. Farei isso, vou começar apostando pouco. Apenas para sentir a energia do local. Confesso que estou realmente ansiosa pelos páreos de amanhã, mais especificamente pela Gold Cup.

— A Gold Cup? Realmente, essa é mesmo impressionante — continuou Lady Lisbeth, com conhecimento de causa. — É disputada pelos melhores cavalos do reino. Também estou ansiosa. Este ano, tenho um garanhão inscrito, um belíssimo animal no qual deposito muitas esperanças. Está sendo preparado há meses. Até mesmo Lorde Porchester, responsável pelo estábulo real, veio conhecê-lo. Se quiser vencer, Vossa Graça, coloque suas libras em Supreme. Ele será o campeão.

— Agradeço o conselho, Lady Lisbeth, e pensarei no assunto. Se me permitem, devo fazer o que me sugeriram. Vou até as cabines de apostas.

— Posso acompanhá-la, quero ajudá-la com as apostas — interveio Lorde Dylan.

— Não, por favor, faça companhia a Rowena e a Lady Lisbeth. Minha dama de companhia me aguarda, irei com ela e serei rápida. Devo aprender a como proceder. — E, com um gesto de cabeça, Georgina se afastou, misturando-se entre o público.

Já que havia mencionado Pimble, onde estaria ela? A garota havia pedido licença para caminhar e explorar o local, a curiosidade estampada no rosto. Certamente estaria bem, não era o tipo de pessoa que se deixaria intimidar, ela tiraria proveito de tudo, pensou Georgina enquanto olhava com atenção. Mas não era exatamente a garota que pretendia visualizar. Muito embora tivesse mencionado a intenção de fazer apostas, o que desejava era encontrar Thomaz e comentar sobre o cavalo de Lady Lisbeth. Nos últimos dois dias, eles haviam visto crescer a possibilidade de Eros ser bem-sucedido. O cavalo comportara-se como um veterano nas pistas, mantendo o vigor de um jovem. Comentários sobre ele aumentavam, e suas chances eram consideradas excelentes. Estava entre os mais cotados.

— Vossa Graça?

— Pimble, aí está você. Por acaso viu Lorde Hughes?

— Não, milady, desde que chegamos aqui. Quer que eu o procure?

— Faremos isso juntas, ele disse que iria até as cocheiras. Talvez ainda esteja por lá.

— Algo a preocupa, Vossa Graça? Alguma razão especial que faça milady precisar encontrá-lo? — indagou Pimble.

Georgina ficou tentada a contar, mas desistiu. Naquele momento, não estava disposta a ouvir alguma teoria maluca que Pimble certamente elaboraria. Por isso, simplesmente movimentou a cabeça em negativa e fez um sinal para que a moça a seguisse. Queria encontrar Thomaz, algo a incomodava e sabia que precisava falar com ele para desfazer a impressão ruim.

A verdade é que a certeza de Lady Lisbeth quanto à vitória de seu cavalo na prova principal era impactante. Vencer a prova tinha desdobramentos importantes que sequer imaginara até ouvir uma explicação bastante extensa na véspera. Thomaz fora detalhista em sua explanação. O prêmio em valor concedido ao campeão era bastante significativo. Além disso, se ao prêmio se somassem apostas que eventualmente fizessem, ganhariam muito mais. Ele também lhe explicara que um vencedor automaticamente se tornava um reprodutor requisitado e suas crias seriam valiosas.

Percebera nele um entusiasmo contagiante, uma necessidade latente de que Eros vencesse a prova. Por outro lado, confrontada com o que lhe dissera Lorde Dylan, Georgina não conseguia definir se o entusiasmo de Thomaz ocorria pela possibilidade de trazer a Red Oak o brilho de outrora ou se ele encontrara uma forma de alimentar o vício. Isso lhe trazia uma sensação de desconforto. Diante de tantos indícios negativos, seria aconselhável confiar nele?

O local estava mais cheio do que imaginara. Atenta, varreu-o com os olhos à procura de Thomaz antes de se aproximar demais, mas foi Lorde Tristan a quem viu. Georgina pensou em recuar, mas ele vinha em sua direção e seria indelicado afastar-se sem cumprimentá-lo.

— Vossa Graça, o que está achando de tudo isso? — perguntou Lorde Tristan, abarcando todo o espaço com um gesto largo. — Corresponde ao que sua imaginação criou?

— Milorde, sinceramente, não! O evento é mais grandioso e a emoção, muito maior. Fiquei agradavelmente surpreendida.

— Fico feliz que esteja apreciando. Permita-me lhe apresentar a Lorde Willian de Montefort. Ele também é um entusiasta de cavalos — disse Lorde Tristan, indicando o jovem a seu lado.

— Vossa Graça... — cumprimentou-a Willian, fazendo uma leve reverência, sem contestar a qualificação.

O rapaz tinha uma expressão levemente surpresa. Ela, por sua vez, sorriu sem graça; a voz não lhe era estranha. Embora não pudesse afirmar, desconfiava que aquele lorde fosse a terceira pessoa presente na biblioteca na noite em que descobrira sobre a malfadada aposta.

— Srta. Pimble, que surpresa agradável reencontrá-la — continuou ele.

Dessa vez, quem se surpreendeu foi a duquesa, principalmente ao notar que Pimble corava e, pela primeira vez na vida, permanecia muda. Era deveras inusitado.

— Conhece minha dama de companhia, Lorde Montefort?

— Nós nos conhecemos de uma forma peculiar, diante da Pedra

de Roseta. E tivemos uma tarde agradável conversando sobre Mary Wollstonecraft e a cultura oriental. A srta. Pimble tem um conhecimento inesperado do assunto.

— Não esperava encontrá-la aqui, próxima às cocheiras, Vossa Graça — interveio Lorde Tristan, completamente desinteressado na conversa que Willian mantivera com a dama de companhia da duquesa. — Imaginei que estivesse assistindo aos páreos.

— Eu pretendia, mas pensei em vir ver Eros, afinal, é nele que estou colocando minhas esperanças de uma grande e emocionante vitória — disse ela, mesmo sabendo que a desculpa era muito boba. Tudo bem que concordara em ajudar Thomaz a vencer a aposta, mas confessar tão claramente àqueles dois que estava à procura dele era demasiado. Não o faria.

— Eros tem despertado a curiosidade de muitos. Milady não é a primeira que vem às cocheiras com esse intuito. Parece-me que, dessa vez, Hughes acertou o alvo. Esse cavalo, quando entra na pista, parece encontrar seu lugar. Ah... se eu soubesse disso...

— Não teria selado a aposta com Lorde Hughes?

A pergunta direta fez Lorde Tristan emitir um grunhido ininteligível, e Lorde Montefort passar o peso do corpo de um pé para o outro, demonstrando seu desconforto. A atitude deixou claro para Georgina que não se enganara — ele era mesmo o terceiro membro envolvido na maldita aposta. Se não estivesse tão ansiosa para encontrar Thomaz, ela os teria espicaçado um pouco mais.

— Senhores, se Eros está sendo tão requisitado, talvez seja mais sensato deixá-lo quieto em sua baia. Afinal, amanhã será um dia importante para ele.

Com um aceno breve, deixou-os, perguntando à Pimble, assim que se afastaram alguns passos:

— Então devo concluir que aquele é o tal Willian? Fiquei impressionada com o poder incrível que ele tem em relação a você. Conseguiu fazê-la ficar absolutamente calada, mesmo sendo o objeto da conversa. Quem diria que isso seria possível.

— Vossa Graça...

— Ora, não fique constrangida — retrucou Georgina, dando-lhe um tapinha na mão de forma carinhosa. — Fiz uma brincadeira, talvez não de muito bom gosto. Queria fazê-la rir e provocar uma de suas respostas contundentes e divertidas, mas vejo que não consegui — admitiu, ao perceber que Pimble continuava séria. — Ele foi gentil, elogiou seu conhecimento. Mas vamos voltar, eu ainda não fiz minhas apostas. Vamos nos divertir. Cavalheiros não merecem ser o objeto de nossa atenção em um dia tão especial.

— Milady tem razão. Lorde Willian foi apenas um interlúdio agradável, melhor deixá-lo cair no esquecimento. Já sabe em qual cavalo pretende apostar? — perguntou Pimble, direcionando a conversa para outro tópico. Nem mesmo à duquesa confessaria o quanto Lorde Willian mexera com sua capacidade de sonhar.

Tagarelando, as duas saíram de vista sem notar o olhar que as seguia.

— Então essa é a garota que o impressionou? Aquela que mencionou há algumas semanas? — perguntou Lorde Tristan, indicando Pimble com um gesto de cabeça.

— Eu diria que impressionar é uma expressão um tanto quanto exagerada. Ela despertou minha curiosidade. Como disse na ocasião, achei peculiar uma criada estar interessada na Pedra de Roseta — respondeu Willian.

— E, pelo jeito, passaram uma tarde juntos.

— Não exagere, Tristan, tomamos chá. Apenas isso.

— Hum... um programa desconcertante a se fazer com uma serviçal. Será que estou vendo um interesse genuíno? Cuidado, a garota parece ser inteligente, não vá se envolver além do razoável. — A ironia de Lorde Tristan era palpável.

— Não seja tolo! Que tipo de interesse eu teria em uma criada? Já disse, achei curioso seu interesse em civilizações egípcias. Ah! Vamos deixar isso para lá, já saciei a curiosidade a respeito dela.

— Mas ela não é exatamente uma criada, é dama de companhia da duquesa — retrucou Lorde Tristan, mantendo o tom irônico.

— Dama de companhia ou criada, não importa. E não fique espalhando bobagens a esse respeito — advertiu Willian, com semblante sério. — Meu pai já não me abre a bolsa com facilidade. Se ouvir qualquer coisa a respeito desse assunto, é capaz de fechá-la ainda mais. Confesso que esperava ter um pouco mais de divertimento com a moça, mas o fato de ela ser ligada à duquesa me fez recuar. Isso antes mesmo de eu saber que se tratava de sua dama de companhia. Ainda bem! Já pensou a reação de meu pai se, de alguma forma, eu aborrecesse Sua Graça, a Duquesa de Kent?

— Ele certamente o deixaria à míngua. — Riu Lorde Tristan.

— Sim, e meus planos de me juntar à expedição ao Egito cairiam por terra. Mas não aconteceu. Deixemos isso para lá, vamos até as cabines de apostas. Tenho um palpite sobre um alazão.

— Tudo bem, mas você me parece nervoso demais. Acho que a moça mexeu com você mais do que quer admitir, Willian.

— Por Belzebu, chega desse assunto. Vamos às apostas! Afinal, foi para isso que viemos, não?

Thomaz havia notado, a algumas dezenas de metros, Georgina conversando com Tristan. Porém, por mais que desejasse ir até ela, tinha coisas mais importantes a fazer. Alguém tentara envenenar Eros.

— Você tem certeza de que não viu ninguém entrando aqui com isso?

— Tenho, milorde — respondeu Ryan, bastante assustado. — Eu fiquei a manhã toda aqui ao lado dele. Vieram muitas pessoas vê-lo e milorde sabe como ele fica agitado quando há tumulto ao seu redor. Então eu permaneci aqui para impedir que alguém tentasse entrar na baia. Se isso acontecesse, ele poderia ficar nervoso, talvez até ferir o invasor. Há um quarto de hora, talvez um pouco mais, o movimento diminuiu. Acho que a maioria das pessoas foi para a pista ver os páreos. Foi quando eu saí por alguns minutos... desculpe, milorde, eu precisava... precisava me aliviar, sabe? E não tinha como fazer isso aqui... à vista...

— Não se preocupe, Ryan, eu entendo. É perfeitamente normal que você tivesse que sair por alguns momentos.

— Foram alguns momentos mesmo, milorde, eu juro! Só o suficiente... bem... Eu voltei bem rápido. Quando cheguei, Eros estava indócil e eu me preocupei em acalmá-lo. Dava para perceber que alguém o havia incomodado, até pensei que fora sorte ele não ter mordido o infeliz. Só depois notei a beladona. Haviam colocado as folhas no cocho, misturadas à alfafa. Quem colocou devia estar à espreita, e entrou assim que eu saí. O senhor chegou logo depois de mim.

— Aconteceu há pouco, então?

— Sim, poucos minutos antes de milorde chegar... Ah! Se Eros tivesse comido, eu nunca me perdoaria.

— Ryan, não é culpa sua. Fique calmo. Eu apenas preciso que você tente lembrar se conhece alguém que esteve aqui esta manhã. Talvez alguém que você já tenha visto em minha companhia ou com Lorde Tristan. Alguém entrou na baia?

— Foram tantas pessoas, milorde. Muitos cavalheiros, mas também cavalariços. Milorde sabe que Eros foi um sucesso quando fez os percursos de reconhecimento. Muitos me disseram que ele será a sensação desse ano. Acho que os jogadores vieram vê-lo para decidir se apostarão em sua vitória amanhã. Mas não me lembro de ninguém em especial, tampouco de algum estranho entrando na baia.

— Está bem. Não se preocupe. O importante é mantermos essa situação em segredo. Não comente o assunto com mais ninguém, nem com Lorde Tristan. Entendido?

— Se é o que milorde quer... mas nem a Lorde Tristan?

— Não, e isso é muito importante. Por enquanto, apenas nós dois sabemos que tentaram envenenar Eros. Manter segredo vai me ajudar a descobrir quem foi. Veja bem, se ele tivesse morrido, a notícia mais cedo ou mais tarde se espalharia. Como não aconteceu, a pessoa que o fez em breve vai descobrir que não conseguiu seu intento. E vai tentar novamente.

— Por quê, milorde? Eros é um cavalo tão bonito, e nunca fez mal a alguém.

— Não se trata de Eros, Ryan, mas de ganância. Sua capacidade de correr e vencer certamente está incomodando alguém. Alguém que fará qualquer coisa para que o cavalo que escolheu vença a Royal Cup amanhã. Quem tentou uma vez tentará novamente ao descobrir que teve o plano frustrado. Por enquanto, vocês estão seguros. Por cautela, fique de olhos bem abertos, mas o canalha não voltará de imediato. Eu tenho que tomar algumas providências, retornarei mais tarde. Lembre-se, nem um pio!

— Está certo, milorde!

— Você ficará bem, Ryan?

— Ficarei, vou deixar o forcado à mão caso precise assustar o bandido.

Thomaz sorriu para o garoto e estava prestes a sair quando percebeu que algo o incomodava. Algo que deixara passar.

— Ryan, o que você quis dizer com "algum estranho entrando na baia"?

— Ora, milorde. Eros fica nervoso com estranhos, por isso, embora queiram vê-lo bem de perto, ninguém se arrisca a entrar na baia. O único que entra é Ruppert, o empregado que traz o feno. Acho que o danado do cavalo sabe que o sujeito lhe traz comida e se controla.

— E hoje esse Ruppert veio? Eu notei que o cocho está cheio.

— Não... quer dizer... ele deve ter vindo... é verdade, mas não enquanto eu estava aqui. Que estranho, normalmente ele alimenta Eros mais tarde.

— Não se preocupe, está tudo bem, Ryan — tranquilizou-o Thomaz. — O importante é ficar de olhos abertos. Mas, em hipótese alguma, se coloque em risco. Se for preciso, grite, peça socorro ou saia. O cavalo vale muito, mas sua vida não tem preço. Vou pedir para que alguns rapazes aqui do hipódromo fiquem atentos. Para todos os efeitos, direi que Eros está indócil e que estou com receio de que você não possa controlá-lo. Está bem?

Ryan concordou com a cabeça. Era um bom rapaz, confiável e gostava do animal. Thomaz esperava por algo, mas não imaginara uma tentativa tão direta de envenenar o cavalo. Passava da hora de descobrir quem estava por trás daquele e de outros episódios parecidos. Sua primeira providência seria descobrir quais eram os cavalos inscritos para a prova principal e quem eram seus proprietários. E encontrar o tal de Ruppert. Seu instinto lhe dizia que o sujeito devia saber muito a respeito daquilo. Não tinha tempo a perder.

24

O dia fora estafante, mas Georgina não conseguia aquietar-se. Sentia-se energizada. Além disso, ansiava por encontrar Thomaz, que, inexplicavelmente, desaparecera em algum momento naquela manhã. Sentia-se aflita. Em que ele poderia estar envolvido? As possíveis versões de Thomaz a inquietavam. Quando a sós, ela entrevia um homem gentil, delicado, um amante generoso que a fizera desabrochar e sentir-se plenamente mulher. A sós, eles riam, satisfeitos com a vida, como se ela fosse mesmo um presente a ser desembrulhado e apreciado. Essa descrição, no entanto, não correspondia a ele quando se encontravam em meio à sociedade. Ali ele se transformava em um sedutor, um jogador frio e calculista que parecia arriscar tudo em uma boa aposta, independentemente do que essa atitude pudesse causar aos envolvidos.

Quem é você realmente, Visconde de Durnhill? Herói ou vilão? Egoísta ou altruísta?

As perguntas se sucediam frenéticas, e ela não encontrava as respostas. Ele lhe pedira que confiasse, mas estaria segura se o fizesse? Até que ponto poderia permitir que ele invadisse sua couraça de proteção? Sua intenção de apenas descobrir o prazer, sem qualquer envolvimento emocional, não vinha se sustentando.

Com certa dificuldade, ela arrumava os cabelos. Dera folga a Pimble e a mandara descansar. Além de toda a movimentação, notara que o encontro com Lorde Montefort impactara a garota, que se mostrava cada vez mais contida. Por maior que tivesse sido a agitação no hipódromo, flagrara-a em vários momentos perdida em pensamentos. Prendendo uma mecha de cabelos que teimava em escapar do coque frouxo, Georgina deu uma última olhada no espelho e deixou o quarto. O jantar seria servido às 20h, e ela tinha esperança de conversar com Thomaz antes disso.

O corredor estava vazio. Dera dois passou quando o silêncio lhe permitiu perceber o som de vozes, um tanto alteradas, vindas do quarto ao lado do seu. Era o aposento de Lady Carlyle e, pela porta entreaberta, Georgina notou que Belinda e a mãe pareciam estar discutindo. Normalmente, a duquesa se afastaria o mais rápido possível, mas a palavra aposta, em alto e bom som, chamou sua atenção. Por um instante, ela receou que estivessem falando dela, a respeito da maldita aposta feita por Thomaz. Será que o assunto teria se tornado de conhecimento público?

— ... como pôde, mamãe? Como pôde? — repetia Belinda.

— Você não quer entender, garota teimosa! É a chance que temos... a última chance!

— A senhora apostou o pouco que tínhamos. Nos cavalos! E perdeu! Entenda... a senhora perdeu! E agora pretende repetir essa insanidade. E com dinheiro emprestado?

— Você não me escuta! A verdadeira aposta será amanhã. Vou recuperar tudo, está tudo planejado, eu vou...

O choro entrecortado de Belinda, muito alto, impediu Georgina de ouvir os planos de Lady Carlyle. O assunto não tinha nenhuma relação com ela, mas era perceptível que a jovem estava desesperada. Talvez ela pudesse ser útil.

— Vossa Graça, está tudo bem? Precisa de algo? Posso ajudá-la? — A pergunta a tomou de surpresa, ela não havia notado a sra. Clarke se aproximando.

— Está tudo bem, apenas pensava se deveria voltar ao quarto para pegar um xale — desconversou, encaminhando-se para a escada.

— Posso ir a seu quarto buscar, milady — ofereceu a governanta, solícita.

— Não será necessário. Pensando bem, a noite está quente — disse Georgina, lamentando não ter conseguido ouvir as explicações de Lady Carlyle.

A que ela poderia estar se referindo ao dizer que tinha tudo planejado? Certamente nada importante, considerou. Não devia ser nada mais que os devaneios de uma senhora viciada em apostas. A hipótese a surpreendeu, jamais poderia imaginar tal situação. E lamentava ainda mais pela pobre Belinda. A garota ficara sujeita aos arroubos da mãe desde que o pai falecera, anos antes. Gostaria de ajudá-la, mas esse não era o melhor momento. Agora, precisava encontrar Thomaz. Ela sentia-se inquieta, como se algo terrível estivesse prestes a acontecer.

— Aí está você, minha querida! — A saudação de Lady Lisbeth a levou a sorrir educadamente, ainda que a decepção por encontrar a sala já repleta de hóspedes e convidados a invadisse. Pelo visto, calculara mal a hora. De qualquer maneira, faria o possível para conversar com o visconde ainda esta noite.

— Hoje teremos a companhia de Lorde Tristan no jantar — disse a anfitriã. — O conde é um amigo que também ama cavalos. Já foram apresentados, Vossa Graça?

— Sim, Lady Lisbeth, já tive essa honra — antecipou-se Tristan, curvando-se diante de Georgina. — Nosso interesse em cavalos nos aproximou e até temos algo em comum. Caso não saiba, a duquesa acredita na possibilidade de um potro de minha propriedade vencer amanhã a prova principal.

— Verdade, Vossa Graça? — O tom de Lady Lisbeth não desmentia sua contrariedade. — Está impressionada com o potro novato que Tristan corajosamente inscreveu na prova? Ele vem sendo objeto de vários comentários, mas será que conseguirá derrotar meu campeão?

— Milady, não posso afirmar isso — respondeu Georgina —, não sou uma expert no assunto. Mas Eros, o potro em questão, me parece um belo espécime e foi bastante veloz nas provas de reconhecimento. Desejo-lhe sorte, mas confesso que apostarei nele.

— Ora... ora... Vossa Graça cedeu às opiniões de Lorde Hughes — interveio Lorde Dylan, um certo rancor perceptível em suas palavras. — É uma pena, milady, seria mais agradável iniciar sua jornada pelo turfe apostando em um vencedor. Acredite, o cavalo de Lady Lisbeth é um animal muito superior.

Georgina aceitou a taça de champagne oferecida pelo mordomo, garantindo alguns míseros segundos para pensar em uma resposta à altura do comentário desagradável de Lorde Dylan. Felizmente, a chegada de Rowena distraiu a atenção e a poupou do esforço desnecessário. Com um sorriso aliviado, pediu licença e afastou-se em direção à amiga.

— Querida, onde está Lorde Darley? — indagou, ao ver que o conde não acompanhava a esposa.

— Precisou sair há pouco mais de uma hora. Uma história estapafúrdia sobre ir atrás de um sujeito lá no hipódromo. Não soube dizer quanto tempo demoraria, e me pediu para dar uma desculpa caso não chegasse a tempo para o jantar. Se perguntarem, devo dizer que está com dor de cabeça — confidenciou Rowena, baixinho. — Confesso que não entendi nada, mas ele prometeu me contar assim que voltar.

— Sabe se Lorde Hughes está com ele?

— Não sei. Eu os vi mais cedo, confabulando como se trocassem confidências. Mas isso aconteceu enquanto ainda estávamos no hipódromo. Depois que retornamos, não o vi mais e não sei se estão juntos. De qualquer forma, o comportamento deles estava estranho. Você tem ideia do que está acontecendo? Confesso que agora que tocou no assunto, fiquei um pouco apreensiva. O que meu marido faria no hipódromo à noite?

— Não fique, querida, eles estão bem. Minha pergunta resulta de pura curiosidade, não de preocupação — assegurou Georgina, muito embora em seu íntimo não compartilhasse da própria opinião. No entanto, o estado de Rowena exigia que ela preservasse a amiga de qualquer inquietação. — Venha, vamos conversar um pouco com Belinda. Veja, ela acabou de chegar e me parece muito abatida. Pobre menina — sussurrou —, não deve ser fácil ser filha de Lady Carlyle.

— Você tem razão. Por mais que se esforce, ela parece nunca atender às expectativas da mãe. Ontem, eu sem querer as ouvi conversando. Lady Carlyle a estava repreendendo e culpando-a por ainda não ter conseguido um bom casamento.

— Gostaria de lhe afiançar minha amizade. Vamos falar com ela?

No entanto, para aborrecimento de ambas, Lady Carlyle se aproximou, como sempre cheia de mesuras e rapapés, chamando toda a atenção para si e voltando ao assunto que Georgina procurara afastar.

— Vossa Graça, é verdade que vai apostar no potro de Lorde Hughes?

A pergunta foi feita num tom mais alto que o normal. A sensação era de que Lady Carlyle desejava trazer o assunto para consideração de todos ali presentes. Mas não foi Georgina quem respondeu.

— Creio haver um engano — interrompeu Lorde Tristan, visivelmente incomodado. — Se está se referindo a Eros, milady, saiba que o potro não pertence a Lorde Hughes. Ele tem demonstrado interesse em comprá-lo, mas ainda não decidi a respeito. O que não significa que ele não seja um belíssimo animal, capaz de cativar a atenção de Sua Graça.

— Quer dizer que o cavalo não pertence realmente a Lorde Hughes? — interrompeu Lorde Dylan. — Que curioso, eu havia entendido diferente. Talvez não se trate de uma venda, talvez algumas conversas a respeito de uma aposta sejam verdadeiras? Dizem por aí que o tal cavalo mudará de mãos ainda esta semana, que para isso bastará uma certa dama aceitar publicamente as atenções do visconde — disse, lançando um olhar sugestivo para a duquesa.

Ainda que não a houvesse mencionado expressamente, a malícia de Lorde Dylan era evidente. Georgina usou todo o seu autocontrole para se manter impassível, como se o assunto não lhe dissesse respeito. Qualquer reação, e chamaria para si toda a atenção. Sabia que rumores sobre a maldita aposta haviam se espalhado, mas não havia confirmação do fato, tampouco de que era ela a dama envolvida. E não daria motivos para terem certeza. Com sutileza, voltou os olhos ao mordomo, que, de pronto, ofereceu-lhe mais uma taça. Definitivamente, o champagne nessa noite estava sendo um aliado. Bebericando o líquido, dirigiu-se a Belinda. A garota estava muito quieta e pensativa, talvez por consequência da discussão que tivera com a mãe. Poderia um comentário positivo fazer a moça se sentir melhor?

— Como foi o seu dia, Belinda? Não a vi durante a tarde, por isso não tive a oportunidade de comentar como está bonita. O ar do campo está lhe fazendo bem. Você está exuberante.

O elogio pareceu atingir a jovem em cheio, e uma onda púrpura tomou conta de seu rosto. Ficou claro que ela não estava acostumada a ser o centro das atenções. A mãe provavelmente chamava a atenção de todos para si e reservava a ela apenas comentários depreciativos. E, dessa vez, não foi diferente. Antes que respondesse, Lady Carlyle se antecipou, a voz dois tons acima do aceitável na tentativa de incluir todos os presentes na conversa.

— Ah, ela está bem. Passamos a tarde assistindo aos páreos, mas, infelizmente, não tivemos êxito em nenhum. Não era meu dia de sorte, muito embora eu tivesse recebido alguns palpites bastante aceitáveis. Mas isso não importa, a prova que realmente nos interessa é a Gold Cup, e amanhã eu tenho certeza de que venceremos.

— Venceremos? A senhora tem algum cavalo no páreo? — indagou Lorde Tristan, com ironia, inteirado de que a inconveniente lady não tinha cavalos próprios inscritos na prova. Ele era um homem que não costumava se atentar a detalhes, mas a forma rude como ela tratara a filha o incomodara. A garota parecia um pequeno pássaro de asas cortadas e, sem entender a razão, ele, de repente, sentiu-se protetor.

— Não exatamente, milorde, mas eu tenho fé de que Supreme, o cavalo de Lady Lisbeth, se sagrará vencedor. Este ano, nem mesmo os cavalos de Sua Alteza serão capazes de superá-lo. Colocarei todas as minhas fichas em sua vitória — respondeu com veemência, a voz denotando um certo nervosismo.

— Sua segurança me deixa feliz — retrucou Lady Lisbeth. — Eu também estou apostando na vitória de Supreme. Mesmo que o cavalo de Lorde Hughes tenha causado certo rebuliço, o meu é bastante superior.

— Ah, certamente! O cavalo de Lorde Hughes não ficará nem entre os primeiros. Essa sua suposta superioridade é uma falácia.

Lorde Tristan aspirou com força. Talvez fosse a insistência em afirmar que Eros pertencia a Thomaz, ou quem sabe a arrogância da lady ao falar, ou ainda seu instinto de jogador lhe dizendo que tinha uma boa oportunidade em mãos. Quaisquer que fossem as razões, ele se viu lançando uma aposta a Lady Carlyle, e, dessa vez, algo lhe dizia que seria uma barbada.

— Sei que milady gosta de arriscar, sendo assim, aceita uma aposta? Diante de sua segurança, não terá muito a perder.

Os olhos de Lady Carlyle brilharam.

— E o que propõe, milorde?

— Eros contra Supreme, naturalmente. Aposto cem libras que *meu* cavalo — disse, frisando sua posse — vencerá a prova ou, pelo menos, ficará mais bem qualificado que o de Lady Lisbeth.

O silêncio que se estendeu por alguns segundos foi quebrado pela súplica de Belinda.

— Não, por favor, mamãe, não faça isso. Cem libras é muito dinheiro.

— Não seja tola, menina. Exatamente por ser muito dinheiro é que vale a pena. Eu aceito, milorde. Lady Rowena e Lady Georgina serão nossas testemunhas. Amanhã, durante a festa da vitória, receberei meu prêmio.

— Veremos, milady, e, até lá, vamos aproveitar a noite.

O mordomo, anunciando que o jantar seria servido, encerrou a discussão. Para surpresa de Belinda, Lorde Tristan se dirigiu a ela.

— A senhorita me concede o prazer de aceitar meu braço?

— Oh! Naturalmente, milorde — respondeu ela, voltando a corar e colocando a mão delicada sobre o braço dele. Não era necessário ser muito perspicaz para notar que a jovem estava mortificada pelo comportamento da mãe. Tristan não entendia a razão, mas a vontade de protegê-la se intensificou. Será que estava se tornando um sentimental? O absurdo da possibilidade o fez rir em silêncio.

O jantar estava se transformando em um pesadelo para Georgina. Thomaz não aparecera e não dera nenhuma explicação quanto à sua ausência. Talvez por isso, e por Tristan estar presente, as conversas acabavam voltando ao tema apostas e cavalos, sempre com uma sugestão relativa à questão de Eros. Lorde Dylan insistia em ser deselegante, relembrando com ironia e de forma depreciativa situações que envolviam o visconde. Se ela não achasse absurdo, diria que o lorde estava com ciúmes da popularidade de Thomaz. Ela estava exausta, pois a situação exigia que mantivesse de forma contundente a representação da duquesa arrogante e inacessível. Aquela era sua melhor defesa — na verdade, a única que conhecia.

Só ela sabia o quanto estava sendo difícil manter a máscara. Os novos sentimentos que inundavam seu coração transpareciam em sua face, por mais que tentasse evitar. Nessa noite, o falatório constante de Lady Carlyle a estava enervando mais que o normal. A mulher parecia uma gralha nervosa, disparando frases de efeito numa voz aguda e desagradável. Era insuportável! Com um sorriso fixo e estimulada pelo champagne, Georgina foi se distanciando mentalmente, substituindo a algazarra intolerável pelas palavras amorosas de Thomaz, refugiando-se em um local quente e acolhedor. Era tão melhor reviver sua atenção, as palavras gentis, o toque amoroso...

— Vossa Graça, brindará conosco?

O chamado de Lorde Dylan a tirou do devaneio, mas o gesto de erguer a taça foi interrompido por uma situação inusitada. Desalinhado, cambaleando de leve e cheirando insuportavelmente a gin, Lorde Hughes irrompeu no salão. Como se um raio houvesse fulminado a todos, o silêncio se impôs. Olhares convergiram para ele; o das mulheres, especialmente chocado.

Georgina se sentiu congelar. O que significava aquilo? Thomaz estava bêbado?

— Ops — murmurou Thomaz, depois do que pareceu ser um leve tropeço na borda do tapete. — Boa noite a todos. Lady Lisbeth, perdoe-me o atraso, não consegui chegar a tempo para o seu maravilhoso jantar — disse, com a voz um pouco engrolada e uma reverência. — Ainda há o que comer? Confesso que bebi um pouco, mas não me alimentei de forma alguma... — continuou, dirigindo-se a um lugar vazio à mesa.

— Lorde Hughes, naturalmente há o que comer — respondeu, insegura, a anfitriã. — Creio, porém, que não esteja em condições... Bem, talvez queira descansar, não parece muito bem. Posso mandar uma bandeja a seu quarto, se preferir.

— Sente-se mal, milorde? — perguntou Belinda, inocente e solidária.

— Mal? Ora, senhorita, eu diria que o visconde está completamente bêbado! — O comentário de Lorde Dylan foi acompanhado de uma gargalhada depreciativa. — Certamente deve ter perdido a hora do jantar em algum bordel.

Um murmúrio escandalizado percorreu a mesa. Alguns pares de olhos se dirigiram a Georgina, como se esperando uma reação da duquesa. Ela, no entanto, permaneceu impassível, sem nem mesmo olhar para Thomaz. Não porque não se importasse, ao contrário, importava-se demais, e se fizesse algum movimento, sentia que desabaria. Contudo, não daria a ninguém a satisfação de saber que estava sofrendo com a situação.

— Milorde, por favor... — pediu Lady Lisbeth, diante do comentário inapropriado de Lorde Dylan. — A situação é embaraçosa, não vamos piorá-la. Tenho certeza de que há uma explicação plausível para os excessos de Lorde Hughes.

— Hughes, vamos sair, eu o acompanho. Não entendo o que possa ter acontecido para você chegar assim... — interveio Lorde Tristan, levantando-se com a intenção de retirar Thomaz da sala e poupá-lo de uma situação vexatória.

— Ah, Tristan, meu amigo, não há necessidade, estou perfeitamente bem. Sim, eu bebi um pouco e peço desculpas, especialmente às senhoras... pelos meus *excessos*, como apontou Lady Lisbeth — justificou, tentando se recompor, mas inutilmente. — No entanto, talvez a sugestão de um jantar no quarto seja mais aconselhável. Senhores... Miladies... — E, com uma reverência trôpega, simplesmente se retirou, diante do olhar pasmo de todos.

— Isso significa o que imagino? — A pergunta de Lorde Dylan veio carregada de malícia, enquanto seu olhar pousava em Georgina.

— E o que imagina, milorde? — perguntou Belinda, os olhos demonstrando curiosidade, mas também preocupação.

— Ah! Que esse lorde fanfarrão escancarou, enfim, sua verdadeira personalidade. Um devasso sem limites, o encanto se acabou. A mim, ele jamais enganou. Um brinde a isso.

Se não estivesse sentada, Georgina tinha certeza de que iria ao chão. *Thomaz, o que você fez? O que isso tudo significa?* Com dificuldade, levou a taça aos lábios. Precisava, de alguma forma, esconder o rosto, antes que todos conseguissem perceber o temor que seus olhos revelavam.

25

Levantando-se e arrastando consigo a cadeira, Thomaz abandonou o jantar que lhe fora trazido numa bandeja. Como se fosse um bicho enjaulado, passou a cruzar o aposento em grandes passadas, a adrenalina acelerando seu ritmo. Precisava descansar, contudo, se nem mesmo conseguira comer, como conseguiria dormir? A possibilidade estava fora de cogitação, ainda assim, depois de alguns minutos, jogou-se no leito completamente vestido. O corpo tenso não se acomodava, mas Thomaz forçou-se a ficar parado.

A cena que representara há pouco no salão de jantar, simulando estar embriagado, o esgotara emocionalmente. Sabia que, à própria revelia, fora cruel com Georgina. Em nenhum instante a encarara, o que não o impedira de que sentisse sobre si seu olhar de desaprovação.

Trata-se de uma missão, apenas mais uma missão... atitudes são necessárias...

A frase, como um mantra, repetia-se em sua mente febril. Fora uma atitude necessária, mas a possibilidade de tê-la magoado deixava o lorde arrasado. Não tivera alternativa, precisara de uma solução rápida para não colocar seu plano e sua identidade em risco. Não se arrependia de ter adotado mais uma vez o papel de um libertino amoral; a alcunha não o feria. O que o contrariava era a possibilidade de ter exposto Georgina a isso de forma tão direta. Maldição!

A batida discreta na porta interrompeu seu fluxo mental.

— Milorde, trouxe água para sua higiene noturna — informou o valete, colocando uma jarra de porcelana ao lado de uma bacia do mesmo material. — Gostaria de ajuda para despir-se agora, milorde?

— Não, eu mesmo farei isso — respondeu Thomaz, tomando o cuidado de manter uma atitude displicente, condizente com alguém embriagado. — Pode sair, quero ficar sozinho.

— Posso retirar a bandeja, milorde? — perguntou o criado, percebendo que a comida sequer fora tocada.

— Sim, pode levar tudo embora. Ou... não! O vinho, não. Deixe a garrafa — ordenou, reforçando a farsa da embriaguez.

— Pois não, milorde — disse o criado, saindo em seguida.

Foco!

A missão estava prestes a ser concluída, os próximos passos seriam cruciais. Ele precisava manter a mente lúcida. Naquele momento, não havia tempo ou espaço para arrependimentos, tampouco para preocupações de ordem pessoal.

Foco! Impedir o canalha de continuar a cometer crimes é minha atribuição! Preciso me manter atento!

Passando as mãos pelos cabelos, como se isso pudesse afastar da mente tudo o que fosse alheio à missão, Thomaz respirou fundo. Organizar os pensamentos de forma coerente, revisando todos os acontecimentos do dia, era essencial para que pudesse programar os próximos passos. Decidiu dedicar-se a isso nas horas que tinha pela frente. Rememorando, percebeu que tudo se desencadeara depois que Ryan encontrara a erva venenosa no cocho de Eros, o que os fizera procurar pelo tal Ruppert.

O quartinho imundo era abafado. O homem, sentado em um banco de pernas bambas, tremia e empesteava o ambiente com o cheiro de suor azedo. O espaço pequeno estava preenchido pela presença de Thomaz, Roger, dois agentes da coroa e o infeliz. Era quase impossível respirar.

— E isso é tudo? Tem certeza? — perguntara o visconde, de pé à frente de Ruppert, numa atitude intimidatória.

— Tenho, milorde, isso é tudo.

— Se eu souber que está mentindo...

— E por que eu mentiria? Já fui descoberto. Não vou pagar sozinho.

— Ainda não acredito que não sabe o nome de quem vinha lhe contratando para fazer o que fez.

— Juro que não sei, milorde! O cavalheiro me pedia para fazer as coisas

que contei e, em troca, me dava algumas moedas, apenas isso. Ele nunca me disse o nome e eu nunca perguntei. O que me interessava era o pagamento. A vida é dura aqui e...

— Chega de lamúrias! Se continuar a falar, não respondo por mim. Simplesmente é intolerável suportar alguém que maltratou animais em troca de umas moedas, que, pelo que vejo, devem ter sido gastas com bebida vagabunda.

— Calma, Hughes — dissera Roger —, não adianta confrontar o sujeito. Esse infeliz terá o que merece, vai mofar em uma cela na prisão de Fleet.

— Há uma coisa... não sei se é importante... — A menção a Fleet obviamente assustara Ruppert.

— Fale!

— Uma vez, o cavalheiro mencionou outra pessoa, pelo menos eu entendi que era alguém que também queria que eu... Bem, ele me mandou "faça direito, não quero que ela se aborreça e me culpe".

— Ela?

— Foi isso o que me chamou a atenção. Ele dizia que alguém ficaria furioso se eu falhasse, e se referiu a uma mulher. Foi apenas essa vez. Eu quis comentar, mas ele me mandou calar a boca e esquecer. Disse que eu tinha entendido errado.

— Isso realmente é tudo? — perguntara Thomaz, com rudeza.

— Sim, milorde. Eu juro!

— Venha, Darley, vamos sair daqui, temos que conversar. — E, com um sinal para que o agente da Coroa ficasse atento ao prisioneiro, saíram em busca de um pouco de ar fresco.

— O que faremos agora? — indagara Roger, inspirando uma grande lufada e enchendo os pulmões com gosto assim que se viram do lado de fora. — Esse patife nos contou o que aconteceu, mas não foi capaz de dar nome aos responsáveis. Uma cúmplice? Você acredita nisso?

— Talvez — respondera Thomaz, pensativo por alguns segundos. — Vejamos. Quando o velhaco que arquitetou tudo descobrir que, dessa vez, seu plano não funcionou, vai procurar por Ruppert para saber o que deu errado. E quando não conseguir encontrá-lo, terá ele mesmo que fazer o trabalho sujo.

— Não sei, ele pode ficar desconfiado quando descobrir que Ruppert foi desmascarado. Por que um lorde arriscaria tanto?

— Ele não descobrirá. As ordens para que o comandante da Guarda siga minhas orientações vieram direto de Lorde Cavendish, e eu fui claro quanto à necessidade de discrição. Só divulgaremos o que for conveniente para nossos planos. O próprio Ruppert tem interesse em colaborar conosco, já que nos comprometemos a depor em seu favor, caso nos ajude a prender os verdadeiros responsáveis. Nós também temos que ser discretos, não sabemos em quem confiar nessa história.

— Ainda assim — insistira Roger —, não temos garantia nenhuma de que o responsável voltará a tentar. Uma coisa é mandar alguém sabotar a alimentação dos animais, outra é entrar ele mesmo na baia, colocando-se em evidência.

— Você tem razão, um lorde não teria como explicar sua presença na baia se fosse pego com beladona. Mas eu tenho certeza absoluta de que quem está por trás disso precisa de dinheiro. Não vejo outra explicação para uma atitude tão ignóbil. E a Gold Cup é a prova principal. Ele não desistirá, não agora que está tão perto. O prêmio vale o risco. E como não terá tempo para aliciar outro cúmplice, terá que fazer algo ele mesmo.

Roger reconheceu que o amigo estava certo. Fosse quem fosse que tivesse armado aquele plano, estava prestes a conseguir o prêmio maior e não desistiria agora. Depois de muito indagar junto a tratadores e cavalariços, haviam descoberto quem era o tal Ruppert. O sujeito era responsável pela alimentação dos animais e morava em um quarto nas imediações do hipódromo. A princípio, o homem negara ter feito algo errado. Porém, depois de ser confrontado com a realidade, percebera que, se não falasse, seria o único a ser responsabilizado, e abriu o bico. Com detalhes, relatara como, nos últimos meses, misturara, a pedido de um lorde, beladona ao feno e à alfafa oferecidos a alguns animais numa quantidade que não chegava a matar, mas prejudicava o desempenho dos cavalos. Agora precisavam chegar ao verdadeiro culpado, ou melhor, culpados.

— Teremos que montar uma armadilha — afirmara Thomaz, com

segurança. — Vamos pedir para Ryan espalhar entre os cavalariços que Eros quase ingeriu beladona, mas sem citar o atentado. Como se houvesse sido um simples acidente. A história, por envolver um animal inscrito para a Gold Cup, vai correr de boca em boca. O patife estará atento e acabará descobrindo que o plano não funcionou. Depois de tudo o que já fez, não deixará suas chances ao acaso. Em algum momento, antes da prova, atentará contra Eros novamente.

— Você tem razão. Mesmo considerando que Sua Alteza Real estará no hipódromo, o que desaconselha provocarmos qualquer tumulto, não vejo outra possibilidade. Esse canalha tem que ser detido. Mas noto que há algo mais o preocupando, Hughes.

— O tempo... o método... o fato de o hipódromo estar lotado, o que dificultará qualquer ação... — dissera de forma enigmática o visconde, passando a mão pelos cabelos em um gesto que traía seu nervosismo. — Fico me perguntando de que forma ele vai fazer. Talvez seja mais direto, mais agressivo... Dessa vez, não poderá se dar ao luxo de errar.

— Não há como prever quando e como o canalha vai agir. Você pode tentar impedi-lo, meu amigo, mas não adivinhar seus atos.

— O que está para acontecer vai depender do quão desesperado para intervir no resultado da prova ele está. Quando crio hipóteses, não estou simplesmente conjecturando ou montando jogos de adivinhação, Darley. Pensar e repensar a situação e as possibilidades me ajuda a estabelecer um plano mais preciso. Por exemplo, nesse caso, terei que facilitar as coisas para o tal sujeito.

— O que você quer dizer? — indagara Roger, espantado.

— Estamos há poucas horas do páreo, o tempo é exíguo e, com tanto movimento, ele talvez sinta-se tolhido para agir. Por isso, deixaremos o caminho livre. Vamos incentivá-lo. Montaremos uma cilada, na verdade. Pediremos aos cavalariços que não se aproximem sob a alegação de que o animal precisa se manter calmo para a prova, tampouco ficaremos à vista. Eros estará aparentemente sozinho. Em compensação, os dois agentes que nos dão suporte estarão disfarçados, mas atentos. E eu também ficarei por perto. Assim, teremos uma chance de flagrá-lo no momento em que decidir agir.

— É um bom plano. Se for pego em flagrante, não conseguirá fugir.

— E, pressionado, certamente entregará seu cúmplice. Não se esqueça de que, pelo que Ruppert nos contou, há mais de um envolvido. Não há nada que nos garanta que ambos virão, pelo contrário.

— Como sempre, você pensa em tudo. No entanto não há nada que possamos fazer nas próximas horas. O acesso ao paddock no período noturno é sempre menor, lembre-se que os cavalariços se recolhem depois de alimentar os animais. Todos acabarão sabendo e comentando sobre o incidente com beladona, mas a notícia levará algum tempo para se espalhar. E o canalha só voltará quando descobrir que seu plano inicial não funcionou. Você está exausto, acho que deve descansar por algumas horas, sua presença será inútil por enquanto. Além disso, nossa ausência no jantar vai chamar a atenção e, se quisermos manter tudo em segredo, não convém estimular comentários entre os convidados de Lady Lisbeth. Pedi a Rowena que justificasse a minha ausência por conta de uma dor de cabeça, mas você... Imagino o que Lady Carlyle inventará diante de seu desaparecimento. — Rira Roger, tentando amenizar um pouco o clima pesado. — Já pensou em como vai se explicar para a anfitriã? Sugiro voltarmos agora para Burough House. No caminho, você pode pensar em uma desculpa. Retornaremos às primeiras horas da manhã.

— Sim, você tem razão, ainda temos algumas horas. Irei até Burough House, é o melhor a fazer. Mas retornarei antes mesmo do nascer do sol. Porém, sua presença não será necessária ou conveniente, os homens da guarda me darão respaldo. Devemos diminuir as chances de que ele reconheça algum de nós e se esquive. Quanto à minha ausência durante o jantar, ela me preocupa mais do que imagina. Diante das circunstâncias, não sabemos em quem confiar. Não me resta alternativa a não ser apelar à minha boa fama — comentara Thomaz, sarcástico. — Isso dará aos convidados de Lady Lisbeth assunto para longas conversas e criará uma cortina de fumaça conveniente. Você tem alguma bebida, Darley?

— Eu? Aqui? Claro que não!

— Então terei que usar o gin vagabundo do sujeito. Acho que vi uma garrafa pela metade em algum lugar ali dentro.

Seguido por um Roger absolutamente surpreso, Thomaz voltou ao quarto de Ruppert e, diante de olhares incrédulos, derramou sobre si uma quantidade generosa de gin. Em seguida, afrouxou o laço do pescoço e passou a mão novamente pelos cabelos, desarrumando-os sem qualquer cuidado. Sua aparência ficou em completo desalinho.

— Por que isso?

— Ora, meu amigo, para todos os efeitos, passei a tarde e parte da noite bebendo na taberna em South Ascot, talvez nos braços de alguma jovem de moral duvidosa. É uma desculpa viável para minha ausência. Além disso, o fato de todos acharem que estarei bêbado, largado no quarto, me dará liberdade para agir. A notícia de que há uma mulher envolvida me incomoda, mesmo não sabendo quem possa ser. Embora... — Thomaz não completara o raciocínio, como se analisasse algo.

— Embora o quê? Você sabe de quem se trata?

— Não exatamente, meu amigo, mas digamos que, há algum tempo, ouvi um comentário bastante sugestivo. E analisando todos os fatos...

— Fale, Hughes! Quem pode ser? — indagara Roger, aflito.

— Não tenho elementos suficientes para fazer uma acusação, meu amigo. É apenas intuição. Posso estar enganado, por isso o melhor é manter a mente aberta e a boca fechada por enquanto. Nada de me precipitar com acusações desprovidas de prova. Em breve saberemos se meu instinto está apontando na direção certa. De qualquer maneira, preciso criar uma justificativa para minha ausência ao jantar. Uma em que os hóspedes de Lady Lisbeth acreditem sem qualquer sombra de dúvida. Nesse momento, não podemos confiar em absolutamente ninguém, nem mesmo em seus convidados. Não vou facilitar, por isso a aparência e o cheiro de quem passou a tarde bebendo em um bordel. Com a minha fama, não será difícil convencê-los disso.

— O disfarce perfeito. Quem imaginará que o jogador e libertino Lorde Thomaz possa ser um agente da Coroa? Abusar de sua má fama sempre cria a cortina de fumaça ideal.

Thomaz assentiu, inobstante, pela primeira vez, tal possibilidade o incomodasse. Enquanto cavalgavam em silêncio, a imagem do sorriso confiante de Georgina tomara sua mente e o fizera perceber que ela poderia sair magoada nessa história. Mesmo tendo sido discreto, sabia que a questão da aposta corria de boca em boca, e que a duquesa estava sendo observada por muitos. Não queria expor a dama, mas não via alternativa. O tempo exíguo não lhe permitia buscar outra solução. Talvez sua atitude fosse exagerada, mas o que ouvira a respeito de uma certa lady há alguns meses martelava no fundo de sua mente. Ainda que remota, a possibilidade de que sua intuição estivesse certa obrigava-o a ser cauteloso. O inimigo poderia estar muito mais perto do que pensara a princípio. Não havia escolha.

Algo caiu em algum lugar da casa, ou talvez tenha sido apenas uma janela batendo por causa do vento. De qualquer forma, o barulho amplificado no silêncio noturno trouxe-o para o momento presente. O exercício mental de rememorar o acontecido naquele dia fora produtivo, ajudara-o a organizar a mente e agora estava pronto para o próximo passo.

Falando em passos... O ruído de alguns se aproximando o fez ficar atento e imóvel. Por segundos, alguém se manteve parado em frente à porta do aposento. Então, sem que qualquer tentativa para entrar fosse feita, a pessoa se afastou. Seja lá quem fosse ou o que desejasse, desistira. Com uma olhada rápida ao relógio de bolso, notou que quase duas horas haviam decorrido desde que se recolhera. Não tinha tempo e nem disposição naquele momento para preocupar-se com isso. O amanhecer ainda estava distante, mas seria melhor voltar ao hipódromo. Não adiantaria permanecer ali, não conseguiria dormir de qualquer forma. Com cuidado, abriu a porta e observou o exterior do quarto por um longo tempo. Estava deserto e escuro, a luz de um único lampião permitia-lhe perceber o contorno do corredor e do balaústre da escadaria. Hóspedes e anfitriã pareciam estar em seus quartos, recolhidos depois de um dia de muita agitação. A casa dormia. Pé ante pé, Thomaz deixou o aposento e se esgueirou com cuidado até a cozinha. A porta lateral que servia aos empregados permanecia aberta; ele tivera o cuidado de certificar-se disso na véspera. Precavido, vestiu uma capa e seguiu em frente, lamentando não ter tido a ideia de trazer uma arma.

Georgina seguira até o quarto de Thomaz, mesmo correndo o risco de ser surpreendida numa situação comprometedora. A chegada cambaleante dele a chocara. Ele parecia estar bêbado, as palavras enroladas sendo despejadas de forma incontida e sem muito nexo, o andar trôpego... Ainda assim, ele não a convencera totalmente. Não! Aquele não era o Thomaz que ela conhecia; havia algo errado. Talvez fosse o fato de ele não a ter encarado uma única vez, como se tivesse medo de que ela pudesse ler a verdade em seus olhos. Contra todo o bom senso, decidira confrontá-lo.

Cuidadosa, esperara a casa se aquietar para então se aventurar pelos corredores escuros. O quarto que ele ocupava ficava no lado oposto ao seu, mas no mesmo andar. Com cuidado, seguiu para lá. Ele o indicara na véspera, sugerindo desafiadoramente que ela o *visitasse.* O convite, bastante sugestivo, era tentador, mas Georgina o deixara em suspense. O jogo de sedução em que ele a envolvera era divertido e bastante particular, e ela estava aprendendo com facilidade. *Querido Thomaz, tão carinhoso e ao mesmo tempo tão viril.*

A lembrança do toque dele em sua pele a arrepiou, e a memória do prazer de que haviam desfrutado juntos a fez estremecer. Não, o homem que entrara no salão de jantar naquela noite não era Thomaz, pelo menos não o Thomaz que ela aprendera a amar.

Amar?

A descoberta a fez estacar.

Apaixonara-se, não havia como negar. Amava Thomaz com toda a força de seu coração, com a plenitude de sua alma. Sentimentos antagônicos a invadiram como um mar revolto. A felicidade da descoberta se contrapondo à certeza de que traíra a si mesma. O medo a invadiu. E se estivesse enganada? Se suas crenças no bom caráter de Thomaz fossem apenas ilusão e o homem que descobrira amar existisse apenas em sua mente?

O gesto de bater à porta ficou congelado. O aviso dado por Rowena semanas antes surgiu como um painel incandescente em sua mente. *Não se apaixone... ele ama outra... ama outra...* Por alguns segundos, ela se viu entre o desejo e a razão. E a última, por fim, prevaleceu. Cabisbaixa, afastou-se. Não estava pronta para enfrentar uma verdade que não reconhecia. Não estava pronta para enfrentar a rejeição, para entregar seu coração e vê-lo ser despedaçado.

Thomaz correspondera ao que esperava dele, fizera-a descobrir-se mulher. Só não imaginara a possibilidade de tal descoberta lhe trazer também o amor. Perdera o controle, tudo havia ido muito mais longe do que desejara.

26

O fiapo de lua ainda estava no céu; faltava algum tempo para a aurora. Embora estivessem no verão, o ar da madrugada era bastante frio. Pequenas gotas de orvalho umedeciam as folhas, e vagalumes tardios iluminavam recantos mais escuros. Thomaz apeou, amarrou seu cavalo a um galho e se aconchegou bem na capa. Além de espantar o frio, ela o ajudaria a ficar camuflado nas sombras. Estava um pouco distante, mas percorreria os últimos metros caminhando, não podia correr o risco de ser descoberto.

Ser descoberto! De repente, percebeu que a possibilidade extrapolava os limites daquele momento. Seu disfarce, a personalidade irreverente que criara para camuflar sua atividade real durante a guerra, poderia ser exposto. Pela primeira vez, a isso não lhe parecia importante, muito embora significasse abrir mão da vida que construíra para si. Revelar seu segredo comprometeria todas as chances de se manter como agente da Coroa. Qualquer missão a partir dessa revelação seria inviabilizada, e tudo o que conhecia deixaria de existir. Ele passaria a ser apenas Lorde Durnhill, um homem sem fortuna e sem futuro.

No entanto, como que para contrariar tal certeza, o rosto sorridente de Georgina se contrapôs a tais pensamentos. Revelar-se significava também mostrar a ela que não era o devasso incorrigível, o jogador viciado e inescrupuloso que todos alardeavam. E ser verdadeiro com ela lhe parecia mais importante do que manter seu disfarce.

O que fiz hoje... será ela capaz de entender e perdoar? Eu a humilhei. Mesmo sem querer, eu a humilhei. E, para uma mulher que passou pelo que ela passou... Maldição, ela não me perdoaria, mesmo que eu lhe explicasse tudo. Mesmo assim, vou contar. Não pela esperança de que ela me perdoe, mas pela necessidade de ser verdadeiro com a mulher que descobri amar.

A certeza de que seus sentimentos eram reais e profundos o impediriam de ser qualquer coisa menos do que isso. Não por ela apenas, mas por si mesmo. Não mentiria mais para a mulher que conquistara seu amor e seu respeito. Georgina era tudo o que sonhara para si, mais até do que imaginara possível. E ela confiara nele, confiara com toda a sua alma. Ele, no mínimo, precisaria fazer o mesmo. E revelar-se perante a sociedade seria a única forma de resgatar a humilhação a que a submetera.

Em minutos, Thomaz chegou ao hipódromo. Isso o despertou para o fato de que precisava manter-se concentrado no que aconteceria nas próximas horas. A preocupação com Georgina teria que ser relegada ao fundo da mente, até que a missão se encerrasse. Em algum momento, antes do início da prova, alguém tentaria ferir Eros. Cabia a ele preservar o animal e desmascarar o canalha.

Com cuidado, aproximou-se das cocheiras, atento a qualquer movimento que denunciasse a presença de outras pessoas. Não vislumbrou ninguém. Ainda era muito cedo para que os tratadores iniciassem a rotina de alimentar os animais e limpar as baias. Depois deles, chegariam os cavalariços, para escovar e preparar os animais para as provas do dia. Pretendia permanecer atento, escondido entre fardos de feno, nas proximidades da baia de Eros. Mas, antes disso, teria que contatar os homens da Guarda. Não queria ser confundido com o sujeito que procuravam. Um longo assobio seguido de dois curtos. Um homem saiu das sombras, vestido como cavalariço, mas não tinha a postura de um.

— Algum movimento suspeito? — perguntou baixinho Thomaz.

— Nada, milorde.

— Bem, o risco só aumentará com o raiar do dia. Seja porque o autor dos atentados venha a ouvir os rumores sobre o incidente com a beladona, seja porque queira certificar-se de que Ruppert fez o serviço e o cavalo não está em condições de competir. De qualquer maneira, se acontecer, será a partir de agora. E eu espero que aconteça, caso contrário, não sei como conseguiremos colocar as mãos nesse maldito.

— Fique tranquilo, milorde. Estamos preparados para quando ele vier.

— De qualquer maneira, vou participar da vigília. Estarei por aqui.

E, com essas palavras, Thomaz passou a procurar um local discreto que lhe desse boa visibilidade. Precisava identificar qualquer aproximação suspeita, e, quando acontecesse, teria que chegar a tempo de impedir uma ação tresloucada. Tomara que, quando o momento chegasse, Eros estivesse em seu habitual mau humor e reagisse ao estranho. Isso se fosse um estranho.

Thomaz estava cansado. Com o passar das horas e o aumento do calor, seu desconforto aumentava. Ele aguardava, atento, há quase três horas. O movimento já começara e não se restringia aos tratadores e cavalariços. Apostadores contumazes se aproximavam das baias, interessados no comportamento dos competidores naquela manhã. Qualquer inconveniência poderia refletir na pista e no resultado da prova. As apostas eram altas, e aqueles que jogavam não deixavam nada ao acaso.

Os comentários de Ryan sobre ter encontrado beladona no coxo de Eros haviam se espalhado, mas a notícia de que o animal não ingerira a planta venenosa fora confirmada por sua aparência e postura. O garanhão estava esplendoroso, o pelo brilhante, a crina escovada, e um vigor indiscutível. Satisfeitos, apostadores acreditavam em que ele seria a grande revelação da temporada.

Até o momento, Thomaz mantivera-se em um local estratégico, de onde podia observar tudo sem chamar atenção. Mas a inatividade estava cobrando seu preço. Começou a sentir as pernas dormentes, precisava fazer o sangue circular. Não seria conveniente sofrer uma câimbra se, eventualmente, tivesse que correr para deter o sujeito. Sem alternativa, decidiu caminhar por alguns minutos na direção oposta à cocheira, mantendo os olhos naquele local.

Mal se afastara quando uma figura conhecida chamou sua atenção. Lorde Dylan surgiu por entre os arbustos que ladeavam o paddock, caminhando energicamente. O nobre, no entanto, em vez de aproximar-se da baia de Eros, foi direto à do garanhão de Lady Lisbeth. Thomaz relaxou. Como tantos outros, o antipático lorde parecia estar em busca de informações para realizar suas apostas. Retomou a caminhada, a tensão se revelando em cada músculo do corpo. De repente, uma imprecação se elevou acima das demais vozes e captou sua atenção. Por alguma razão, Dylan esbravejava com um sujeito exigindo desculpas e apontando alguma coisa caída no chão. O sujeito, menor e evidentemente de uma classe social inferior, balbuciava alguma coisa enquanto o irascível lorde gritava cada vez mais. Curiosas, algumas pessoas se aproximavam dos envolvidos.

Thomaz deu alguns passos naquela direção em um reflexo natural para entender o que ocorria. A atenção de todos os presentes estava voltada para o incidente. Ao que parecia, os pedidos de desculpa do suposto ofensor não estavam surtindo efeito, e o nobre exigia, em alto e bom som, uma reparação. Todos se aglomeraram ao redor da dupla.

Foi então que, em um relance, ele percebeu. A intuição lhe dizia que aquilo não estava certo... a cortina de fumaça que por vezes usava... Era isso, Dylan estava desviando a atenção de todos, chamando-a para si. Em um salto, o visconde disparou em direção à baia de Eros.

A mulher estava de costas, ainda assim ele a reconheceu. Dentro da baia e destemida, ela acariciava o animal, que estava surpreendentemente calmo, permitindo sua presença.

— Ora, então minhas suspeitas estavam certas — disse Thomaz, ao observá-la. — Milady, afaste-se dele e saia da baia.

A pessoa estacou, mas, em seguida, respondeu sem virar-se.

— Lorde Hughes? Ora, por que eu deveria? Estou lhe dando maçãs, apenas um agrado. Cavalos gostam de maçãs. É um belo animal, será um concorrente excepcional. Não se preocupe, sei muito bem como agir, ele não me fará mal.

A baia aberta permitia ver que ela carregava uma cesta em uma mão e, com a outra, oferecia uma maçã ao cavalo que, diante da guloseima, mantinha-se dócil. Ela realmente sabia como lidar com o animal. Era surpreendente que uma pessoa que convivera com cavalos por toda a vida pudesse causar-lhes mal. Infelizmente, a ganância, ou o desespero, haviam sido capazes de subverter a ordem moral.

— Não temo pela senhora, mas por ele — rebateu o visconde, com autoridade, sem se deixar enganar pelo tom gentil da resposta. — Afaste-se, Lady Lisbeth, e largue a cesta no chão! Se não se afastar agora, terei que arrancá-la daí. Não adianta disfarçar, seus estratagemas foram descobertos. Eu conheço sua situação.

— Não sei do que milorde está falando...

— Sabe sim, Lady Lisbeth! Mas, se quiser, eu posso relembrá-la. Há dois anos, houve relatos sobre a disseminação de mormo nessa região. A senhora decerto conhece mormo, não é? Infelizmente, essa doença destrói por vezes um plantel inteiro e é de difícil erradicação. Eu não teria associado esse fato aos crimes praticados aqui, se não fosse o comentário de um apostador surpreso com o fato de seus cavalos, após serem expostos à doença, terem repentinamente voltado a conseguir ótimos resultados nas pistas. Era algo a ser investigado. Lamento que tudo isso tenha acontecido, mas o que aconteceu a seus cavalos não justifica...

— Lamenta mesmo, milorde? — interrompeu Lady Lisbeth, com raiva evidente. — Como pode, se não faz ideia do que a moléstia significou? Todo o trabalho de meu pai e de meu marido foi perdido. Uma doença horrível! Um a um, meus animais sendo contaminados! Perdi milhares de libras, mas o pior não foi isso. Meus cavalos deixaram de ser competitivos, simplesmente... adoeciam! Eu consegui erradicar a doença, mesmo tendo que sacrificar alguns deles. Mas os bons resultados não vinham... E as dívidas... Malditos agiotas... eu tinha que fazer algo! Precisava de dinheiro, e precisava que meus cavalos começassem a vencer novamente.

— Afaste-se do animal, milady. Está tudo acabado — insistiu Thomaz, hesitando em entrar na baia. Não era possível antever qual seria a reação de Lady Lisbeth. Qualquer atitude brusca poderia assustar o cavalo e provocar um reflexo violento. Ele não desejava um final dramático.

— Não. — A negativa, embora pronunciada em voz baixa, foi contundente. — Não precisa acabar. Você também é um jogador, milorde, podemos chegar a um acordo. Há muito dinheiro em jogo, embora não seja isso o que me motiva.

— Engana-se, milady. Para mim, não é um jogo, é uma missão. Estou a serviço da Coroa, a senhora não tem como escapar. Por favor, renda-se.

Lady Lisbeth continuava a acariciar o belo focinho de Eros, mas, diante da informação inesperada, virou-se, encarando-o por tempo suficiente para que ele percebesse o brilho insano em seus olhos. Ele precisava ser cauteloso. Não queria ver o animal ferido, tampouco a dama, por pior que fosse seu comportamento. Além disso, se o público notasse o que estava ocorrendo, o evento poderia ser comprometido. O estigma de fraude perduraria por muito tempo. Discrição era imprescindível naquele momento. Ela teria que ser contida, sem chamar atenção.

A tensão do momento não lhe permitiu notar a aproximação do rapaz. Ryan vinha observando o animal de longe, como lhe fora determinado. A chegada de Lady Lisbeth não o preocupara em demasia. Era uma dama conhecida por todos, proprietária de vários competidores e frequentadora do paddock. O que o contrariou foi ver que milady adentrara a baia e ainda por cima oferecia alguma coisa para Eros comer. Isso, sem dúvida, poderia comprometer o desempenho do animal na prova que aconteceria em breve.

A cena enganosamente bucólica, com Lady Lisbeth agradando o cavalo, que se mantinha dócil, não parecia oferecer perigo. Ryan chegou a ouvir algumas das palavras trocadas, nas não entendeu o contexto em que foram ditas. Sua preocupação estava toda no cavalo e, movido por tal sentimento, avançou para a baia, pensando em como evitar que ela continuasse a alimentá-lo naquele momento.

Com a atenção toda em Lady Lisbeth, Thomaz não notou a aproximação de Ryan, a não ser quando já era tarde demais para impedi-lo. Milady, que vinha acompanhando a chegado do rapaz com o canto dos olhos, em um salto, agarrou-o pelo braço, puxando-o para si. No mesmo instante, soltou a cesta, que rolou pelo chão, espalhando as maçãs, e sacou um punhal, apoiando-o na garganta do cavalariço. Pego de surpresa, ele não reagiu, o pavor estampado nos olhos arregalados.

— Deixe-o, Lady Lisbeth. O garoto não tem nada a ver com isso. Não complique ainda mais sua situação já bastante delicada.

— Seu intrometido, por que tinha que se envolver nisso? Agente da Coroa? Quem diria! Deixe-me sair. Não tente me impedir ou juro que farei um furo profundo na garganta dele — afirmou, a voz fria como gelo.

Ela não parecia entender que fora descoberta, que não conseguiria evitar o que aconteceria a seguir. E, justamente por isso, Thomaz temia que cumprisse a ameaça. Ryan manteve-se quieto, o temor evidenciado apenas no tremor que o agitava.

Houve longos segundos de tensão e expectativas.

E foi Eros quem colocou um fim ao impasse. Atraído pelas maçãs que se espalharam pelo chão, sacudiu a cabeça com força e abaixou-se para abocanhar uma delas, a crina batendo no rosto da agressora, ferindo seus olhos e desequilibrando-a.

A partir daí, tudo foi muito rápido e objetivo, como se houvesse sido ensaiado. Quando Lady Lisbeth levou a mão ao rosto em desespero, Ryan soltou-se e disparou para fora da baia. No mesmo instante, Thomaz segurou o garanhão pelo cabresto e bloqueou a portinhola, enquanto emitia uma série de assobios um tanto frenéticos. Dois homens, que pareceram surgir do nada, tomaram seu lugar e imobilizaram a dama. Ao mesmo tempo, salvas estrondosas anunciavam a chegada de Sua Majestade ao hipódromo, atraindo a atenção das pessoas que se dirigiram à pista. O incidente passou despercebido, exatamente como deveria.

A primeira providência do visconde foi assegurar-se de que Ryan não estava ferido.

— Ela machucou você?

— Não, milorde. Eu é que fui precipitado. Não deveria ter entrado, mas fiquei muito irritado quando a vi alimentando Eros. Desculpe-me — pediu o rapazote.

— Está tudo bem. Na verdade, sua entrada foi providencial. Eu desconfio que aquelas maçãs não eram tão inocentes quanto pareciam. Vou mandar recolhê-las e descobriremos. Talvez sua atitude tenha realmente salvado Eros de um mal maior. Mas ele ainda tem uma prova para disputar. Não podemos retirar sua inscrição, não assim tão em cima da hora. Vá, e boa sorte! Mostre-nos do que ele é capaz! — exortou Thomaz, satisfeito por perceber que tanto Ryan quanto Eros não estavam feridos.

Infelizmente, ainda não estava tudo terminado. Havia um cúmplice, e Thomaz sabia quem era. Reuniria as informações que corroborassem suas suspeitas, Lorde Dylan também seria preso e, só então, sua missão estaria encerrada.

Os três homens ocupavam uma das mesas de canto na taberna, tendo à sua frente grandes canecas de cerveja. Eles destoavam do ambiente, certamente estariam mais à vontade sentados nas confortáveis poltronas do

Brooks, o respeitável clube de Londres ao qual eram associados, degustando cálices de conhaque. Mas a conversa não poderia esperar até que voltassem, e nenhum deles se sentiria bem levando-a a cabo na casa de Lady Lisbeth.

Os incidentes daquela manhã finalmente haviam sido controlados com a detenção de Lady Lisbeth e de Lorde Dylan. O calhorda não conseguira ir muito longe, fora capturado naquela mesma tarde tentando chegar a Londres. Lady Lisbeth não titubeara em entregá-lo e a Guarda saíra em seu encalço. Pelo menos, as transgressões acabariam, e tudo voltaria ao normal em Ascot.

Thomaz relaxou e esticou as longas pernas sob a mesa tosca. Não programara o encontro, tudo o que desejava era ir em busca de Georgina. Não a vira durante todo o dia. Sentia-se ansioso para lhe revelar toda a história e poder justificar seu comportamento. Todavia, Darley e Tristan aguardavam impacientes por suas explicações, e ele não pôde furtar-se a aceitar o convite para conversarem na taberna.

E ali estavam reunidos para ouvi-lo. Tristan ainda atônito com o que descobrira sobre o amigo.

— ... foi assim que desconfiei de Lady Lisbeth. Eu sabia que, naquela região, havia grassado uma epidemia severa de mormo, a terrível doença que afeta os equinos. E não era segredo que seu plantel fora afetado. Isso não chamaria tanto minha atenção se não fosse o comentário de um apostador há alguns dias. Ele mencionava estranheza pelos cavalos de milady terem voltado a vencer repentina e constantemente, algo incomum depois de um período turbulento. Fui investigar e percebi que isso teve início na mesma época em que incidentes com os concorrentes começaram a acontecer. Acho que, como não conseguia melhorar a performance de seus animais, começou a prejudicar a dos concorrentes. Somado a isso, descobri que suas finanças estavam bastante comprometidas. Seu marido era um apostador inveterado, e, ao morrer, havia deixado dívidas vultosas. Eu não tinha certeza, mas a possibilidade de Lady Lisbeth ser a responsável pelos eventos era grande. Ela tinha conhecimento, tinha motivos e seu acesso livre aos estábulos lhe dava a oportunidade.

— E onde Lorde Dylan entra nisso? — indagou Roger.

— Ainda não tenho certeza, mas, ao que parece, o gostinho pela aventura, a possibilidade de vencer as apostas e conseguir dinheiro fácil o estimularam. Seus palpites certeiros estavam lhe granjeando a fama de ser um especialista em cavalos de corrida, e ele se vangloriava disso. Lorde Dylan é um homem vaidoso. Por outro lado, Lady Lisbeth é uma mulher convincente.

— Eu diria esperta — interferiu Roger. — Provavelmente, usou Dylan para o trabalho sujo.

— Decerto — concordou Thomaz. — Era ele quem contatava Ruppert e indicava quais animais deveriam receber beladona misturada à alfafa. Quantidades pequenas, apenas o suficiente para prejudicar o desempenho na pista sem causar a morte do animal. Lady Lisbeth era muito conhecida por conta de sua propriedade na região, e não queria correr riscos agindo ela mesma. A ambição de Dylan foi providencial para os planos dela. Tudo começou a ruir quando Ruppert abusou da quantidade de beladona e um cavalo morreu. A possibilidade de os resultados estarem sendo manipulados despertou a atenção de alguns lordes, entre eles a de Lorde Darley e foi levada até Lorde Cavendish e...

— E até você! Quem diria, meu amigo, um agente da Coroa! Você disfarçou muito bem, sempre o imaginei um *bon vivant*, sem compromissos e afeito a apostas inusitadas. E aquela bebedeira? Foi uma encenação também? — interrompeu Lorde Tristan, cujo espanto beirava o inconformismo.

— Meu caro, divulgar minhas atividades inviabilizaria qualquer missão. Ser agente implica em ser discreto, mais do que isso, muitas vezes em não deixar transparecer a verdadeira personalidade. Mas agora você sabe. E quanto à bebedeira, sim, foi encenação. Eu desconfiava de Lady Lisbeth, e não podia levantar suspeitas. Não consegui pensar em uma desculpa melhor para justificar minha ausência durante todo o dia. Quanto à nossa aposta, foi feita de forma irreverente sem qualquer intenção além da confessada. Quando a sugeri, não imaginava que seria designado para uma missão, muito menos para uma abrangendo corridas de cavalos. Mas devo confessar que a situação facilitou meu trabalho, porque me deu acesso a esse meio e aos envolvidos. Foi uma coincidência, mas uma coincidência vantajosa, não posso negar.

— E como ficamos? Quanto à aposta...

— Por mais doloroso que seja reconhecer, eu a perdi. A verdade é que Sua Graça foi gentil, mas jamais cedeu ao meu charme. Assim sendo, devo reconhecer sua vitória e desistir de Eros.

Roger encarou Thomaz com surpresa por alguns segundos. Não lhe parecia que o visconde houvesse perdido a aposta. O interesse de Lady Georgina nele ficara óbvio nas últimas semanas, pelo menos Rowena lhe assegurara isso. Não lhe cabia, no entanto, contestá-lo. Quem o fez foi Lorde Tristan:

— Hum... não sei se posso concordar com tal afirmação, não acho que você tenha perdido.

— Não há com o que concordar ou discordar, Tristan. Eu estou reconhecendo que perdi a aposta. Lady Georgina manteve-se inabalável e imune às minhas tentativas de sedução. E ponto final.

— Está bem — anuiu Lorde Tristan, entendendo a intenção honrada do amigo. — Se insiste, reconheço que perdeu. Eros continuará sendo meu. Quanto a você, pelo jeito, continuará a flertar com todas as jovens debutantes e a quebrar o coração das garotas de Madame Lilly. Pobre de mim, que por algum tempo acreditei que teria melhores chances — gracejou Tristan.

Thomaz sentiu um baque. Desistir do cavalo era extremamente difícil e ouvir de Tristan que o fizera consolidava a perda. Apenas a certeza de que essa era a única forma de redimir-se perante Georgina o confortava. A gargalhada que irrompeu tinha o objetivo puro e simples de afastar o nó que lhe travara a garganta.

— Para sua sorte, pretendo me instalar no campo por um tempo, e isso me manterá afastado de debutantes e das garotas de Madame Lilly. Lorde Cavendish, ao me solicitar ajuda, mencionou que, na hipótese de o caso ser resolvido sem alarde, a Coroa poderia ser bastante generosa. Talvez eu tenha chance de recomeçar, mesmo tendo perdido Eros. Quem sabe eu possa até comprá-lo para iniciar o meu plantel? Continuo a acreditar que ele é especial e que só não foi bem na prova porque Lady Lisbeth conseguiu fazê-lo ingerir uma das maçãs.

— Estavam mesmo envenenadas? — indagou Roger.

— Sim, estavam. Embebidas numa solução de arsênico. Lady Lisbeth desistiu da beladona e partiu para algo mais agressivo, como eu imaginei. Por sorte, não teve tempo para dá-las todas, e apenas uma não foi suficiente para lhe fazer muito mal.

— Pois é — comentou Tristan —, quem imaginaria que o vencedor desse ano seria um azarão?

— Ninguém, com certeza. Quem apostou nele conseguiu uma soma considerável! Acho que pagavam dez libras para cada uma apostada, imagine só! Falando em apostas — lembrou-se Roger —, como ficou sua aposta com Lady Carlyle? Foram cem libras, salvo engano, e embora Eros não tenha vencido, ele ficou à frente do garanhão de Lady Lisbeth

— Ora... bem eu... — gaguejou Tristan — eu ainda não lhe cobrei. Afinal... bem... — Um forte tom avermelhado tomou as faces do conde, e os amigos não resistiram a zombar da insólita situação.

— Quem diria? Será mesmo possível que o inflexível Conde de Kensey perdoou uma dívida de jogo? E ficou vermelho ao admitir! — Riu Lorde Darley.

— Isso tem algo a ver com um par de belos e suplicantes olhos castanhos? — sugeriu, por sua vez, Thomaz.

— Claro que não... onde já se viu fazer tal insinuação? Desde quando olhos bonitos me demovem? Eu não desisti de cobrar, fui apenas gentil e concordei com um prazo. Lady Belinda, bem... a mãe parece uma megera, já perdeu toda a fortuna no jogo e... por favor, senhores — bradou Lorde Tristan —, fiz apenas o que meu senso de honra determinou.

— Muito bem, meu amigo, não fique aborrecido — apaziguou Lorde Darley. — Essa temporada em Ascot foi mesmo cheia de imprevistos e surpresas.

— Sim, embora o fato de eu ter sido gentil com uma jovem lady não deva ser considerado uma surpresa. Mas quanto ao evento em si, foi mesmo tudo muito diferente do habitual. E voltando ao assunto que nos trouxe aqui, devo dizer que concordo com você, Hughes, quando diz que que a melhor solução será abafar todo o caso. Espero que Lorde Cavendish pense o mesmo. Levar Lady Lisbeth e Lorde Dylan a um julgamento público e relatar todo o comportamento desonesto somente abalará a confiança na instituição. O banimento de ambos de todas as provas equestres será o melhor castigo. Eles nunca mais poderão apostar ou inscrever um cavalo em qualquer prova dentro do reino.

— Foi o que pensei — mencionou Thomaz. — E mesmo a história não sendo divulgada, boatos surgirão entre a aristocracia. Eles ficarão um bom tempo no ostracismo. Fraudar corridas é quase um crime de lesa-majestade, tal o apreço que o Rei tem por essa atividade. Não serão perdoados tão cedo. Bem, meus amigos — disse Thomaz, levantando-se, em sinal de que a conversa estava encerrada —, imagino que pretendam regressar a Londres de imediato.

— Sim — concordou Roger, levantando-se também. — Confesso que não me sinto confortável para permanecer hospedado em Burough House. Lady Rowena está à minha espera e, embora ainda não tenhamos conversado, tenho certeza de que, quando souber de todos os detalhes do que aconteceu, não terá interesse em permanecer como hóspede de Lady Lisbeth por nem um minuto além do necessário.

— Eu também pretendo partir, não há mais nada que exija minha presença em Ascot. Na verdade, devo apresentar meu relatório a Lorde Cavendish o quanto antes. Vou procurar Sua Graça e oferecer-lhe companhia para a volta a Londres. Sem qualquer intenção — apressou-se a justificar —, apenas porque imagino que Lady Georgina também não tenha interesse em ficar depois que for informada dos fatos. Um ato de gentileza para com quem me ajudou muito nessa situação toda.

— Lady Georgina partiu esta manhã, antes mesmo das provas do dia. Pensei que você soubesse — informou Roger, um pouco constrangido.

Thomaz sentiu o chão abrir-se a seus pés, e mergulhou em um abismo escuro e profundo. Ela se fora, sem lhe dar uma chance para explicar-se, sem avisá-lo, sem um adeus. Simplesmente, se fora. Sua partida dizia muito, dizia tudo, na verdade. Ela não o ouviria, não haveria como justificar-se nem pedir perdão. Ele a perdera, afinal.

27

Pimble dormia ao seu lado, indiferente ao balanço da carruagem. Talvez até embalada por ele. Como ela gostaria de fazer o mesmo, assim, o tempo passaria mais rápido. Não via a hora de voltar a Londres, ao aconchego de sua casa, à sua rotina regrada e simples. Queria encerrar aquele capítulo de sua vida, transformar Ascot em uma lembrança perdida no tempo. Embrulhando-se melhor em sua capa, Georgina decidiu que o melhor seria mesmo dormir. Mas, a cada vez que fechava os olhos, sua mente voltava a essa manhã...

— *Não compreendo, Vossa Graça. A atitude de Lorde Hughes foge a tudo o que vinha apresentando. Como assim? Bêbado? Cambaleante?*

O dia mal despontara e a duquesa já se levantara. A noite fora boa conselheira e ela tomara uma decisão. Sentada muito ereta em frente ao espelho, havia conversado com Pimble, que lhe escovava os cabelos com mais vigor que o habitual. O furor da jovem transmitia a impressão de que as revelações sobre o incidente ao jantar da noite anterior também lhe diziam respeito. O fato é que o comportamento ignóbil de Lorde Hughes se somara à decepção da jovem em relação ao de Lorde Montefort, que praticamente a ignorara no hipódromo. Embora tivesse plena consciência de que o relacionamento de ambos seria fortuito e não teria, para ele, o mesmo significado que para ela, ficara um pouco magoada com a atitude displicente. Ela antevira uma arrogância que não se mostrara em seus encontros anteriores, o que a deixara frustrada.

— *Calma, Pimble! Meu couro cabeludo não é o responsável por nossos infortúnios. Não o puna, por favor!* — *pedira a duquesa, em tom de brincadeira, diante de um movimento brusco da escova.*

— *Perdão, Vossa Graça... Perdão... Não sei o que deu em mim! Acho que me deixei levar pela raiva que estou sentindo. Não posso acreditar que me enganei de forma tão veemente em relação a Lorde Hughes. Não consigo aceitar que ele tenha tido um comportamento tão desqualificado.*

— Não fique assim — respondera Georgina, consolando-a. — Nada é tão ruim quanto parece. Algo me diz que há uma explicação para o que aconteceu. Ontem à noite, cheguei a ir até o quarto do visconde cobrar-lhe a razão de tal postura, mas, antes de bater à porta, o bom senso me recomendou que aguardasse.

— Desistiu, milady? Por quê? Não acabou de dizer que acredita haver uma explicação? Não teria sido mais fácil esclarecer tudo de uma vez? Ele lhe deve isso, explicar o motivo de tê-la exposto a tal humilhação.

— Não fui capaz, Pimble. Na verdade... tive medo.

— Medo, Vossa Graça?

— E se eu estiver enganada e foi tudo ilusão? Esse envolvimento romântico e inesperado com Lorde Hughes pode ter embotado minha capacidade de julgar com clareza. Eu posso ter me deixado levar por seu charme e gentileza. E pelos sentimentos que despertou em mim. Não há nada que me assegure de que ele é realmente um homem honrado, a não ser minha intuição e sua própria afirmação. E, depois dos acontecimentos de ontem à noite, não creio que sejam suficientes.

— O coração não engana, milady. Para o bem e para o mal, ele sempre denuncia a verdade. Eu acredito que Lorde Hughes tenha tido razões para comportar-se como o fez. E ele lhe pediu para confiar nele, lembra-se? E jurou não a magoar.

— E você não percebe que já estou magoada?

— Ele foi cruel? — Pimble parara o gesto, mantendo a escova de cabelos no ar. A possibilidade de o visconde ter sido rude ou malvado com Lady Georgina era inaceitável.

— Não, minha querida, não foi cruel. Ao contrário, foi sempre gentil e tenho certeza de que seu comportamento não foi intencional. Ainda assim, estou magoada. Magoou-me justamente por ter sido o homem que foi e, dessa forma, ter feito com que eu me apaixonasse, mesmo tratando-se de um amor fadado ao fracasso. Um paradoxo que reflete a realidade.

— Não entendo...

— Nessa ciranda de alegria e prazer a que nos entregamos, esqueci-me de que ele me alertou sobre seu amor por outra. Ele jamais mentiu ou me iludiu. Fui imprudente e deixei que meu coração fosse inundado por algo forte e imutável, um sentimento que extrapola em muito os limites impostos pela razão. Nem mesmo posso culpá-lo, pelo contrário. Devo agradecer por ele ter me mostrado a vida de uma forma mais bela e mais completa, por ter apagado de minha mente os anos de submissão e tortura provocados pelo duque, meu falecido marido. No entanto, ao mesmo tempo que me fez feliz, tornou-me infeliz pela impossibilidade de tal sentimento ser vivido em plenitude, de forma permanente.

— Milady, sinto tanto.

— Não sinta, Pimble, apenas me ajude. Por maior que seja meu desejo de descobrir a verdade sobre Lorde Hughes, devo resguardar-me nesse momento. É hora de partir, vamos voltar a Londres. Não quero reencontrá-lo, não quando estou tão confusa, tão fragilizada pela descoberta desse sentimento.

— Vossa Graça quer partir esta manhã?

— Sim, o quanto antes. Não tenho mais condições de sorrir e fingir estar bem quando me sinto apreensiva e triste. Arrume nossas malas. Enquanto isso, escreverei um pedido de desculpas a Lady Lisbeth e outro para Rowena. O comportamento de Lorde Thomaz na noite passada... Eu não sei o significado daquilo, mas não pretendo arriscar minha paz. Meu compromisso com ele, em relação à aposta... eu fiz o melhor que pude. Agora, basta. Não vou me deixar ferir, preciso de tempo para entender tudo.

— Tem razão, Vossa Graça. É conveniente que busque preservar-se; o tempo lhe contará a verdade sobre ele. Algumas pessoas são assim, mostram uma faceta em sociedade e outra na intimidade. Eu não entendo isso, mas elas devem saber a razão.

— Pois, não é? Temos o próprio duque, meu falecido marido, como exemplo. Um crápula travestido de herói. E, por mais estranho que possa parecer, talvez a faceta que Lorde Hughes esconde seja a de um homem honrado. Seria cômico, não seria? Se, ao contrário do duque, o visconde escondesse a própria honradez e divulgasse a imagem de um libertino? Quando penso nisso, constato, à luz da lógica, como tal hipótese é absurda. Mesmo assim, a esperança reverbera em meu coração. Você está certa, o tempo revelará a *verdade, ela sempre surge.*

— Às vezes mais rápido do que imaginamos, milady — murmurara Pimble, pesarosa. — Queremos acreditar, mas o tempo nos mostra a realidade e afasta os sonhos.

— Pimble, essa afirmação tem alguma relação com aquele jovem... o que encontramos no hipódromo?

— Lorde Willian de Montefort? De certa forma, sim. Por mais que eu soubesse, mantive a esperança de que tudo o que ele me mostrou fosse possível para alguém como eu.

— Agora sou eu quem pergunto: ele a magoou ou a enganou de alguma forma? — indagara Georgina, preocupada. — Não entendi o que quis dizer.

— Não, milady. Ele não fez isso. Fui eu quem, por algum tempo, acreditei em contos de fadas. E não me refiro a um relacionamento romântico. Jamais acreditei que pudesse haver um interesse genuíno dele por mim, em termos afetivos. Como poderia? Um lorde e uma criada? Não, isso iria muito além do que qualquer sonho possível. Mas, de certa forma, ele também me mostrou que há uma vida muito desejável além dos limites de um casamento. Ele mostrou um mundo de conhecimento e saber, o que me atrai e fascina.

— O que você quer dizer?

— A visita ao museu, o passeio, o que conversamos... Milady sabe que algumas aristocratas também se interessam por ciência e história? E que, mesmo sendo mulheres, conseguem que lhes seja permitido estudar? Lorde Montefort contou-me que existem mulheres matriculadas em alguns cursos em Oxford e Cambridge. Mesmo no curso sobre a civilização egípcia, ministrado no Museu, há duas ou três jovens inscritas. Será que alguma delas terá a oportunidade de colocar em prática os ensinamentos, de tornar-se uma antiquarista? Seria maravilhoso.

Georgina a observou — os olhos da jovem brilhavam de empolgação. Pimble não se apaixonara por um homem, apaixonara-se pela possibilidade de adquirir conhecimento, cultura, saber...

— Então esse é o seu sonho, Pimble?

— Sim, milady. Não que eu seja infeliz ao seu lado! Vossa Graça sempre

foi generosa, gentil, ensinou-me muito, transformou-me em sua dama de companhia... Ora, não preste atenção ao que digo, não estou me queixando, são apenas sonhos tolos — desconversou, constrangida. Lady Georgina era generosa e a tratava não como uma criada, mas como uma amiga. Estava se mostrando mal-agradecida.

— Nunca diga isso, nenhum sonho é tolo. Todos eles merecem ser sonhados e buscados, melhor ainda, merecem ser vividos. Não se deve desistir, jamais! Se perdemos a esperança de realizá-los, a vida perde a cor — contestara a duquesa, firme. — O curioso é que eu pensei... eu pretendia... Bem, essa confissão muda tudo. E prova mais uma vez que suposições sobre pessoas podem nos induzir ao erro.

— O que quer dizer, Vossa Graça? Eu a decepcionei? Peço perdão. — A voz de Pimble evidenciara seu horror por ter feito algo que, de alguma forma, estava causando decepção à Lady Georgina.

— Não, nada disso. Muito pelo contrário, você me surpreendeu. E de uma forma positiva, muito positiva. Mais do que nunca, devemos voltar a Londres, há algo que devo fazer. Realizar um sonho! Essa será uma tarefa muito agradável.

— Algo que deve fazer? Realizar um sonho? O que quer dizer, Vossa Graça? — Pimble sentia o coração estremecer, e uma esperança insensata lhe invadiu o peito. Seria possível?

— Sim, minha querida, isso mesmo, tenho que voltar e realizar um sonho, o seu sonho. Devemos voltar a Londres e descobrir o que será necessário para inscrevê-la no tal curso sobre antiquarismo. E em tantos quantos mais a interessem.

— Mas, milady, sou apenas uma criada, eles não vão me aceitar! Como alguém como eu poderá frequentar um curso desses, entre aristocratas... Não, eles não concordarão.

— Veremos se serão capazes de negar um pedido de Sua Graça, a Duquesa de Kent, a viúva de Lorde Charles, o grande herói. Pelo menos uma vez na vida, tantos títulos e fama servirão para fazer alguém feliz. Você é minha protegida, Pimble, e ninguém ousará rejeitá-la. Garantirei isso.

A expressão de Pimble era impagável, um misto de incredulidade e alegria, a felicidade saltando dos olhos e impregnando tudo a sua volta. Ela tentara agradecer, mas as palavras permaneceram travadas na garganta. Imóvel, ela ouvia o som do próprio coração crescendo no peito.

Lady Georgina havia se levantado e a envolvido em um abraço carinhoso. Os sentimentos de Pimble se transformaram em um mar salgado que escorreu dos olhos e lavou sua face e sua alma.

— Vossa Graça... milady... — Pimble gaguejara, as palavras parecendo não caminhar do cérebro à língua. Havia muito a dizer, mas ela não conseguia coordenar os pensamentos.

— Não diga nada, minha amiga. Não é preciso. Eu a conheço bem, sei que está grata e feliz; e só isso importa. Confesso que eu estava pronta para lhe dar um dote quando resolvesse se casar, mas me parece que lhe possibilitar estudar e seguir seus sonhos é um presente melhor. Em vez de um dote em moedas, um dote feito de conhecimento. Também acho que será mais vantajoso, conhecimento garante liberdade. E esse é um bem inestimável. Vamos, avise ao cocheiro que partiremos logo após o desjejum, temos muito a fazer.

E assim fora feito. E, agora, na carruagem apertada e quente, indo para casa em meio a solavancos, Georgina se sentiu invadida por uma alegria pacífica e tranquila. Ao seu lado, Pimble tinha uma expressão plácida em meio aos sonhos que, em breve, realizaria. Nesse momento, fazer a felicidade alheia traria mais satisfação do que sair em busca da própria, constatou Georgina. A menina merecia ser feliz, merecia ter o direito de aprender, de se instruir. E estava em suas mãos garantir esse direto. Ela fora otimista, talvez houvesse mais percalços do que imaginava. Pimble não tivera uma educação formal, e isso poderia ser um entrave. Mas ela era inteligente e interessada, e conseguiria trilhar o caminho que buscava. Bastava que tivesse oportunidade de encontrá-lo. Chegaria um dia em que as mulheres seriam independentes para fazer suas próprias escolhas. A possibilidade de buscar instrução e conhecimento era um dos caminhos para isso.

Contribuir poderia ser um bom objetivo para sua vida. E começaria por Pimble.

28

O salão era luxuoso; a música, suave e o aroma das rosas impregnava o ambiente. Talvez fosse isso que fazia com que Georgina sentisse uma leve tontura. Mais provável fosse o champagne, as duas taças que tomara, inobstante o conhecimento de que a fariam flutuar. Não importava. Também não fazia diferença o fato de a festa estar animada, os convidados, bem-vestidos e a comida, saborosa. Ela mal notava. A única coisa que importava era a possibilidade de encontrar Thomaz. E a esperança de que pudessem ter, finalmente, uma conversa esclarecedora.

A postura orgulhosa e o olhar distante eram suas melhores armas para manter os indesejáveis afastados. Infelizmente, o calor a fazia abanar o leque mais do que o habitual. *Preciso lembrar-me... quais mesmo são as regras para o leque? Só me faltava agora mandar sinais indesejados. Thomaz, apareça de uma vez.*

Depois de semanas de indecisão, resolvera deixar sua reclusão autoimposta. A alegação de um resfriado prolongado e a necessidade de recuperação serviram como justificativa para não aceitar convites desde que voltara a Londres. Até de Rowena se distanciara um pouco. Georgina vinha evitando os encontros porque a convivência daria oportunidade à amiga de questioná-la sobre Thomaz. Ela não estava pronta para as perguntas que seriam feitas, até porque desconhecia as respostas. Sentia falta da amiga, mas aquele tempo reclusa fora essencial para que recuperasse o equilíbrio emocional. Em breve, elas se reencontrariam, já que a acompanharia ao campo, onde a condessa pretendia passar o fim da gestação.

Naturalmente, os comentários sobre os eventos acontecidos em Ascot lhe chegaram aos ouvidos. Na única ocasião em que estivera com ela, Rowena lhe contara sobre os crimes de Lady Lisbeth e de Lorde Dylan, ressaltando o papel de Thomaz em tudo. Ela ficara extremamente feliz em saber que não se enganara sobre o caráter do visconde e que ele não lhe mentira sobre a importância da malfadada aposta na solução de um problema. Isso lhe fizera muito bem, mas ainda havia muitas questões a serem esclarecidas. Ela suspeitava de que, para ele, tudo não passara de um passatempo agradável em meio à turbulência de uma missão. Afinal, ele jamais a procurara. Mas suspeita e certeza são posições bastante diferentes. Ela precisava da resposta, só assim poderia seguir em frente.

Uma dose de orgulho a impedia de procurá-lo. Isso, e o receio de ler em seus olhos qualquer constrangimento. Como saber se sua presença não seria indesejada? Restava a possibilidade de um encontro fortuito. Algo que não a deixasse numa posição fragilizada. E ali estava ela, um tanto perdida sem a companhia de Rowena, no último baile da temporada, com esperança de reencontrar Thomaz e, talvez, decifrar de uma vez por todas o significado do que haviam vivido.

— Vossa Graça, que alegria revê-la!

Georgina voltou-se e viu-se diante de Lorde Tristan, que estampava no rosto satisfação genuína. A convivência e a opinião de Thomaz o haviam convencido de que Georgina era mesmo uma mulher agradável e inteligente, além de bela. Sua opinião a respeito da duquesa mudara radicalmente, ele jamais voltaria a considerá-la uma duquesa azeda e orgulhosa.

— Lorde Tristan, digo o mesmo. Como tem passado?

— Muito bem, obrigado. Na mesma rotina de jantares, bailes, alguns jogos de azar... — Riu sugestivamente. — E, claro, investindo em meus cavalos — complementou, recordando o interesse da duquesa no assunto. — E, milady, como está? Não me lembro de tê-la visto recentemente, nem mesmo cavalgando no parque.

— Estive reclusa, com uma gripe que me forçou a ficar recolhida por mais tempo do que gostaria.

— Já está recuperada, espero.

— Oh, sim, já me sinto perfeitamente bem. Tenho sentido falta das cavalgadas, e não vejo a hora de retomá-las. E, falando em cavalos, já encontrou algum substituto para Eros? — perguntou, na expectativa de que Lorde Tristan mencionasse algo sobre Thomaz.

— Confesso que nenhum tão bom, aquele potro é mesmo excepcional. Recuperou-se perfeitamente do *imprevisto* em Ascot. Milady soube que ele foi envenenado, não é? Por um golpe de sorte, nada que tenha comprometido seu vigor e sua saúde em demasia.

— Eu soube, foi tudo lamentável. Não consigo entender como alguém que se diz amante dos cavalos possa praticar um ato dessa natureza. Nenhuma recompensa material justifica tal atitude. Fico feliz, porém, em saber que Eros se recuperou. Ele é um belo animal, e ouso dizer que tivemos afinidades. Embora temperamental, sempre aceitou de bom grado minha presença.

— Milady, se desejar, vá visitá-lo, assim poderá ver como está bem.

— Oh, ele continua aqui em Londres? Imaginei que Lorde Hughes o levaria para o campo, para Red Oaks — respondeu Georgina, por instinto, surpresa com a informação.

— E por que ele levaria meu cavalo para sua propriedade no campo? — indagou Lorde Tristan, verdadeiramente surpreso. — Ah! Milady está se referindo à aposta? Mas ele não a venceu, não é mesmo, senhora duquesa? Pelo menos, Hughes garantiu-me com todas as letras que não conseguiu que Vossa Graça... bem, ele jurou para mim e para todos que Vossa Graça o esnobou e jamais retribuiu suas atenções. Consta até que a bebedeira que tomou naquele dia em Ascot foi em razão de ter tido suas atenções sumariamente rechaçadas, embora eu saiba que isso não é verdade — concluiu Tristan, observando a mudança de expressão no rosto da bela duquesa.

— O que me diz... ele disse... ele não... não reclamou o prêmio? Disse que não venceu? Desistiu de Eros? Simplesmente abriu mão?

— Milady, não foi uma questão de abrir mão. Era uma aposta que, segundo ele mesmo reconheceu, não venceu. Uma surpresa, mas ele foi enfático em sua negativa. E, devo confessar, sei o quanto isso lhe custou. Perder Eros certamente dificultou seus planos de revitalizar Red Oaks e trazer alegria a Lady Clara. Ela ama aquela propriedade e sou testemunha do quanto ele gostaria de poder atender seu desejo.

Georgina sentiu sua crescente alegria murchar. Às primeiras palavras de Lorde Tristan, uma chama de esperança surgira em seu peito. Mas a menção a Lady Clara foi um jato de água fria a trazê-la de volta à dura realidade. Thomaz abrira mão de Eros, e ela era inteligente o suficiente para perceber que ele o fizera para salvaguardar sua honra e reputação. Uma atitude admirável, mas que não significava que sentisse por ela algo mais do que respeito. Lady Clara... ela sim era o objeto do amor que Georgina adoraria receber.

— Lorde Hughes é um homem de honra, um cavalheiro gentil, ao contrário de tudo o que sempre disseram a seu respeito. Merece ser feliz. Espero que consiga ter uma vida longa e profícua com Lady Clara a seu lado. Se puder, transmita-lhe meus votos. — disse ela, desesperada para sair dali.

Se há alguns minutos tudo o que desejava era encontrá-lo, agora a possibilidade de vê-lo na companhia de outra mulher, dirigindo-lhe seus sorrisos brilhantes e suas palavras de amor, era aterrorizante. Nem mesmo todos os anos de treinamento para manter uma expressão fria e orgulhosa seriam capazes de evitar que seus sentimentos aflorassem nos olhos e se derramassem deles. Precisava sair dali, não suportaria tanto constrangimento, não suportaria a dor. Em sua tormenta interior, ouvia as palavras de Lorde Tristan, envolta em uma névoa de desespero, por pura educação.

— ... e realmente merece ser feliz — falava o conde. — É fato que Eros lhe fará falta, mas o prêmio que a Coroa lhe concedeu está sendo o suficiente para que ele inicie a revitalização da propriedade. Eu transmitirei seus votos quando o encontrar. Mesmo tendo se transferido para o campo, Hughes vem com certa frequência a Londres. Infelizmente, a saúde de Lady Clara é muito frágil, ela não reagiu bem ao falecimento do marido. Além disso, já está idosa e a vida sempre tão conturbada deixou muitas sequelas. O pai de Hughes era um beberrão e jogador inveterado, e, lamentavelmente, dilapidou toda a fortuna da família. Mesmo assim, todos sabem que ela era apaixonada por ele. Algo raro em nosso meio, não é mesmo? Oh, perdão, milady, creio que estou sendo por demais indiscreto, quase inconveniente.

— Não, por favor, continue — pediu Georgina, subitamente desperta. — Creio que não entendi bem. Lorde Hughes está no campo, mas vem visitar... Lady Clara é viúva? Idosa? Mas quem é Lady Clara? — A pergunta parecia uma súplica.

— A mãe dele, ora! Lady Clara é a mãe de Hughes.

— Mãe... Lady Clara é a mãe de Lorde Hughes? — repetiu, perplexa. — Mas eu pensei...

— Percebo que conhece muito pouco da vida de meu amigo, o Visconde de Durnhill, Vossa Graça. Que tal nos sentarmos um pouco? — sugeriu Tristan, apontando para duas cadeiras posicionadas um pouco à frente. — Talvez eu possa lhe falar um pouco mais sobre ele. É possível que as matronas que nos observam comentem e elaborem teorias malucas se mantivermos uma conversa reservada por mais do que cinco minutos. Isso a incomoda? Se preferir, deixamos o assunto se encerrar aqui.

— Não, de jeito nenhum! Milorde está certo, pouco sei da vida de Lorde Hughes. Já sabia que seu pai não foi um exemplo de honra, mas nunca ouvi nada de sua mãe e... é claro que me interesso em saber mais. Quando a mencionou, pensei que Lady Clara fosse sua noiva e... — Um turbilhão de pensamentos, emoções, hipóteses envolveram Georgina, e ela simplesmente jogou a discrição e o bom senso para o alto; precisava saber. — Oh, Lorde Tristan, que se danem as matronas — praguejou, algo que jamais fizera. — Por favor, conte-me tudo. Acho que minha imaginação me levou a afastar... acho que eu e Thomaz...

— Estão apaixonados? Claro que estão! — disse o conde, sorrindo. — Eu percebi isso no dia em que visitaram minhas cocheiras pela primeira vez. Venha, vamos nos sentar, e responderei a todas as suas perguntas. Como disse, que se danem as matronas, o amor é mais importante! Quem imaginaria que eu, um dia, faria tal afirmação?

Georgina estacou, e suspirou. O vale se descortinava ante seus olhos, desvendando uma paisagem idílica. As colinas suaves, recortadas por muros de pedra recobertos de musgo e hera, os tons de verde começando a ser substituídos pelo dourado das folhas de outono. O ar estava frio; ainda assim, o sol brilhava trazendo uma luminosidade que enfeitava tudo e trazia calor ao coração. Em meio a um grupo de árvores, encaixada como uma joia na paisagem, estava Red Oak.

Ela queria apreciar cada detalhe. Era tudo com o que sonhava, o lugar perfeito para viver e envelhecer. Observar aquele espaço a fazia entender Lady Clara, mesmo sem conhecê-la. Se dela fosse, também não se conformaria em perdê-lo ou vê-lo se deteriorar por descaso e abandono. Thomaz estava certo em empenhar-se para fazê-lo voltar ao esplendor de outrora. E se ele permitisse e desejasse, ela dividiria tal encargo. Por um segundo, o medo a tomou. E se estivesse enganada, e se ele não a quisesse... *Não, eu me recuso a pensar assim! Até que ele diga não, vou viver o sonho e a certeza de que seremos felizes juntos. Não vou me permitir desistir antes de tentar, não vou permitir que o medo me paralise.*

O chalé de paredes de pedra e inclinados telhados de ardósia era recoberto aqui e ali por hera. Sobre a porta, uma roseira trepadeira já perdera a maioria das flores brancas, no entanto, os poucos botões que resistiam ao início do outono ainda lhe davam um ar encantador. O que fora um dia um jardim estendia-se à frente, recortado pelo caminho de cascalho que levava à porta principal e prosseguia lateralmente até as cocheiras. Os olhos de Georgina não viam o desgaste e o abandono, ela enxergava apenas o sonho. E... Thomaz!

Mesmo àquela distância, era possível ver que sua pele tinha adquirido um tom dourado pela exposição diária ao sol. E em nada lembrava o sedutor sempre vestido com elegância e que encantava debutantes ingênuas nos salões de baile. Ao contrário, parecia ter relegado a aparência a um segundo plano, como algo sem nenhuma importância. Os cabelos mais longos do que o habitual, a camisa branca aberta no pescoço, as mangas desleixadamente enroladas até os cotovelos, deixando os braços fortes à vista, um par de botas desgastadas... Para ela, ele estava simplesmente perfeito.

Sem pensar, Georgina esporeou Afrodite. Acabara de descobrir que seu coração tinha pressa e seu corpo, fome. Ali estava seu sonho. Numa corrida desembalada, ela desceu a colina, indo ao seu encontro.

Thomaz passou um lenço pelo rosto para secar o suor. Nos dias anteriores, fechara-se no escritório para conferir as contas. Havia muito a ser feito até que a propriedade se tornasse rentável e voltasse ao esplendor de outrora, mas, com disposição e planejamento, o valor que recebera da

Coroa lhe possibilitara dar início à restruturação. Diante disso, naquela manhã, percorrera a propriedade na companhia do velho Wilson, fazendo um levantamento do que precisaria ser feito. O telhado precisava de consertos e de uma chaminé nova. O estábulo estava em péssimo estado, e as baias precisavam ser todas refeitas. E o jardim... esse era um emaranhado de arbustos sem nenhum controle. Os canteiros de flores estavam tomados por ervas daninhas, os de legumes simplesmente não existiam mais. O som de um galope chamou sua atenção e ele ergueu o olhar.

Exatamente como a vira pela primeira vez...

A amazona cavalgava só e montava como se fosse homem, numa ousadia incomum. Apesar disso, havia tal leveza em seus movimentos que ela parecia flutuar. A égua era como uma extensão de seu próprio corpo. A forma como conduzia o animal era libertária, ela o incitava a saltar sebes e a seguir em um galope harmônico e desafiador. Thomaz ficou encantado. De onde estava, só percebia o porte elegante e os cachos que teimavam em escapar de sob o pequeno chapéu, os traços faciais indistintos pela distância e pelo movimento. Em dado momento, ela saltou um obstáculo alto demais, e foi quando o pequeno chapéu se desprendeu e seus cabelos escorreram como um véu flutuante...

... o coração lhe confidenciou que ela vinha para ele.

29

Muitos meses depois...

A chuva caía vertiginosamente, uma cortina de água transformando a paisagem em uma massa cinzenta e disforme à luz do entardecer. Um arrepio a percorreu. Nem mesmo a xícara de chá quente em suas mãos a aquecia, e o frio parecia estar na alma. Ela o viu atravessando o jardim a passos rápidos, em direção à porta lateral. Incapaz de esperar, foi ao seu encontro.

— Como ela está? Ainda vai demorar? — A doçura na voz não escondia a ansiedade contida na pergunta de Georgina.

— Minha querida, eu lhe asseguro, ela está bem. No entanto, ainda vai demorar algumas horas. Creio que só acontecerá durante a madrugada. — Thomaz tirou o chapéu e a capa, a água escorrendo e formando uma poça a seus pés. — Fique tranquila, tudo dará certo. Nós a deixamos confortável, a baia está seca e quente. Afrodite saberá o que fazer, precisamos apenas permitir que a natureza siga seu curso.

— Não sei por que estou tão aflita, é claro que a natureza seguirá seu curso e que tudo dará certo — concordou Georgina, passando, com sutileza, a mão pelo próprio ventre levemente distendido, num gesto instintivo de proteção.

— E você está bem? Sua condição é que me inspira cuidados, não a de Afrodite. — A pergunta, embora feita com delicadeza, deixava transparecer uma preocupação real.

— Eu estou bem, meu querido. Passei a tarde respondendo a algumas cartas e, depois, deitei-me com os pés elevados. Não se preocupe, tenho seguido todas as recomendações do dr. Wallace. Já você, precisa se aquecer, está gelado — disse Georgina, tocando o rosto de Thomaz com a ponta dos dedos. — Que tal um cálice de conhaque diante da lareira antes do jantar?

— Acho uma ótima ideia, minha duquesa. Mas, antes disso ... — Com extrema gentileza e cuidado, Thomaz a enlaçou e lhe deu um beijo carinhoso nos lábios. Ele faria qualquer coisa para distraí-la e afastar a preocupação que via em seus olhos. — Senti saudades, milady.

— Eu também, senhor meu marido — retribuiu Georgina, com um suspiro apaixonado. O beijo suave foi ganhando contornos mais apaixonados. — Hum... mas o vestíbulo de serviço não é o melhor lugar para demonstrar isso. — Riu, puxando-o pela mão em direção à sala de estar. — Acho que já escandalizamos a criadagem por demais.

— Pois, para mim, qualquer lugar é perfeito para celebrar o amor. Mas, diga-me, para quem passou a tarde escrevendo?— perguntou Thomaz.

— Recebemos cartas de Londres ontem, mal tive tempo de lhe contar — disse Georgina, com alegria. — Lady Clara e Trudy estão planejando vir em duas semanas, se estiver tudo bem para nós. É claro que eu respondi que não só estará bem como ficaremos muito felizes. Acho que ela está tão ou mais ansiosa do que eu pela chegada do bebê, o que me emociona.

— Minha mãe será uma avó amorosa e presente, minha querida — afirmou Thomaz, servindo-se de uma dose de brandy e acomodando-se ao lado dela, diante da lareira. — Acho que nada a fará mais feliz do que estar conosco quando o bebê chegar. Ela o cercará de amor, acredite.

— Eu também ficarei feliz e até mais tranquila com a presença dela. Sua mãe é uma das pessoas mais doces e bondosas que já conheci. Nosso filho será afortunado por tê-la por perto. E há mais uma notícia maravilhosa. Pimble escreveu! Uma carta recheada de novidades — informou, entusiasmada. — Ela conseguiu se sair bem e terminar o curso na Escola para Moças da sra. Alistair e... acho melhor ler um trecho para você — decidiu, sacando a carta que trazia consigo.

— ... e diante de meus resultados, considerados excelentes, e sob a orientação da sra. Alistair, decidi me candidatar ao curso de História e Antiquarismo que será ministrado pelo Museu Britânico em conjunto com a Universidade de Oxford. Para a minha total surpresa e felicidade, recebi hoje a informação de que fui aceita. Ainda parece um sonho! Um sonho que só se tornou possível graças à benevolência e à generosidade de Vossa Graça. E creio *que a melhor forma de retribuir será dando o melhor de mim e conquistando aquilo a que me propus. Ao término do curso, alguns alunos serão convidados para participar do trabalho de pesquisa em campo junto ao grupo que já se encontra realizando escavações no deserto. Prometo que me esforçarei ao máximo para estar entre eles. Quero que milady sinta orgulho de mim! E espero, um dia, fazer por outra jovem o mesmo...*

A voz de Georgina falseou, a emoção se derramando dos olhos. Era maravilhoso ter ajudado Pimble a alcançar o sonho e a trilhar um novo caminho. A liberdade que advém do conhecimento é a única que jamais pode ser tirada de quem a conquistou. Haveria um tempo em que seria acessível a todas as mulheres, ela acreditava, mas, enquanto isso não acontecia, faria o melhor para ajudar aquelas que a procurassem. Sentiu os braços fortes de Thomaz a seu redor, um conforto que prescindia de palavras. A expressão do marido transbordava amor, e ela recostou a cabeça em seu peito, o calor da felicidade a inundando.

Georgina virou-se, e sua mão tateou o espaço ao lado, encontrando-o vazio. Os lençóis ainda quentes indicavam que Thomaz não saíra há muito, e provavelmente pé ante pé para não a despertar. Havia sido a sua ausência que a acordara. Envolvendo-se na manta de lã de carneiro, deixou o leito, os pés nus sobre o assoalho de carvalho polido. Aproximou-se da janela. A chuva enfim cessara e algumas estrelas piscavam, o brilho já esmaecido pelo início da aurora.

Um ponto avermelhado surgiu ao leste e foi se expandindo. Pouco a pouco, a luz rompeu a escuridão na celebração de um novo dia.

Foi então que ela sentiu pela primeira vez. Delicado e sutil. Um leve estremecer, ainda assim um movimento poderoso que sinalizava vida. Com carinho, acariciou a barriga, o coração vibrando de amor.

Um momento sublime, perfeito para ser partilhado com ele.

Thomaz observava Afrodite, os doces olhos castanhos da égua pousados na cria. Tinha sido uma noite difícil, mas ela conseguira dar conta do recado com bravura. Orgulhosa e cansada, mas atenta ao seu rebento, contemplava o potrinho tentando erguer-se nas pernas finas. Com o focinho, ela o cutucou, incentivando-o. Em uma baia distante, como se soubesse que acabara de ser pai, Eros relinchou.

O animalzinho conseguiu se erguer e deu os primeiros passos. Era uma beleza, elegante como a mãe e vigoroso como o pai. Um futuro campeão! O nascimento do potrinho era o marco inicial de uma era que, esperava ele, seria de prosperidade e vitórias. Aquele voltaria a ser um local de abastança e alegria. E nada poderia ser mais significativo do que se iniciar com o fruto da união entre Afrodite e Eros. O sorriso de satisfação foi espontâneo ao lembrar-se da generosidade e da gargalhada alegre de Tristan ao lhe dizer: *"... Meu amigo, você pode alardear ao mundo que perdeu essa aposta, mas eu sei a verdade. O grande conquistador acabou completamente conquistado. E, como lhe disse um dia, nada seria mais agradável do que vê-lo assim, perdidamente apaixonado. Não considere um prêmio por uma aposta, mas um presente pelo casamento. Eros é seu. Pelas mais diversas razões, você fez por merecê-lo...".*

O suave relincho de Afrodite chamou sua atenção. Mãe e filho precisavam ser alimentados, mas o cavalariço se encarregaria de cuidar disso. Foram longas horas de tensão e expectativa, e ele fizera questão de estar presente. Agora precisava respirar e descansar um pouco. Além disso, Georgina acordaria em breve e ele gostaria de lhe dar a boa notícia.

O ambiente dentro do celeiro estava quente, quase sufocante. Com um aceno, ele saiu e encheu os pulmões com o ar fresco da manhã. A neblina subia do solo em espirais, raios de sol duelavam com a névoa e salpicavam de dourado a charneca, descortinando pouco a pouco uma profusão de flores. O desabrochar de mil cores por entre as urzes criava um espetáculo único. Seria um lindo dia, concluiu, observando o céu de um azul pálido e brilhante. A bonança após a tempestade. Nunca um dito se mostrara tão verdadeiro.

— Em que pensa, meu querido? — A voz doce de Georgina o fez virar-se, e ele a viu se aproximando. Num gesto carinhoso, abriu os braços e a envolveu em um abraço protetor. Por alguns segundos, ambos permaneceram quietos, apenas desfrutando daquele instante de magia e paz.

— Estou usufruindo dessa sensação de paz, minha Georgina.

— Ela está bem? — perguntou Georgina, um pouco aflita. — Eu queria tanto ter estado ao lado dela...

— Sim, ela está ótima. E agora é mãe de um lindo potro, um macho muito parecido com o pai. E você fez bem em não ter vindo, foi uma longa noite e, em seu estado, precisa se preservar. Mas, agora, aposto que gostaria de ir vê-la e de escolher um nome para o potrinho.

— Claro que sim, mas há algo que preciso lhe dizer. Seu filho... nosso bebê... há pouco, eu o senti, ele se movimentou. — E, com delicadeza, colocou a mão do marido sobre o ventre. — Agora está quietinho, mas quando se mexeu... foi simplesmente incrível. Senti meu coração transbordar de amor.

— Ora! Isso é uma dádiva! Uma dádiva muito maior do que jamais imaginei receber. Georgina, minha amada, não sei como posso ter vivido tantos anos sem você — sussurrou Thomaz, a voz embargada de emoção.

— Você não viveu, meu querido. Em nossos sonhos e esperanças, sempre estivemos juntos, apenas ainda não havíamos nos descoberto — murmurou ela, aconchegando-se dentro de seus braços e erguendo o rosto para receber um beijo.

A vida podia ser mesmo maravilhosa, bastava que fosse mergulhada em amor. A deles seria longa, feliz e fecunda...

FIM

Entre em nosso site e viaje no nosso mundo literário.
Lá você vai encontrar todos os nossos
títulos, autores, lançamentos e novidades.
Acesse www.editoracharme.com.br

Você pode adquirir os nossos livros na loja virtual:
loja.editoracharme.com.br

Além do site, você pode nos encontrar em nossas redes sociais.

  https://www.facebook.com/editoracharme

  https://twitter.com/editoracharme

  http://instagram.com/editoracharme

  @editoracharme